L'ENVOL DU PAPILLON

Lisa Genova

L'ENVOL
DU PAPILLON

Roman

*Traduit de l'anglais (Etats-Unis)
par Nathalie Mège*

PRESSES
DE LA CITÉ

Titre original : *Still Alice*

© Lisa Genova, 2007-2009
Tous droits réservés
Publié avec l'accord de Pocket Books, un département de Simon & Schuster, Inc., New York

© Presses de la Cité, un département de place des éditeurs, 2009 pour la traduction française, 2010 pour la présente édition
ISBN 978-2-258-07963-2

En souvenir d'Angie
Pour Alena

Déjà, à cette époque, voilà plus d'un an, il y avait sous son crâne, non loin de ses oreilles, des cellules qui s'étouffaient en sourdine à son insu. En une agonie si insidieuse, diront certains, qu'elles généraient elles-mêmes des événements menant à leur perte.

Meurtre moléculaire ou suicide cellulaire, peu importe : ses neurones ne parvenaient pas à donner l'alerte avant de mourir.

Septembre 2003

John traversait au pas de course chacune des pièces du rez-de-chaussée. Alice, assise à sa table de travail dans la chambre à coucher, s'était laissé distraire par le bruit. Elle devait finir d'évaluer un article soumis au comité de lecture du *Journal of Cognitive Psychology* avant d'aller prendre son avion et venait de relire la même phrase à deux reprises sans la comprendre. A en croire le réveil, qui avançait sans doute d'une dizaine de minutes, il était sept heures et demie du matin. Etant donné l'heure et son pas de plus en plus appuyé, John, sur le point de partir, devait avoir égaré quelque chose. Alice se tapota la lèvre inférieure du bout de son stylo rouge tout en contemplant l'afficheur numérique du réveil. Elle tendit l'oreille, se doutant de la suite.

— Ali ?

Elle jeta son stylo sur la table avec un soupir. Pour découvrir son mari à genoux au rez-de-chaussée, tâtant sous les coussins du canapé du salon.

— Tes clés ? demanda-t-elle.

11

— Mes lunettes. Je t'en prie, ne me sermonne pas, je suis en retard.

Elle suivit son regard fébrile jusqu'au manteau de cheminée sur lequel leur pendule ancienne, estimée pour sa précision, indiquait huit heures. Mieux valait ne pas s'y fier. Les horloges de leur maison tournaient rarement rond. Alice, ayant déjà surpris leurs aiguilles à mentir, avait résolu depuis longtemps de s'en remettre à sa montre. Après cela, elle remonta le cours du temps en entrant dans la cuisine, où le micro-ondes tenait absolument à indiquer six heures cinquante-deux.

Alice parcourut du regard la surface lisse, nette, du plan de travail en granit. Elle découvrit les lunettes, à côté du compotier débordant de courrier. Ni derrière quelque objet, ni enfouies sous une pile de papiers. Comment quelqu'un d'aussi intelligent que John, un scientifique, pouvait-il ne pas voir ce qu'il avait sous le nez ?

Bien entendu, quantité de ses affaires à elle se cachaient souvent dans de traîtres recoins. Il n'empêche : elle n'en disait rien à son mari et ne le mêlait pas à la traque. Quelques jours plus tôt, sans qu'il s'en doute le moins du monde, elle avait passé la matinée à fouiller de fond en comble la maison, puis son bureau, afin de mettre la main sur le chargeur de son Blackberry. Ayant fini par renoncer, elle était partie en acheter un neuf, pour découvrir le sien le soir venu, branché sur la prise électrique de son côté du lit. Elle aurait dû penser à vérifier. Sans doute la conséquence des multiples activités que John et elle menaient de front, et de leurs emplois du temps surchargés. Sans compter qu'ils n'étaient plus tout jeunes.

John se campa sur le seuil de la pièce, les yeux fixés sur les lunettes qu'Alice tenait à la main – pas sur elle.

— La prochaine fois que tu cherches, mets-toi à la place d'une femme, dit Alice en souriant.

— J'enfilerai une de tes jupes... Ali, je t'en prie, je suis vraiment en retard.

— A en croire le micro-ondes, tu as tout le temps, dit-elle en lui tendant les lunettes.

— Merci.

Il les saisit tel un coureur de relais qui rafle le témoin lors d'une compétition, puis il se dirigea vers la porte d'entrée.

— Tu seras à la maison samedi quand je rentrerai ? demanda-t-elle dans le couloir, sur ses talons.

— Je ne sais pas, je vais avoir une très grosse journée au labo.

Il ramassa sa serviette, son téléphone et ses clés sur la desserte.

— Bon voyage, conclut-il. Embrasse Lydia de ma part. Et tâche de ne pas te disputer avec elle.

Alice surprit leur double reflet dans le miroir de l'entrée – un grand échalas brun d'allure distinguée à lunettes en écaille, aux cheveux poivre et sel, et une femme menue, frisée, aux bras croisés sur la poitrine, qui s'apprêtaient à basculer dans une querelle intarissable. Elle serra les mâchoires puis déglutit, choisissant d'éviter cet écueil.

— Ça fait longtemps qu'on n'a pas eu un moment à nous, essaie de trouver le temps, tu veux bien ?

— Je sais, je vais faire mon possible.

Il l'embrassa, laissant cet instant se prolonger de façon presque imperceptible alors qu'il brûlait manifestement de partir. Si Alice ne l'avait pas mieux connu, elle aurait pu enjoliver ce baiser. Se dire, pleine d'espoir, qu'il signifiait *je t'aime, tu vas me manquer.* Seulement, pensa-t-elle en regardant John remonter la rue en toute hâte, il y avait fort à parier que son message était un simple : *je t'aime, mais ne te mets pas en rogne si tu ne me trouves pas à la maison samedi.*

Autrefois, chaque matin, ils avaient coutume de se rendre ensemble à pied jusqu'à Harvard. Parmi les nombreux avantages inhérents au fait de travailler à moins de deux kilomètres de chez eux, dans le même établissement, ces trajets partagés constituaient le plus grand plaisir d'Alice. Ils s'arrêtaient chaque fois au Jerri's : café noir pour John, thé au citron pour elle, glacé ou brûlant selon la saison – après quoi ils poursuivaient jusqu'à Harvard Square en bavardant de leurs recherches et de leurs cours respectifs, des problèmes qui se posaient dans chacune de leurs sections, des enfants ou de leurs projets pour la soirée... Aux premiers temps de leur couple, ils se tenaient même par la main. L'intimité décontractée de ces balades matinales avec John, avant que les exigences quotidiennes de leur profession, de leurs ambitions, ne viennent les stresser et les épuiser, était un régal.

Pourtant, depuis quelque temps, ils se rendaient séparément à la fac. Alice avait passé l'été entre deux avions, assistant à des conférences de psychologie à

Rome, La Nouvelle-Orléans et Miami, quand elle ne siégeait pas dans un jury d'examen pour une soutenance de thèse à Princeton. Au printemps, les cultures de cellules de John avaient exigé des rinçages particulièrement délicats à des heures indues, alors que pas un seul de ses élèves ne montrait assez de constance pour arriver de façon régulière au petit matin. Du coup, cette tâche lui avait incombé à lui. Alice ne se souvenait pas des autres motifs d'absence d'avant le printemps, mais ils lui avaient paru chaque fois raisonnables, temporaires.

Elle retourna à son bureau et à l'article, de nouveau distraite, regrettant maintenant la dispute qu'elle n'avait pas eue avec John à propos de leur fille cadette. Ça l'aurait tué de la soutenir, pour une fois ? Elle survola le reste du texte. Rien à voir avec le degré d'exigence dont elle faisait preuve habituellement, mais vu le manque de temps et son attention morcelée, il faudrait que ça aille. Ayant noté ses commentaires et ses suggestions de révision, elle ferma puis colla l'enveloppe avec la conscience honteuse d'avoir peut-être laissé passer une erreur dans le schéma ou l'interprétation de l'étude, en maudissant John d'avoir compromis l'intégrité de son travail.

Elle boucla sa valise, même pas défaite depuis son dernier trajet en avion. Heureusement, elle voyagerait moins au cours des prochains mois. Le second semestre de son agenda ne comportait qu'une poignée de conférences inscrites au crayon, et elle programmait presque toutes ses interventions extérieures le vendredi, où elle n'enseignait pas. Comme le lendemain. Ce

15

jour-là, elle faisait une communication à la fac de Stanford, où démarrait le séminaire d'automne sur la psychologie cognitive. Après quoi elle verrait Lydia. En tâchant d'éviter une dispute, mais difficile de promettre quoi que ce soit.

A Stanford, Alice trouva sans difficulté le Cordura Hall, au coin de Campus Drive West et de Panama Drive. A ses yeux de femme de la côte Est, la façade en béton chaulée de blanc et le jardin paysagé luxuriant de l'amphi évoquaient davantage une station balnéaire des Caraïbes qu'un bâtiment d'université. Arrivée très en avance, elle se risqua tout de même à l'intérieur en se disant qu'elle pourrait profiter de ce répit pour réviser son discours dans le silence de l'auditorium.

A sa grande surprise, la salle était déjà bondée. Une foule affairée se pressait autour d'un buffet, se jetant âprement sur la nourriture telles des mouettes sur une plage en ville. Avant même d'avoir pu se glisser parmi les convives sans se faire remarquer, elle aperçut Josh, ex-condisciple de Harvard et égotiste de premier plan, campé fermement sur son chemin, les jambes un peu trop écartées. On aurait dit qu'il s'apprêtait à se jeter sur elle.

— Tout ça pour moi ? demanda-t-elle avec un sourire enjoué.

— Voyons, mais c'est notre ordinaire... Un de nos psychologues du développement a été titularisé hier. Alors, comment te traitent-ils, à Harvard ?

— Bien.

— Je n'arrive pas à croire que tu sois encore là-bas au bout de toutes ces années. Si tu t'ennuies un jour, pense donc à nous rejoindre.

— Je te préviendrai. Et toi, comment va ?

— Le bonheur. Tu devrais faire un saut à mon bureau après les débats. Nos dernières modélisations de données vont vraiment t'épater.

— Désolée, impossible, j'ai mon vol pour Los Angeles juste après la conférence, prétexta-t-elle, heureuse de ce faux-fuyant parfait.

— Ah, quel dommage. Il me semble que la dernière fois que l'on s'est croisés, c'était il y a un an, à la Conférence sur la Psychonomie... J'avais manqué ta présentation, hélas.

— Eh bien, tu auras l'occasion d'en entendre une bonne partie aujourd'hui.

— Ah, on recycle ses interventions ?

Avant qu'elle ait pu répondre, Gordon Miller, chef de la section et nouveau superhéros d'Alice, la sauva en fondant sur eux pour demander à Josh d'aider à servir le champagne. Comme à Harvard, les toasts étaient de règle à la section de psychologie de Stanford pour tout enseignant parvenu à ce point décisif de sa carrière que constituait la titularisation. On sonnait rarement les trompettes au sein d'un parcours professionnel de prof, mais l'obtention d'une chaire constituait une avancée énorme.

Quand chacun eut une coupe à la main, Gordon se campa sur la scène en tapotant le micro.

— Votre attention, mes chers collègues, s'il vous plaît...

17

Juste avant qu'il ne poursuive, le rire excessivement bruyant, haché, de Josh retentit dans toute la salle.

— Aujourd'hui, nous fêtons la titularisation de Mark. Je parie qu'il est enchanté d'avoir accompli cet exploit. Je lève mon verre à tous les autres à venir. Félicitations, Mark !

— Félicitations !

Alice trinqua avec ses voisins, puis chacun retourna à ses libations, ses petits-fours et ses bavardages. Une fois tous les plateaux dégarnis et l'ultime bouteille de champagne vidée, Gordon reprit la parole.

— Si vous voulez bien vous asseoir, nous allons débuter la conférence inaugurale.

Il attendit que l'assistance d'environ quatre-vingts personnes fasse le silence pour poursuivre :

— Aujourd'hui, j'ai l'honneur de vous présenter Alice Howland, titulaire de la chaire William James de Psychologie à l'université de Harvard. C'est notre première intervenante de la saison. Au cours des vingt-cinq dernières années de sa brillante carrière, elle a posé quantité de pierres angulaires théoriques en matière de psycholinguistique. Elle a établi les prémices d'une approche synthétique et interdisciplinaire des mécanismes du langage et continue d'être une pionnière dans cette voie. C'est un privilège de la compter parmi nos orateurs. Sa communication portera sur l'organisation conceptuelle et neuronale de la parole.

Alice échangea sa place avec Gordon puis elle regarda son public, qui l'observait. Le temps que les applaudissements se taisent, elle songea à cette statistique selon laquelle une majorité des gens redoute davantage de parler en public que de mourir. Elle-même adorait ça. Elle savourait le moindre instant de ses interventions devant une salle : pédagogie, mise en scène, anecdotes, discussion enfiévrée. Sans compter la poussée d'adrénaline qui les accompagnait. Plus les enjeux étaient grands, plus l'assistance se révélait avertie ou hostile, plus ce processus l'électrisait. John avait beau se montrer excellent orateur, l'exercice lui était douloureux – quand il ne le terrifiait pas carrément. Il s'émerveillait du brio dont Alice faisait preuve en la matière. Il n'aurait sans doute pas choisi d'affronter la mort plutôt qu'une salle pleine, mais un nid d'araignées ou de serpents, sûrement.

— Merci, Gordon. Je vais évoquer aujourd'hui certains des processus mentaux qui sous-tendent l'acquisition, l'organisation et l'usage du langage.

Alice avait déjà présenté l'essentiel de sa communication quantité de fois, pourtant elle n'aurait pas qualifié cela de recyclage. Certes, le noyau dur de son exposé consistait en des schémas linguistiques essentiels qu'elle avait souvent mis au jour elle-même, et certains de ses diagrammes lui servaient depuis des années. Malgré tout, elle en concevait de la fierté, pas de la honte, car il n'y avait aucune paresse là-dedans : ses découvertes tenaient la route, résistaient à l'épreuve du temps. Ses communications avaient fait date, impulsé de nouvelles découvertes. Qu'elle intégrait d'ailleurs à ses exposés.

Elle parla sans avoir besoin de consulter ses notes – détendue, animée, les mots coulant sans effort. Puis, au bout d'une quarantaine de minutes (la présentation était censée en durer cinquante), soudain : le trou.

— Les données révèlent que les verbes irréguliers exigent d'accéder mentalement au...

Impossible de retrouver le mot. Elle avait une vague idée de ce qu'elle voulait dire mais le terme précis se dérobait. Un vide sidéral. Elle n'en connaissait ni la première lettre, ni aucune des suivantes, ni le nombre de syllabes. Elle ne l'avait pas sur le bout de la langue.

Sans doute le champagne. En temps normal, elle ne buvait jamais d'alcool avant d'intervenir en public. Elle avait beau posséder son discours sur le bout des doigts, elle tenait toujours à rester aussi incisive que possible, même dans les circonstances les plus ordinaires – dans l'attente, surtout, des nombreux échanges imprévisibles, parfois conflictuels et provocants, qui surgiraient à la fin. Soucieuse de ne pas froisser ses hôtes, elle avait sans doute bu un peu plus que de raison après sa conversation à fleurets mouchetés avec Josh.

Ou peut-être était-ce le décalage horaire. Tandis que son cerveau retournait ses moindres recoins à la recherche du terme et d'une explication rationnelle à cette absence subite, son cœur se mit à battre la chamade et le rouge lui monta aux joues. Elle n'avait jamais cherché ses mots sur une estrade jusque-là. Cela dit, elle n'avait jamais paniqué non plus devant un auditoire, or elle en avait connu de bien plus nombreux et plus intimidants : elle s'enjoignit de reprendre son souffle, d'oublier tout cela et d'aller de l'avant.

Elle remplaça le vocable récalcitrant par un « chose » vague et inadéquat puis, abandonnant la démonstration dans laquelle elle s'était lancée, passa à la diapo suivante. Ce trou de mémoire manifeste et gênant lui avait semblé durer une éternité, mais lorsqu'elle scruta les visages pour vérifier si on l'avait relevé, aucun ne lui parut inquiet, déconcerté ni irrité. C'est alors qu'elle aperçut Josh. Les sourcils plissés et un léger sourire aux lèvres, il murmurait quelque chose à l'oreille de sa voisine.

Elle se trouvait à bord de l'avion descendant vers l'aéroport de L.A. quand cela lui revint enfin.
Lexique.

Sa fille habitait à Los Angeles depuis trois ans. Si elle avait daigné s'inscrire en fac après le lycée, elle aurait obtenu son diplôme de premier cycle au printemps. Comme Alice aurait été fière d'elle ! Lydia était assurément plus brillante que son frère et sa sœur, qui avaient fait des études de troisième cycle, droit et médecine.

Pourtant, au lieu d'opter pour l'université, Lydia était d'abord partie en Europe. Alice avait espéré la voir revenir avec une idée plus précise de la matière qu'elle comptait étudier et du genre de cursus qu'elle voulait suivre. Au lieu de quoi, dès son retour, la jeune fille avait annoncé à ses parents qu'elle s'était lancée dans le théâtre à Dublin et qu'elle venait de tomber amoureuse. Elle déménageait aussitôt pour Los Angeles. Alice avait cru devenir folle. Certes, elle-même avait contribué au problème, ce qui ne laissait pas de l'énerver. Trimant à la fac et voyageant de façon régulière, John et elle avaient en grande partie ignoré leur cadette, qui avait toujours eu de bonnes notes. Ils lui avaient accordé toute liberté d'évoluer dans son monde et de raisonner par elle-même, l'affranchissant des multiples contraintes imposées à beaucoup d'enfants de son âge. Leur propre réussite professionnelle illustrait à leurs yeux le bénéfice qu'il y avait à se fixer des objectifs élevés et à les poursuivre avec passion en travaillant d'arrache-pied. Si Lydia comprenait l'importance que sa mère attachait aux études universitaires, elle estimait posséder l'assurance et l'audace nécessaires pour s'en dispenser.

Sans compter qu'elle n'avait pas été la seule à tenir tête à Alice. La dispute la plus explosive que cette dernière ait jamais eue avec John avait suivi la remarque désinvolte qu'il avait faite sur le sujet : « Je trouve ça formidable, elle pourra toujours aller en fac plus tard si elle le décide. »

Alice vérifia l'adresse sur son Blackberry, appuya sur la sonnette de l'appartement numéro sept, puis attendit. Elle s'apprêtait à rééditer son geste quand Lydia ouvrit la porte.

— Maman, tu es en avance.

Alice consulta sa montre.

— Non, pile à l'heure.

— Tu avais dit que ton vol atterrissait à huit heures.

— Pas huit, cinq.

— J'ai noté huit dans mon agenda.

— Lydia, il est six heures moins le quart, me voilà.

Lydia semblait indécise, angoissée, comme un lapin pétrifié qui fixe la voiture surgissant sur la route.

— Désolée, entre.

Elles marquèrent chacune une hésitation avant de s'embrasser. A croire qu'elles s'apprêtaient à se lancer dans une danse apprise depuis peu, sans tout à fait connaître le premier pas, sans savoir qui devait mener.

On sentait les côtes de Lydia sous son chemisier. Elle semblait avoir perdu au moins cinq kilos depuis leur dernière rencontre. Le produit d'une activité intense plutôt que de régimes volontaires, se prit à espérer Alice. La blonde Lydia, un mètre soixante-huit – quinze centimètres de plus que sa mère –, dépassait d'une tête les femmes d'origine italienne ou asiatique de leur banlieue de Boston, mais à Los Angeles, les salles d'attente des auditions étaient pleines d'apprenties comédiennes du même gabarit qu'elle.

— J'avais réservé pour neuf heures. Attends ici, je reviens.

Depuis le couloir, Alice inspecta du regard la cuisine et le salon en se tordant le cou. Mis tous ensemble, les meubles, sans doute donnés ou dénichés dans des vide-greniers, donnaient l'impression d'un intérieur assez branché : canapé modulable orange, table basse d'inspiration rétro, table et chaises de cuisine tout droit sorties d'une sitcom des années soixante-dix. Hormis un poster de Marlon Brando scotché au-dessus du canapé, les murs blancs ne comportaient aucune décoration. Une forte odeur de Glassex planait dans l'air, comme si Lydia avait briqué les lieux juste avant l'arrivée d'Alice.

En réalité, c'était trop propret. Aucun DVD, aucun CD posé au hasard, pas de photos sur le frigo ni de livres ou de revues sur la table basse : aucun indice des centres d'intérêts ou des choix esthétiques de Lydia. Cet appartement aurait pu être habité par n'importe qui. C'est alors qu'Alice remarqua un amoncellement de chaussures d'hommes par terre, à gauche de la porte située derrière elle.

— Parle-moi de tes colocataires, dit-elle quand Lydia revint de sa chambre, son portable à la main.

— Ils sont au travail.

— Quel genre de travail ?

— L'un sert dans un bar et l'autre est livreur.

— Je croyais qu'ils étaient comédiens tous les deux.

— C'est le cas.

— Je vois. Rappelle-moi leurs prénoms ?

— Doug et Malcolm.

Sa fille avait rougi en disant « Malcolm ». Pendant un instant fugace, mais Alice s'en était aperçue, ce qui n'avait pas échappé à Lydia. Cette dernière fuyait nerveusement son regard.

— On peut se mettre en route. Ils ont de la place maintenant, dit-elle.

— D'accord, permets-moi juste de faire un tour aux toilettes.

En se lavant les mains, Alice balaya du regard les produits de beauté posés sur la tablette près du lavabo : masque désincrustant, crème hydratante, dentifrice à la menthe, déodorant pour homme, une boîte de tampons périodiques. Elle réfléchit un instant. Elle était en aménorrhée depuis le début de l'été. A quand remontaient ses dernières règles ? Mai ? Elle fêterait ses cinquante ans dans un mois, il n'y avait donc aucune inquiétude à avoir. Elle n'avait pas de bouffées de chaleur ni de sueurs nocturnes pour l'instant, mais toutes les femmes ménopausées ne présentaient pas ces symptômes. Pour sa part, elle s'en passerait volontiers.

En se séchant les mains, elle remarqua la boîte de préservatifs coincée derrière les produits coiffants de Lydia. Elle voulait en savoir plus sur ces colocataires. Sur Malcolm, surtout.

Elles prirent place à une table en terrasse, dans le patio de l'Ivy, un restaurant à la mode du centre de Los Angeles, et commandèrent un apéritif : vodka-kalhua pour Lydia et vin rouge pour Alice.

— Alors, ça avance bien, l'article de papa pour *Science* ? demanda Lydia.

Elle avait dû avoir son père au téléphone récemment. Alice, elle, n'avait plus eu de ses nouvelles depuis le coup de fil traditionnel à l'occasion de la fête des Mères.

— C'est bouclé. Il en est très fier.

— Comment vont Anna et Tom ?

— Bien, occupés, ils travaillent beaucoup. Alors, comment as-tu fait la connaissance de Doug et de Malcolm ?

— Ils sont venus boire un café au Starbucks un soir où j'y travaillais.

Le serveur fit son apparition. Elles commandèrent chacune des plats de résistance ainsi qu'un deuxième verre. Alice espérait que l'alcool dissiperait la tension lourde et épaisse qui régnait entre elles, rôdant juste sous la surface de leur conversation, fine comme du papier calque.

— Alors, comment as-tu fait la connaissance de Doug et de Malcolm ?

— Je viens de t'expliquer. Pourquoi tu n'écoutes jamais ce que je te dis ? Un soir où je bossais au Starbucks, ils sont venus boire un café en parlant de chercher un colocataire.

— Je te croyais serveuse dans un restaurant.

— Exact. Je suis au Starbucks en semaine, au restau le samedi soir.

— Ça ne doit pas te laisser énormément de temps pour jouer.

— Je n'ai pas de rôle en ce moment, mais je suis des cours et je passe des tas d'auditions.

— Quel genre de cours ?

— Technique de Meisner.

— Et tu auditionnes pour quoi ces temps-ci ?

— Pour la télé et des photographes.

Alice fit tournoyer son vin, le termina – une grosse gorgée – puis elle se lécha les lèvres.

— Dis-moi, tu envisages quoi exactement par la suite ?

— Pas d'arrêter, en tout cas, si c'est ta question.

L'alcool faisait de l'effet, mais pas celui qu'elle avait escompté. Au contraire, il alimentait le feu qui consumait ce fameux papier calque, laissant pleinement émerger la tension qui régnait entre elles, et prenant les commandes d'une conversation dangereusement familière.

— Tu ne pourras pas vivre éternellement ainsi. Tu comptes travailler encore dans un Starbucks à trente ans ?

— Je n'en ai que vingt-deux ! Tu sais ce que tu feras dans huit ans, toi ?

— Oui, figure-toi. Il arrive un moment où l'on doit se montrer responsable. Il faut pouvoir se payer une couverture sociale, un crédit, une épargne retraite...

— J'ai une couverture sociale. Et je réussirai peut-être comme comédienne. Ça arrive, tu sais. A des gens qui gagnent beaucoup plus que toi et papa réunis.

— Ce n'est pas qu'une question d'argent.

— Alors, c'est quoi ton problème ? Que je ne sois pas devenue ta copie conforme ?

— Parle moins fort.

— Ne me dis pas ce que je dois faire.

— Je ne te demande pas de devenir ma copie conforme. Je tiens juste à ce que tu ne te fermes pas de portes.

— Tu veux choisir celles que j'ouvre.

— Non.

— Ce que je fais maintenant, c'est ma vie, c'est celle que je veux.

— Pardon ? Servir des cappuccinos ? Tu devrais être à la fac. Consacrer cette période de ton existence à suivre une formation.

— Mais c'est ce que je fais ! La seule différence, c'est que je ne m'échine pas à décrocher un A en sciences politiques à Harvard en restant assise sur une chaise. Je passe quinze heures par semaine dans un atelier d'acteurs sérieux. Ils ont combien d'heures de cours par semaine, tes étudiants ? Douze ?

— Ça n'a rien à voir.

— Eh bien, papa trouve que si. C'est lui qui paie.

Alice agrippa les deux côtés de sa jupe et se força à garder le silence. La réplique qui la démangeait n'était pas destinée à Lydia.

— Tu ne m'as même jamais vue sur scène.

John, si. L'hiver précédent, il avait assisté seul à la représentation d'une pièce dans laquelle jouait Lydia. A l'époque, submergée par trop d'urgences, Alice n'avait pas pu se libérer pour faire le voyage. A présent, en fixant le regard blessé de sa fille, elle ne parvenait pas à se rappeler en quoi consistaient ces urgences. Elle n'avait rien par principe contre la voie qu'avait choisie Lydia, mais jouer les aspirantes comédiennes à l'exclusion de tout cursus scolaire confinait à l'inconscience, à son avis. Si Lydia n'acquérait pas maintenant des bases solides à la fac, ou ne suivait pas une formation professionnelle dans tel ou tel domaine, que ferait-elle, sans diplôme, si elle ne parvenait pas à percer ?

Elle repensa aux préservatifs aperçus dans la salle de bains. Et si Lydia tombait enceinte ? Elle craignait que la jeune femme ne se retrouve un jour pleine de regrets, prise au piège de l'insatisfaction. Quand elle regardait sa fille, elle voyait tant de possibilités gâchées, de temps perdu.

— Tu ne rajeunis pas, tu sais. Le temps passe vite.

— Je suis d'accord.

Leurs plats arrivèrent, mais ni l'une ni l'autre ne saisit sa fourchette. Lydia se tamponna les yeux avec sa serviette de table en coton brodé. Elles retombaient systématiquement dans la même dispute. On aurait dit qu'elles fonçaient à chaque fois la tête la première contre un mur de béton, ce qui ne servait jamais à rien et n'aboutissait qu'à les faire durablement souffrir. Alice aurait aimé faire comprendre à Lydia que tous les souhaits qu'elle exprimait étaient inspirés par l'amour et par la sagesse. Elle aurait voulu tendre les bras par-dessus la table, serrer sa fille contre elle, mais il y avait trop d'assiettes, de verres, d'années de distance entre elles.

Quelques tables plus loin, un brusque tourbillon d'activité vint détourner leur attention. Plusieurs flashes d'appareils photos s'étaient déclenchés et un petit rassemblement de clients et de serveurs se formait autour d'une femme qui présentait une vague ressemblance avec Lydia.

— Qui est-ce ? s'enquit Alice.

— Voyons, maman, s'insurgea sa fille sur le ton à la fois supérieur et gêné mis au point à l'âge de treize ans. C'est Jennifer Aniston !

Elles dînèrent, n'abordant que des sujets inoffensifs, tels que leurs plats et la météo. Alice aurait voulu en savoir plus sur la relation de Lydia avec Malcolm, mais les émotions de sa fille brasillaient encore et elle eut peur de déclencher une nouvelle dispute. Elle régla l'addition, puis elles quittèrent le restaurant, rassasiées mais insatisfaites.

— Excusez-moi ? Madame ?

Un homme les rattrapa sur le trottoir.

— Vous avez oublié ça.

Alice s'arrêta, tâchant de comprendre comment leur serveur pouvait être entré en possession de son Blackberry. Elle n'avait pas vérifié ses mails ni son agenda. Elle tâta à l'intérieur de son sac. Pas là. Elle avait dû le sortir en récupérant son portefeuille pour payer.

— Merci.

Lydia la contempla d'un air perplexe, comme si elle s'apprêtait à parler d'autre chose que de nourriture ou de météo, puis se ravisa. Toutes deux repartirent en silence vers l'appartement de la jeune femme.

— John ?

Dans le couloir, la main figée sur la poignée de sa valise, Alice attendit une réponse. Devant elle, au-dessus du tas de courrier éparpillé par terre, un numéro de *Harvard Magazine*. L'horloge du séjour tictaquait, le réfrigérateur bourdonnait. Une chaude fin d'après-midi régnait dans son dos. L'intérieur de la maison paraissait glacial, compact, vicié. Inhabité.

Elle ramassa le courrier puis entra dans la cuisine, sa valise à roulettes sur les talons tel un animal fidèle. Son vol avait décollé bien après l'heure prévue. Elle rentrait tard, même selon le micro-ondes. John avait eu toute la journée, tout un samedi, pour travailler.

La lumière rouge du répondeur ne clignotait pas. Alice vérifia la porte du réfrigérateur. Aucun mot. Rien.

Serrant toujours la poignée de la valise, elle resta plantée dans la pénombre de la cuisine, à regarder plusieurs minutes s'écouler sur l'horloge du four. Sa voix intérieure, indulgente malgré sa déception, se réduisit peu à peu à un murmure et fut bientôt supplantée par une autre, plus primitive. Elle songea à téléphoner à la fac, mais la nouvelle voix écarta cette hypothèse d'emblée, rejetant toutes les excuses possibles. Alice fut un instant tentée de passer outre, mais la voix était trop puissante et trop envahissante pour qu'elle l'ignore : elle s'infiltrait à présent dans tout son corps, trouvant un écho à l'intérieur de son ventre et vibrant au bout de chacun de ses doigts.

Pourquoi cela la hérissait-il à ce point ? John menait une expérience qu'il ne pouvait délaisser pour rentrer. Elle-même s'était déjà retrouvée dans une situation identique quantité de fois. C'était leur métier qui voulait ça.

La voix la traita d'idiote.

Alice aperçut alors ses baskets par terre, près de la porte de derrière. Une bonne séance de course à pied lui remonterait le moral. Exactement ce qu'il lui fallait.

Dans l'idéal, elle faisait son jogging chaque jour. Depuis plusieurs années, cela lui était devenu une nécessité vitale, comme manger ou dormir. Il lui était arrivé de caser une séance à minuit, ou au beau milieu d'une tempête de neige. Or, elle avait négligé ce besoin fondamental au cours des derniers mois. Trop occupée. En laçant ses chaussures, elle se dit qu'elle ne les avait pas emportées en Californie parce qu'elle savait qu'elle n'aurait pas le temps de s'en servir.

Elle avait tout bonnement oublié de les prendre.

Au départ de leur maison sur Poplar Street, elle suivait toujours le même itinéraire : descente de Massachusetts Avenue puis traversée de Harvard Square jusqu'à Memorial Drive avant de longer le fleuve Charles jusqu'au Harvard Bridge à proximité du MIT[1], et retour – un circuit de près de huit kilomètres qui lui demandait trois quarts d'heure. Elle caressait depuis longtemps l'idée de courir le marathon de Boston, mais, réaliste, décidait chaque année qu'elle n'avait pas le temps de s'entraîner pour une telle distance. Un jour, peut-être. En excellente condition physique pour une femme de son âge, elle se voyait courir encore bien après soixante ans.

La première partie du trajet, sur Massachusetts Avenue et Harvard Square, était semée de piétons agglutinés sur les trottoirs et de croisements obligeant à slalomer entre les voitures. Les rues étaient bondées

---

1. Massachusetts Institute of Technology *(N.d.T.)*

et respiraient l'attente en cette fin d'après-midi de samedi. Des attroupements se formaient : les gens grouillaient, attendant le feu rouge aux carrefours, une table en terrasse dans les restaurants, un ticket de cinéma dans les files d'attente, sans compter les automobilistes garés en double file dans l'espoir de trouver une place improbable. Les dix premières minutes de trajet exigèrent une bonne dose de concentration afin de négocier tous ces obstacles extérieurs, mais dès qu'elle eut franchi Memorial Drive, elle fut libre de courir à pleines foulées au bord du fleuve et de prendre son rythme de croisière.

La soirée tiède et claire suscitait beaucoup d'animation sur les berges, qui paraissaient pourtant moins congestionnées que la rue. A présent, en dépit du flot continu de joggeurs, de chiens accompagnés de leurs maîtres, de promeneurs, de patineurs, de cyclistes et de femmes promenant leurs bébés dans des poussettes de compétition, Alice remarquait à peine ce qui se passait autour d'elle, tel un conducteur expérimenté sur une route souvent empruntée. A mesure qu'elle poursuivit son parcours le long du fleuve, plus rien ne vint la déconcentrer. Il n'y eut plus que le bruit de ses baskets frappant le bitume sur un rythme syncopé, calé sur celui de son souffle. Elle ne se repassa pas mentalement son accrochage avec Lydia. Ne prêta aucune attention à la faim qui la taraudait. Ne pensa pas à John. Elle se contenta de courir.

Suivant son habitude, une fois revenue au jardin John Fitzgerald Kennedy, une promenade de pelouses au cordeau flanquant Memorial Drive, elle ralentit.

L'esprit dégagé, le corps détendu et rajeuni, elle entreprit de rentrer au pas. La promenade se rétrécissait en débouchant sur Harvard Square, formant une allée entre l'hôtel Charles et l'Ecole d'administration publique.

Elle était campée au bout de cette allée, prête à traverser le carrefour d'Eliot Street et de Brattle, quand une femme la saisit par le bras avec une force surprenante.

— Avez-vous réfléchi au paradis ?

Elle fixait Alice avec un regard pénétrant, inflexible. Par leur couleur et leur texture, ses longs cheveux évoquaient une éponge en laine d'acier. Elle arborait sur la poitrine un panonceau rédigé à la main, qui annonçait AMÉRIQUE, REPENS-TOI, CONSACRE-TOI AU CHRIST ET RENONCE À TES PÉCHÉS. Il y avait toujours quelqu'un pour tenter de vous vendre sa religion sur Harvard Square, mais personne n'avait ciblé Alice de façon aussi directe et aussi intime jusque-là.

— Désolée, lança-t-elle avant de s'enfuir de l'autre côté de la rue, ayant remarqué une ouverture dans le flot des voitures.

Elle avait l'intention de continuer à marcher, mais elle se figea. Elle ne savait plus où elle était. Elle tourna la tête vers le trottoir opposé. La femme aux cheveux en laine d'acier poursuivait un autre pécheur le long de la promenade gazonnée. La promenade, l'hôtel, les magasins, les rues sinuant de manière illogique... Alice se trouvait sur Harvard Square, mais elle ignorait quelle direction prendre pour rentrer.

Elle réessaya, de manière plus spécifique. L'hôtel Harvard, la boutique d'escalade EMS, la quincaillerie Dickson Brothers, Mount Auburn Street. Elle connaissait tous ces endroits depuis près de vingt-cinq ans mais, de façon incompréhensible, elle ne les localisait plus sur la carte mentale qui lui aurait indiqué où elle habitait par rapport à eux. Ce T, sur le panneau circulaire noir et blanc juste en face d'elle, annonçait l'entrée de la gare de bus et de chemin de fer souterraine de la Red Line, mais il en existait quatre de cette sorte sur Harvard Square. Impossible de déterminer laquelle c'était à partir des éléments dont elle disposait.

Son cœur se mit à battre la chamade. Elle se couvrit de sueur. Elle se dit que cette transpiration et cette accélération du rythme cardiaque constituaient une réaction appropriée, coordonnée, au fait d'avoir couru. Alors qu'immobile ainsi sur le trottoir, cela ressemblait plutôt à une crise d'angoisse.

Perplexe, elle se força à parcourir un deuxième pâté de maisons, puis un troisième, ses jambes en coton donnant l'impression de vouloir céder à chaque pas : la coopérative étudiante, le Cardullo's, le marchand de journaux du carrefour, le syndicat d'initiative de l'autre côté de la rue, et, derrière, l'esplanade arborée de Harvard Yard. Elle se fit la réflexion qu'elle savait encore lire, et reconnaître ce qui l'entourait. Pourtant, ça ne servait à rien. Elle avait perdu ses marques.

Les gens, les voitures, les bus et toutes sortes de bruits insupportables fusaient autour d'elle. Elle ferma les paupières. Ecouta son sang pulser et siffler à ses oreilles.

— Faites que ça s'arrête, murmura-t-elle.

Elle ouvrit les yeux. Tout aussi soudainement qu'il l'avait fuie, le paysage se remit soudain en place. La coopérative, le Cardullo's, le Nini's Corner, Harvard Yard. Sans avoir besoin de se creuser la tête, elle savait qu'elle devait tourner à gauche au carrefour puis prendre vers l'ouest sur Massachusetts Avenue. Son souffle s'apaisa. Elle n'était plus égarée de façon anormale à quelques pas de chez elle. Cependant, elle venait de l'être. Elle marcha aussi vite qu'elle pouvait sans courir.

Elle tourna dans Poplar Street, une voie résidentielle tranquille bordée d'arbres, à deux pâtés de maison de Massachusetts Avenue. Elle se sentit beaucoup plus en sécurité ainsi, dans sa rue, en vue de chez elle – mais pas tout à fait. Elle continua à marcher sans détacher les yeux de sa porte d'entrée, en se promettant que l'océan de panique qui la secouait refluerait lorsqu'elle en passerait le seuil et qu'elle tomberait sur John. S'il était rentré.

— John ?

Il fit son apparition sur le seuil de la cuisine : pas rasé, ses lunettes relevées sur sa tignasse de savant fou, et léchant une glace à l'eau rouge. Il n'avait pas fermé l'œil de la nuit. La panique d'Alice commença à se dissiper ainsi qu'elle se l'était promis. Mais toute son énergie et tout son courage semblèrent l'abandonner au passage, la laissant démunie et prête à s'effondrer dans les bras de John.

— Hé, je me demandais où tu étais, j'allais te laisser un mot sur le frigo... Ça s'est bien passé ? demanda-t-il.

Il portait son tee-shirt gris fétiche.

— Quoi donc ? demanda-t-elle.

— Stanford.

— Oh, oui.

— Et comment va Lydia ?

D'abord exorcisés par le jogging puis supplantés par sa mystérieuse désorientation, sa souffrance et son sentiment de trahison, alliés à l'absence de John quand elle était rentrée, avaient repris leur place dans la hiérarchie de ses préoccupations.

— A toi de me le dire.

— Vous vous êtes engueulées, je parie.

— Tu lui paies des cours de comédie ? jeta-t-elle, accusatrice.

— Ah, lâcha-t-il en aspirant les dernières gouttes de sa glace. Ecoute, on peut en parler plus tard ? Je n'ai pas le temps d'entrer dans ces considérations maintenant.

— Trouve-le, John. Tu l'entretiens sans me le dire, tu n'es pas à la maison quand je rentre, et...

— Tu n'étais pas là non plus à mon arrivée. C'était bien, ce jogging ?

Le raisonnement qui sous-tendait cette question voilée était simple : si Alice avait attendu ou appelé John, si elle n'avait pas fait exactement ce qui lui passait par la tête en partant courir, elle aurait pu passer l'heure qui venait de s'écouler avec lui. Touché.

— Oui.

— Pardonne-moi, j'ai attendu aussi longtemps que possible, seulement je dois vraiment repartir au labo. J'ai eu une journée incroyable, des résultats superbes, mais nous n'avons pas terminé, je dois encore analyser les chiffres avant de reprendre demain matin. Je fais juste un saut à la maison pour te voir.

— J'ai besoin de discuter tout de suite.

— Ecoute, Ali, il n'y a vraiment rien de neuf dans cette histoire. Nous ne sommes pas d'accord au sujet de Lydia. Ça ne peut pas attendre mon retour ?

— Non.

— Tu veux m'accompagner, discuter en marchant ?

— Je ne vais pas au bureau, j'ai besoin de rester à la maison.

— Discuter tout de suite, rester à la maison, que de besoins, tout d'un coup... Y a-t-il autre chose qui te tracasse ?

Sa remarque avait touché un nerf sensible. Besoin égalait faiblesse, dépendance, pathologie. Son père. Toute sa vie, elle avait mis un point d'honneur à ne pas lui ressembler.

— Je suis simplement fatiguée.

— Tu en as l'air, il faut mettre la pédale douce.

— Ce n'est pas ça.

Il attendit qu'elle développe, mais elle resta trop longtemps sans poursuivre.

— Ecoute, plus vite je repartirai, plus vite je rentrerai. Repose-toi, je reviens dans la soirée.

Il l'embrassa sur le front malgré la sueur, puis sortit.

38

Plantée dans le couloir là où il l'avait laissée, sans quiconque à qui se confier ou se confesser, Alice ressentit soudain le contrecoup de ce qu'elle venait de vivre à Harvard Square. Elle s'assit par terre, s'adossa au mur frais, regardant ses mains trembler sur ses cuisses comme si c'étaient celles d'une étrangère. Elle tâcha de se concentrer sur son souffle, de le réguler comme à la course.

Au bout de plusieurs minutes d'inspirations et d'expirations, elle se sentit enfin assez calme pour tenter de trouver un début d'explication à ce qui venait d'arriver. Elle songea au mot qui s'était dérobé au cours de son allocution à Stanford, à son aménorrhée. Elle se leva et alluma son ordinateur portable pour chercher « symptômes de la ménopause » sur l'Internet.

Une liste épouvantable vint remplir l'écran : bouffées de chaleur, sueurs nocturnes, insomnie, lassitude intense, anxiété, vertiges, arythmie cardiaque, dépression, irritabilité, changements d'humeur, désorientation, difficultés de concentration, trous de mémoire.

Désorientation, difficultés de concentration, trous de mémoire. Et de un, et de deux, et de trois. Alice se laissa aller contre le dossier de son siège en faisant courir sa main dans ses cheveux noirs. Elle tourna la tête vers les photos encadrées sur les étagères de la bibliothèque qui s'élevait du sol au plafond – sa remise de diplôme à Harvard, John et elle dansant ensemble le jour de leur mariage, des portraits de famille de l'époque où les enfants étaient tout petits, un autre pris au mariage d'Anna... Elle revint à la liste affichée sur son écran. Il s'agissait simplement d'une nouvelle phase naturelle de son existence. Des millions de femmes en passaient par là chaque jour. Rien de dangereux pour sa vie. Rien d'anormal.

Elle nota de prendre rendez-vous avec son médecin pour un bilan de santé. Peut-être fallait-il commencer un traitement substitutif? Elle parcourut une dernière fois la liste des symptômes. Irritabilité. Brusques changements d'humeur. Sa prise de bec récente avec John. Tout concordait. Satisfaite, elle éteignit le portable.

Elle resta un petit moment assise dans le bureau gagné par la nuit, écoutant sa maison silencieuse et les bruits des soirées barbecue du voisinage. Elle huma les odeurs de hamburgers. Etrangement, elle n'avait plus faim. Ayant avalé un comprimé multivitaminé avec un verre d'eau, elle défit sa valise, lut plusieurs articles du *Journal of Cognition*, puis elle alla se coucher.

Peu après minuit, John rentra enfin. Son poids dans le lit la réveilla. Elle demeura immobile, faisant semblant de dormir. Il devait être épuisé après cette soirée et cette journée passées au travail. Ils auraient tout le loisir de discuter de Lydia le matin venu. Et elle s'excuserait de s'être montrée irritable et hypersensible. La main chaude de son mari vint se poser sur sa hanche. Il s'imbriqua contre elle. Convaincue de ne courir aucun danger, sentant sa respiration contre sa nuque, Alice sombra dans un sommeil profond.

Octobre 2003

— Ça fait beaucoup à digérer, dit Alice en ouvrant la porte de son bureau.

— Oui, ces enchiladas étaient énormes, approuva Dan, hilare, derrière elle.

Alice lui frappa légèrement le bras avec son bloc. Ils sortaient d'un déjeuner de travail d'une heure. En quatrième année de troisième cycle, Dan semblait le prototype même du jeune homme BCBG. Musclé, mince, blond, les cheveux courts, il arborait un sourire éclatant, impudent. S'il ne ressemblait en rien à John par le physique, il possédait une confiance en lui et un sens de l'humour qui rappelaient le mari d'Alice à cet âge.

Après plusieurs faux départs, les expériences du jeune doctorant décollaient enfin. Il était frappé d'une ivresse aisément identifiable, qu'Alice espérait voir évoluer vers une passion à long terme. La recherche se révélait toujours séduisante dans les périodes où l'on obtenait des résultats. Le problème, c'était les moments où rien n'aboutissait sans qu'on comprenne pourquoi.

— Quand partez-vous pour Atlanta ? demanda-t-elle tout en farfouillant dans les papiers qui jonchaient son bureau, en quête du brouillon qu'elle avait corrigé.

— La semaine prochaine.

— Vous pourrez sans doute soumettre votre article d'ici là, vous êtes en bonne voie.

— Je n'arrive pas à me faire à l'idée que je vais me marier ! Quel coup de vieux...

Alice avait trouvé le document qu'elle cherchait. Elle le lui tendit.

— Oh, je vous en prie ! Vous ne faites que commencer votre vie et votre carrière...

Dan s'assit pour feuilleter le brouillon, plissant le front devant les annotations en rouge dans la marge. C'était dans l'introduction et dans la synthèse qu'Alice était le mieux à même de compléter son travail. Grâce à ses connaissances approfondies, disponibles à volonté, elle avait comblé les lacunes de l'exposé, démontrant comment cette nouvelle pièce du puzzle s'emboîtait dans le tableau global de l'histoire et de l'actualité de la linguistique.

— C'est quoi, ça ? demanda le jeune homme en lui montrant du doigt une série de gribouillis.

— Effets différentiels de l'attention focalisée et de l'attention divisée.

— Quelle est la référence ?

— Ah, voyons...

Elle serra fort les paupières, le temps que le nom du premier auteur ainsi que l'année de publication lui reviennent en mémoire.

— Voyez, conclut-elle, c'est ce qui arrive quand on devient vieux !

— Mais non, vous êtes jeune, vous aussi. Ne vous inquiétez pas, je vérifierai.

Retenir l'année de publication des travaux, le détail des expériences et qui les avait menées constituait une lourde charge mnésique pour les chercheurs décidés à faire carrière. Alice impressionnait souvent ses étudiants en énonçant à la demande le titre des sept études pertinentes sur tel ou tel phénomène, accompagnées du nom de leurs auteurs et de leur date de parution respectifs. La plupart des enseignants confirmés de sa section maîtrisaient eux aussi cet art sur le bout des doigts. Il existait d'ailleurs une concurrence tacite pour savoir qui possédait le catalogue mental le plus complet, le plus aisément accessible, du corpus de leur discipline. Alice remportait la palme en la matière plus souvent qu'à son tour.

— Nye, MBB, 2000 ! s'exclama-t-elle.

— Cette capacité que vous avez me stupéfie à chaque fois. Sérieusement, comment faites-vous pour stocker tout ça sous votre crâne ?

Elle sourit sans fausse modestie.

— Vous verrez. Comme je le disais, vous n'en êtes qu'au début.

Il parcourut le restant des pages.

— D'accord, je suis bluffé, ça paraît solide. Merci beaucoup. Je vous rends ça demain !

Il sortit du bureau d'un pas vif. Cette tâche accomplie, Alice se référa à son pense-bête pour la journée, noté sur un Post-it jaune collé sur sa penderie, juste au-dessus de l'écran de son ordinateur portable.

~~*Cours cognition*~~
~~*Déjeuner travail*~~
Article Dan
Eric
Dîner anniversaire

Elle barra la troisième ligne avec satisfaction.
Eric ? Ça signifiait quoi ?
Eric Wellman était le directeur de la section de psychologie de Harvard. Comptait-elle lui annoncer, lui montrer ou lui demander quelque chose ? Avait-elle une réunion avec lui ? Elle consulta son agenda. Le 11 octobre – son anniversaire. Mais rien à propos d'Eric. *Eric.* C'était trop sibyllin. Elle se connecta à sa messagerie. Pas de mail d'Eric. Pourvu qu'il ne s'agisse pas d'une urgence. Agacée, mais certaine qu'elle finirait par retrouver, elle jeta à la poubelle ce Post-it, son quatrième de la journée, pour en détacher un nouveau.

Appeler Dr Moyer

Les trous de mémoire tels que celui-là devenaient trop fréquents à son goût. Agaçant. Convaincue que ces oublis diminueraient tout bonnement avec le temps, elle avait d'abord pris le parti d'attendre avant d'appeler son médecin de famille. Elle escomptait que son entourage la rassurerait sur le caractère assurément transitoire de cette phase, lui épargnant ainsi

une consultation – mais, ne fréquentant que des quinquagénaires hommes, elle avait fort peu de chances de
voir cet espoir se concrétiser. Elle s'était donc résolue à
admettre qu'il était temps de prendre rendez-vous chez
le médecin.

Alice et John effectuèrent le trajet à pied ensemble
jusqu'à Inman Square. Leur fille aînée, Anna, était déjà
assise au bar en compagnie de son mari. Tous deux
avaient fière allure dans leurs vêtements du même bleu :
tailleur pantalon complété d'un rang de perles pour elle
et costume et grosse cravate dorée pour Charlie. Depuis
deux ans, ils travaillaient pour le troisième plus gros
cabinet d'avocats d'affaires du Massachusetts, Anna
dans le domaine de la propriété intellectuelle, Charlie
dans celui du contentieux.
En voyant la coupe vide qu'elle tenait à la main et
son tour de poitrine inchangé, Alice comprit que sa
fille n'était pas enceinte. Elle tentait depuis six mois
de faire un bébé, sans succès – et sans s'en cacher.
Comme toujours avec elle, plus une chose se révélait
difficile à obtenir, plus elle la voulait. Alice lui avait
conseillé d'attendre, de prendre son temps avant de
franchir cette étape majeure de son existence. Anna
n'avait que vingt-sept ans, son mariage avec Charlie
remontait à quelques mois à peine, elle abattait
quatre-vingts à quatre-vingt-dix heures de travail par
semaine. Cependant, Anna avait fait valoir, à juste
titre, ce que toute femme active songeant à procréer
finit par comprendre : ce n'est jamais le bon moment.

Alice s'inquiétait des effets qu'aurait la maternité sur la carrière de sa fille. Dans son propre cas, le chemin menant à la titularisation avait été semé d'embûches. Non que ses responsabilités lui soient devenues trop écrasantes, ou qu'elle ait publié des résultats de moindre qualité, mais les nausées, l'anémie et la pré-éclampsie endurées au cours de ses vingt-sept mois cumulés de grossesse n'avaient pas manqué de la déconcentrer et de la ralentir. Et les trois mini êtres humains issus de ses accouchements l'avaient accaparée de façon plus permanente et plus absolue que tous les directeurs de section psychorigides et autres étudiants hyperactifs qu'elle avait jamais dû affronter.

Elle avait eu amplement le loisir de constater à quel point la maternité ralentissait le parcours professoral de ses collègues femmes, quand elle ne bloquait pas purement et simplement leur carrière. Elle avait eu du mal à admettre que celle de John, son égal sur le plan statutaire autant qu'intellectuel, prenne peu à peu la sienne de vitesse. Elle se demandait souvent comment son mari aurait surmonté trois épisiotomies, l'allaitement au sein, l'enseignement du pot, les journées infinies, assommantes, passées à chanter des comptines et, surtout, des nuits de sommeil haché en tranches de deux à trois heures au maximum.

Tandis que chacun échangeait embrassades, accolades, amabilités ou vœux de bon anniversaire, une femme aux cheveux décolorés, vêtue de noir des pieds à la tête, s'approcha d'eux au comptoir.

— Les personnes que vous attendiez sont arrivées ? demanda-t-elle avec un sourire aimable – mais un peu trop prolongé pour être sincère.

— Non, répondit Anna. Il en manque une.

— Me voilà ! lança Tom en entrant. Bon anniversaire, maman !

Alice l'embrassa, le prit dans ses bras. Ce n'est que là qu'elle remarqua : il était seul.

— Doit-on attendre...

— Jill ? Non, maman, on a rompu la semaine dernière.

— Tu collectionnes les petites amies, on a du mal à s'y retrouver, dit Anna. Y en a-t-il une nouvelle, faut-il réserver une chaise ?

— Pas encore, lui précisa Tom – et, à la femme en noir : Nous sommes tous là.

Chez lui, ces périodes d'entre-deux se répétaient tous les six à neuf mois, mais elles ne duraient guère. Intelligent, sérieux, le portrait craché de son père, Tom était en troisième année de médecine et prévoyait de s'orienter vers la chirurgie cardiothoracique. Un déjeuner équilibré lui ferait manifestement le plus grand bien. Il avouait, non sans dérision, que les étudiants en médecine et les chirurgiens de sa connaissance mangeaient n'importe quoi, et toujours sur le pouce : beignets, sachets de chips, sandwichs achetés au distributeur ou à la cafétéria de l'hôpital. Aucun d'entre eux n'avait le temps de faire du sport, sauf à compter les escaliers qu'ils s'astreignaient à monter à pied plutôt que d'emprunter l'ascenseur. Tom affirmait souvent en plaisantant que, d'ici quelques années, ils auraient tous les qualifications nécessaires pour se soigner mutuellement leurs maladies du cœur.

Installés avec leurs apéritifs dans un box semi-circulaire, ils orientèrent la conversation vers la grande absente.

— Ça remonte à quand, la dernière fois que Lydia est venue à un de nos dîners d'anniversaire ? demanda Anna.

— Elle était là pour mes vingt et un ans, dit Tom.

— Cinq ans ? Tant que ça ? Rien de plus récent ?

— Non, Tom, tu te trompes, affirma John sans plus de précision.

— J'en suis presque sûr, insista Tom.

— Si, affirma Alice. Elle était là pour les cinquante ans de ton père au Cap, il y a trois ans.

— Comment va-t-elle, maman ? s'enquit Anna.

Que Lydia n'aille pas en fac était manifestement du goût de sa sœur. D'une certaine manière, cela confortait sa position de plus intelligente et plus douée des trois. En tant qu'aînée, elle avait été la première à démontrer à ses parents ravis la puissance de son intellect. Si Tom se montrait lui aussi très doué, Anna ne lui avait jamais accordé beaucoup d'attention, sans doute parce qu'il s'agissait d'un garçon. Après quoi Lydia était arrivée. Alors que les livrets scolaires impeccables de cette dernière avaient semblé lui tomber tout rôtis, Anna avait ramé pour décrocher des A. Aujourd'hui, chacune faisait preuve d'esprit de compétition et d'indépendance, mais Anna n'avait pas l'esprit d'aventure de sa sœur. Elle tendait à poursuivre des objectifs conventionnels, dénués de risques, assurés de lui valoir des marques d'approbation tangibles.

— Elle va bien, dit Alice.

— Je n'arrive pas à croire qu'elle continue à se tourner les pouces. Elle n'a toujours pas commencé ses études ?

— Elle était formidable, dans cette pièce, l'an dernier, dit John.

— Elle prend des cours de comédie, précisa Alice.

Comme elle prononçait ces mots, tout lui revint : John avait financé le cursus non diplômant de sa fille sans même l'en avertir. Comment avait-elle pu oublier d'en parler avec lui ? Elle lui décocha un regard outré. Qu'il reçut comme un camouflet, à en juger par son expression. Il lui frotta le dos en secouant discrètement la tête. Elle aurait une explication plus tard avec lui. Si elle y pensait.

— C'est déjà quelque chose, conclut Anna, apparemment satisfaite que chacun soit conscient des situations respectives de chacune des filles Howland.

— Alors, papa, comment ça s'est passé, cette expérience de marquage ? demanda Tom.

John se pencha en avant pour se lancer dans une description détaillée de ses dernières recherches. Son mari et son fils, tous deux biologistes, s'absorbèrent dans une conversation à caractère analytique, s'efforçant chacun d'impressionner l'autre par sa science. Les pattes d'oie inscrites au coin des yeux de John même lorsqu'il ne riait pas se creusaient et s'animaient chaque fois qu'il évoquait ses découvertes.

Alice adorait le voir ainsi. Il ne lui parlait plus de son travail avec autant de précision ni d'enthousiasme qu'avant. Elle en savait encore assez pour brosser un bref tableau de ses recherches lors d'un cocktail, mais seulement dans les grandes lignes. Ce qui la ramena aux précisions qu'il lui fournissait autrefois en présence de collègues biologistes – les siens, ou de ceux de Tom. Il lui disait tout, alors, et elle l'écoutait avec une attention soutenue. Quand cela avait-il changé ? Qui s'était désintéressé de ces discussions en premier ? Lui, lassé de se répandre en explications, ou elle, d'avoir à écouter ?

Les calamars, les huîtres gratinées, la salade de roquette aux pommes et aux betteraves, les raviolis au potiron, tout fut excellent. Le repas terminé, chacun entonna « Joyeux Anniversaire » avec beaucoup de fausses notes, suscitant des applaudissements nourris et amusés de la part des autres clients. Alice souffla l'unique bougie perchée sur sa tranche de moelleux au chocolat. Quand toute leur tablée leva son verre de veuve-clicquot, John tendit le sien un peu plus haut.

— Bon anniversaire à ma belle et brillante épouse. A tes cinquante prochaines années !

Chacun trinqua puis but une gorgée de champagne.

Aux toilettes, Alice étudia son reflet dans le miroir. Ce visage ne correspondait pas tout à fait à l'image qu'elle se faisait d'elle-même. Ses yeux dorés respiraient la lassitude alors même qu'elle dormait tout son soûl, et sa peau semblait terne, relâchée. Certes, personne ne lui aurait accordé quarante ans, pourtant

50

elle ne se trouvait pas vieille. Elle prenait indiscutablement de l'âge, mais elle n'avait pas l'impression d'avoir fait son temps. Malgré l'intrusion malvenue des trous de mémoire liés à la ménopause, son entrée récente dans ce nouveau cycle de vie semblait se dérouler normalement. Et pour le reste, elle se sentait en bonne santé, jeune, vigoureuse.

Elle réfléchit à sa mère, Sarah. Elle lui ressemblait. Le souvenir qu'elle gardait de son expression sérieuse et concentrée, de son nez et de ses pommettes semés de taches de rousseur, ne laissait deviner aucune ride, aucun repli de peau. Sarah n'avait pas vécu assez longtemps pour en faire l'expérience. Elle était morte à quarante et un ans. La sœur d'Alice, Anne, en aurait eu quarante-huit cette année. Alice tâcha de se la représenter quadragénaire, assise dans le box avec eux en compagnie de son mari et de ses enfants – sans y parvenir.

C'est en s'asseyant sur la cuvette des W-C qu'elle s'aperçut qu'elle saignait. Ses règles. Bien sûr, les cycles menstruels étaient souvent irréguliers au début de la ménopause, ils ne disparaissaient pas toujours d'un coup. Toutefois, la possibilité qu'elle ne soit en réalité pas ménopausée se fraya un chemin en elle, s'agrippant fermement à sa conscience.

Sa fermeté, émoussée par le champagne et par la menstruation, céda. Elle fondit en larmes, en hoquetant. Elle avait cinquante ans et l'impression de perdre la tête.

On frappa à la porte.

— Tout va bien, maman ? demanda la voix d'Anna.

Novembre 2003

Le cabinet du Dr Tamara Moyer était situé au deuxième étage d'un immeuble de bureaux réservé aux professions libérales, à quelques centaines de mètres de Harvard Square, non loin de l'endroit où Alice s'était momentanément perdue. Les salles d'attente et de consultation aux murs gris mastic, décorées des sempiternelles photos de paysages et affiches publicitaires pour des spécialités pharmaceutiques, n'évoquaient rien de particulier. Au cours des vingt-deux ans où Alice avait eu le Dr Moyer pour médecin, elle n'était venue la consulter que pour des bilans de santé préventifs : examens de routine, rappels de vaccins, ainsi que, plus récemment, des mammographies.

— Qu'est-ce qui vous amène, Alice ? demanda la généraliste.

— J'ai beaucoup de trous de mémoire ces derniers temps. Je les ai d'abord attribués à la ménopause. J'ai cessé d'avoir mes règles il y a environ six mois, mais comme elles ont fait leur réapparition le mois dernier, ce n'est peut-être pas du tout lié... Je me suis dit qu'il fallait venir vous voir.

— Quel genre de détails oubliez-vous exactement ? demanda le Dr Moyer sans relever la tête de sa feuille d'évaluation, toute à sa prise de notes.

— Des noms propres, des mots dans la conversation, où j'ai posé mon Blackberry, pourquoi j'ai inscrit telle chose sur mon pense-bête de la journée.

— Bien.

Alice l'observait de près. Ces aveux ne semblaient pas du tout la captiver. Le Dr Moyer avait reçu cette information tel le prêtre qui écoute un adolescent confesser des pensées impures à propos d'une fille. Elle devait entendre des récriminations semblables à longueur de journée de la bouche de patients en pleine forme. Alice faillit s'excuser de se montrer aussi alarmiste – et aussi sotte : elle lui faisait perdre son temps. Tout le monde oubliait des détails de cet ordre, surtout en prenant de l'âge. Ajoutez à cela la ménopause et le fait qu'elle avait toujours trois fers au feu à la fois, et ses oublis paraissaient soudain très mineurs, très ordinaires, très inoffensifs – prévisibles, même. Le stress et la fatigue étaient le lot commun. *Comme les trous de mémoire.*

— Je me suis aussi égarée sur Harvard Square. Pendant deux bonnes minutes au moins, je ne savais plus où j'étais, mais j'ai repris mes esprits ensuite.

Le Dr Moyer cessa de noter les symptômes pour fixer Alice droit dans les yeux, mettant cette dernière en émoi.

— Aviez-vous une sensation d'oppression dans la poitrine ?

— Non.

— Des engourdissements, des démangeaisons ?

— Non.

— Mal à la tête, ou des étourdissements ?

— Non.

— Des palpitations ?

— Mon cœur battait la chamade, mais c'était après m'être perdue, ça tenait plutôt de l'afflux d'adrénaline lié à la peur. Non, je me souviens au contraire que je me sentais très bien juste avant.

— Est-il arrivé autre chose d'anormal ce jour-là ?

— Non, je rentrais de Los Angeles.

— Avez-vous des bouffées de chaleur ?

— Non. Enfin, j'ai ressenti quelque chose d'approchant au moment où j'étais désorientée mais là encore, je pense que c'était juste la peur.

— Parfait. Dormez-vous bien ces temps-ci ?

— Comme un loir.

— Combien d'heures de sommeil par nuit ?

— Cinq à six.

— Une différence avec votre rythme habituel ?

— Non.

— Avez-vous du mal à vous endormir le soir ?

— Pas du tout.

— Combien de fois vous réveillez-vous en moyenne par nuit ?

— Je ne crois pas me réveiller.

— Vous couchez-vous à la même heure chaque soir ?

— En général, oui. Sauf quand je suis en déplacement, et il se trouve que j'ai beaucoup voyagé ces derniers temps.

— Où êtes-vous allée ?

— Au cours de ces derniers mois, en Californie, en Italie, à La Nouvelle-Orléans, en Floride et dans le New Jersey.

— Etes-vous revenue malade d'un de ces voyages – des accès de fièvre, peut-être ?

— Non.

— Prenez-vous des médicaments ou des produits contre l'allergie, des vitamines, des plantes, des compléments nutritionnels ?

— Seulement des comprimés multivitaminés.

— Souffrez-vous de brûlures d'estomac ?

— Non.

— Avez-vous pris ou perdu du poids ?

— Non.

— Du sang dans votre urine ou dans vos selles ?

— Non.

Elle posait chaque question d'un ton rapide, enchaînant sur chaque réponse d'Alice, sautant d'un sujet à l'autre sans que cette dernière ait le temps de suivre son raisonnement sous-jacent. Comme lorsqu'on fermait les yeux sur des montagnes russes : impossible de prédire dans quel sens on serait emporté.

— Vous sentez-vous plus angoissée ou plus stressée que d'habitude ?

— Juste à cause de ces trous de mémoire. Sinon, pas du tout.

— Pas de problèmes de couple ?

— Non.

— Vous diriez-vous optimiste ?

— Oui.

— Est-il possible que vous soyez en dépression ?

— Non.

Alice avait fait l'expérience de la dépression. A dix-neuf ans, après la mort de sa mère et de sa sœur, elle avait passé un peu plus d'un an à ne pas dormir plus de deux heures d'affilée alors même qu'elle était toujours recrue de fatigue et avait perdu tout intérêt pour les plaisirs de la vie. Elle n'avait rien connu de tel depuis. Le Prozac ne constituait pas la solution à son problème.

— Buvez-vous de l'alcool ?

— Juste en société.

— Combien ?

— Un ou deux verres de vin au dîner, sans doute un peu plus à l'occasion d'une fête ou d'une soirée.

— Consommez-vous ou avez-vous consommé de la drogue ?

— Non.

Le Dr Moyer la dévisagea, pensive. Elle relut ses notes tout en les tapotant du bout de son stylo. La réponse ne devait pas se trouver sur ce bout de papier, se dit Alice.

— Alors, suis-je ménopausée ? demanda-t-elle en agrippant à deux mains son fauteuil recouvert d'une housse stérile.

— Oui. Nous pouvons demander un dosage hormonal, mais ce que vous me décrivez cadre tout à fait avec la ménopause. Elle survient en moyenne entre quarante-huit et cinquante-deux ans, vous y êtes pile. Vous aurez peut-être encore vos règles deux fois par an pendant une période plus ou moins longue. C'est tout à fait classique.

— Les thérapies hormonales substitutives peuvent-elles pallier les problèmes de mémoire ?

— Nous ne traitons plus personne de cette façon, sauf les femmes affligées de troubles du sommeil, de bouffées de chaleur vraiment épouvantables, ou déjà atteintes d'ostéoporose. Je ne pense pas que vos problèmes de mémoire relèvent de la ménopause.

Alice sentit ses joues se glacer. Exactement ce qu'elle redoutait d'entendre. Une possibilité qu'elle n'osait affronter que depuis peu. Son explication bien ordonnée, rassurante, venait de voler en éclats sous l'effet de cette unique opinion médicale. Elle souffrait de quelque chose et elle n'était pas sûre de vouloir savoir quoi. Elle lutta contre les instincts qui s'élevaient en elle et qui, de plus en plus pressants, la suppliaient d'encaisser sans rien dire ou de quitter ce cabinet de consultation au plus vite.

— Pourquoi donc ?

— Dans le tableau clinique de la ménopause, les symptômes tels que la désorientation et les trous de mémoire sont consécutifs à une mauvaise hygiène de sommeil. Les troubles cognitifs surviennent parce que la patiente ne dort pas, ou pas assez. Il est possible que votre repos ne soit pas aussi réparateur que vous le croyez. Votre emploi du temps et les décalages horaires dus à vos voyages auront peut-être sapé votre énergie. Il est possible que vous ruminiez des angoisses la nuit.

Alice réfléchit aux nombreuses circonstances dans lesquelles elle avait avancé au radar pour cause de manque de sommeil : au cours de ses dernières semaines de grossesse, au lendemain de ses accouchements, et les quelques fois où elle avait dû passer une nuit blanche pour boucler un dossier de demande de bourse... Elle n'avait assurément pas été au mieux de sa forme mentale dans ces cas-là, mais jamais au point de se perdre sur Harvard Square.

— Peut-être. Se pourrait-il que le vieillissement ou la ménopause augmentent soudain mon besoin de dormir ?

— Non, en général, on ne constate pas ce genre de réaction.

— A quoi songez-vous, alors ? demanda-t-elle d'une voix voilée, dénuée de toute assurance, à présent.

— Eh bien, c'est surtout cette désorientation qui m'inquiète. Je ne crois pas qu'il s'agisse d'un accident vasculaire cérébral. A mon avis, nous devrions faire des examens. Je vais vous prescrire un bilan sanguin, une mammographie ainsi qu'une ostéodensitométrie, parce que c'est le moment, mais aussi une IRM du cerveau.

Une tumeur au cerveau. Elle n'y avait même pas songé. Un nouveau prédateur venait la menacer. Les ingrédients de l'angoisse se remirent à infuser dans son ventre.

— Si vous ne pensez pas à un AVC, que cherchez-vous ?

— Il est toujours bon d'écarter définitivement ces hypothèses. Prenez rendez-vous pour l'IRM, puis avec moi juste après, nous étudierons les résultats ensemble.

Le Dr Moyer avait évité de répondre directement à sa question, pourtant Alice ne la pressa pas de révéler ses soupçons. Il ne restait plus qu'à attendre les résultats.

Siège des sections de psychologie, de sociologie et d'ethnologie, le bâtiment William James (dit « le WJ ») était situé sur Kirkland Street, juste derrière les grilles de Harvard Yard, un secteur que tous les étudiants surnommaient « la Sibérie ». Le principal facteur qui isolait le WJ du reste du campus n'était cependant pas sa localisation, mais la façon dont il jurait avec les constructions de style XIXe siècle, pleines de majesté, du prestigieux Harvard Yard, qui accueillaient les résidences universitaires des élèves de première année ainsi que les cours de mathématiques, d'histoire et d'anglais. On aurait pu le confondre avec un parking en hauteur. Il ne présentait aucune colonne, qu'elle soit dorique ou corinthienne, aucune brique rouge, aucun vitrail Tiffany, aucune flèche ni aucun atrium à verrière – en somme, pas un seul des caractères qui auraient pu le relier de près ou de loin à son établissement de tutelle. Ce bloc de béton de soixante-dix mètres de long, d'un beige sans imagination, aurait très bien pu servir de modèle aux fameuses boîtes de

Skinner pour ses expériences sur les rats. Rien d'étonnant à ce qu'il ne figure jamais dans la promenade guidée destinée aux nouveaux venus, ni dans les calendriers de *Harvard Magazine* – que ce soit au printemps, en été, en automne ou en hiver.

Si le WJ se révélait épouvantable à l'œil, la vue que l'on avait depuis l'intérieur, et surtout depuis les étages supérieurs, était carrément splendide. Assise dans son bureau du dixième étage, Alice but son thé en se détendant devant la beauté du fleuve Charles et du quartier huppé de Back Bay. Les immenses fenêtres orientées au sud-ouest donnaient sur un panorama que quantité de peintres et de photographes avaient immortalisé et que l'on retrouvait, encadré et jauni, sur les cloisons d'innombrables bureaux de la conurbation bostonienne.

Alice appréciait à sa juste valeur l'avantage offert à tous ceux qui pouvaient, comme elle, observer régulièrement la version vivante de ce paysage. Au fil des changements d'heure ou de date, le cadre délimité par les fenêtres de son bureau se modifiait de manière captivante. Elle ne s'en lassait jamais. Par une matinée aussi ensoleillée que celle-ci, la version automnale de « Vue de Boston depuis le WJ » montrait un soleil pétillant comme des bulles de champagne contre le verre bleu glacé du bâtiment John Hancock. Le long du fleuve argenté, plusieurs canoës, comme tractés par un câble au cours d'une expérience sur le mouvement, glissaient en continu vers le musée de la Science.

Ce spectacle constituait en outre un sain rappel à l'existence en dehors de l'université. Le néon CITGO bleu et rouge clignotant au-dessus de Fenway Park sur fond de coucher de soleil venait invariablement secouer le système nerveux d'Alice comme une sonnerie de réveil, la tirant de la transe quotidienne de ses ambitions et de ses obligations pour lui donner l'envie de rentrer chez elle. Autrefois, avant sa titularisation, elle occupait un réduit aveugle dans les tréfonds de l'immeuble. Privée d'accès visuel au monde extérieur, elle travaillait alors souvent jusqu'en milieu de soirée sans même s'en apercevoir entre les murs uniformément beiges. Souvent, à la fin de sa journée, elle avait la surprise de découvrir que le vent de nord-est avait enfoui la ville de Cambridge, Massachusetts, sous près de cinquante centimètres de neige et que tous ses collègues moins absorbés qu'elle, ou mieux pourvus en fenêtres, avaient sagement quitté le navire pour se mettre en quête de pain, de lait ou de papier toilette avant de rejoindre la chaleur de leur foyer.

Mais pour l'heure, fini de regarder au-dehors. Alice partait à Chicago en fin d'après-midi pour les rencontres annuelles de la Société psychonomique, elle avait des tonnes de choses à terminer d'ici là. Elle consulta sa liste.

> *Réunion de section*
> *Réunion avec les assistants*
> *Cours cognition*
> *Finaliser affiche et itinéraire conférence*
> *Jogging*
> *Aéroport*

Après une dernière gorgée de thé glacé sans sucre, elle entreprit d'étudier ses notes pour son cours magistral, troisième d'une série de six consacrés à la linguistique. Elle abordait aujourd'hui la sémantique – la signification du langage –, sa matière préférée parmi celles qu'elle traitait. Au bout de vingt-cinq ans d'enseignement, elle consacrait encore une heure à préparer chacune de ses interventions devant ses élèves. Bien entendu, à ce stade de sa carrière, elle pouvait prononcer de mémoire soixante-quinze pour cent de n'importe quel cours. Elle consacrait néanmoins les vingt-cinq pour cent restants aux idées nouvelles, aux techniques innovantes ou aux sujets de débat issus des découvertes récentes, et passait systématiquement l'heure précédant son cours à peaufiner l'organisation et la présentation de ce contenu inédit. Sa passion d'enseigner, son implication étaient alimentées par la nécessité d'inclure ces données en constante évolution.

Harvard privilégiait les performances en matière de recherche, si bien que les étudiants comme l'administration toléraient un enseignement moins inspiré. Si Alice accordait tant d'importance à ses cours, c'était qu'elle se sentait dans l'obligation morale d'inspirer la prochaine génération de profs – ou, tout au moins, de ne pas dégoûter de futurs grands penseurs qui auraient alors risqué d'abandonner la psycho au profit des sciences politiques.

Parée à enseigner, elle consulta ses mails.

Novembre 2003

Alice,
Nous attendons toujours tes trois diapos à inclure dans la présentation de Michael : un graphique sur l'accès au lexique, un diagramme sur la modélisation du langage + un texte. Michael n'intervient pas avant jeudi treize heures, mais peux-tu envoyer ta contribution aussi vite que possible, histoire qu'il la relise et que son exposé reste dans les limites fixées ? Tu peux la faire parvenir à mon adresse, ou directement à la sienne.
Nous séjournerons au Hyatt. A bientôt à Chicago.

Cordialement,
Eric Greenberg

Une ampoule froide et poussiéreuse s'alluma dans le cerveau d'Alice. Voilà donc l'explication de cet « Eric » mystérieux porté sur l'une de ses listes de la semaine précédente. Aucun rapport avec Eric Wellman. Elle était censée adresser quelque chose à Eric Greenberg, un ex-collègue de Harvard à présent titulaire d'une chaire de psychologie à Princeton. Dan et Alice avaient élaboré ensemble trois diapos décrivant une expérience peu orthodoxe menée en collaboration avec le thésard d'Eric, Michael, qui devait les inclure dans son exposé lors du symposium sur la psychonomie. Pour éviter toute distraction, Alice envoya aussitôt les fichiers, accompagnés d'un mot d'excuses sincères à l'attention d'Eric. Ouf, ce dernier les recevrait largement à temps. Aucune casse.

Comme presque toujours à Harvard, l'amphi attribué au séminaire sur la cognition était plus vaste que nécessaire. Une bonne centaine des sièges disposés en gradins, recouverts de tissu bleu, resteraient inoccupés. Un dispositif audiovisuel dernier cri occupait le fond de la salle, et un écran qui n'avait rien à envier à celui d'un cinéma formait une toile de fond sur l'estrade. Tandis que les trois techniciens se hâtaient de vérifier éclairage et micros et de câbler l'ordinateur d'Alice au système, les étudiants inscrits s'avancèrent dans l'amphi. Alice ouvrit son dossier Cours de Linguistique sur son portable.

Il contenait six fichiers : Acquisition, Syntaxe, Sémantique, Compréhension, Modélisation, et Pathologies. Alice relut chacun de ces titres. Elle ne se rappelait plus quel thème elle devait traiter ce jour-là. Elle venait de passer une heure à relire un de ces textes et pourtant rien ne lui revenait. Syntaxe ? Chacun lui était familier mais aucun ne se détachait des autres.

Depuis sa visite au Dr Moyer, ses craintes s'intensifiaient chaque fois qu'elle avait un trou de mémoire. Celui-là n'avait rien à voir avec le fait d'égarer le chargeur de son Blackberry, ou de ne pas retrouver des lunettes. Il n'était pas normal. Alice commençait à se dire – ou plutôt, une voix intérieure torturée et paranoïaque lui soufflait – qu'elle avait une tumeur cérébrale. D'un autre côté, elle se répétait de ne pas paniquer et de ne pas inquiéter John tant qu'elle n'aurait pas de nouvelles plus précises du médecin – ce qui, hélas, n'arriverait pas avant la semaine suivante, à l'issue du symposium psychonomique.

Bien décidée à survivre à l'heure qui s'annonçait, elle inspira profondément pour chasser son irritation.

D'accord, elle ne se souvenait pas du sujet du séminaire, mais elle se rappelait qui elle avait en face d'elle.

— Quelqu'un peut-il me lire ce que dit notre programme d'aujourd'hui ? demanda-t-elle à la cantonade.

— Sémantique !

Plusieurs voix venaient de s'élever, presque à l'unisson.

Alice avait parié, avec raison, que quelques-uns au moins des étudiants présents sauteraient sur cette occasion de paraître serviables. Elle ne craignait pas une seconde que sa question inquiète ou étonne. Une distance métaphysique séparait les étudiants de licence de leurs professeurs, tant en termes d'âge et de savoir que de pouvoir.

Sans compter qu'au cours du semestre écoulé, ce public-ci, emballé devant l'omniprésence du nom d'Alice parmi les auteurs de sa bibliographie, avait eu droit à des démonstrations précises de ses compétences. Si certains avaient remarqué son oubli, ils se disaient sans doute que, distraite par des obligations plus importantes que le cours 256, elle avait omis de consulter le programme avant d'entrer dans l'amphi. Comment auraient-ils pu se douter qu'elle venait de passer une heure à se concentrer presque exclusivement sur la sémantique ?

Cette journée ensoleillée céda la place à une soirée nuageuse et glaciale, flirtant véritablement pour la première fois avec l'hiver. La veille, en fin de journée, une grosse averse avait laissé les arbres quasi nus, trop court vêtus pour le temps qui s'annonçait. Bien au chaud sous sa polaire, Alice rentra chez elle sans se presser en savourant l'odeur froide de l'automne et le bruissement de ses pas dans les tas de feuilles mortes.

La maison était éclairée, le sac et les chaussures de John, posés par terre à côté de la desserte de l'entrée.

— Tu es là ? Je suis rentrée ! lança-t-elle.

John sortit du bureau en la regardant d'un air interloqué. Alice le dévisagea à son tour sans rien dire, consciente qu'un détail clochait. Il était arrivé quelque chose de grave. Sa première pensée alla à ses enfants. Elle demeura pétrifiée dans le couloir, se préparant à une nouvelle atroce.

— Tu n'étais pas censée aller à Chicago ?

— Eh bien, Alice, tous vos bilans sanguins sont négatifs et rien n'apparaît à l'IRM, annonça le Dr Moyer. Nous avons deux possibilités, maintenant : soit attendre de voir comment tout ça évolue, comment vous dormez et comment vous vous sentez dans trois mois, soit...

— Je veux consulter un neurologue.

Décembre 2003

Le soir de la fête d'anniversaire d'Eric Wellman, le ciel bas et chargé annonçait de la neige, pour le plus grand bonheur d'Alice. Comme la plupart des habitants de la Nouvelle-Angleterre, elle n'avait jamais réussi à se débarrasser d'une impatience enfantine de voir arriver les premiers flocons. Bien entendu, ce qu'elle avait tant appelé de ses vœux en décembre finirait par l'insupporter en février : mourant d'envie de voir l'hiver morne et glacé céder la place au rose et au vert éclatants du printemps, elle maudirait alors les bottes fourrées et la pelle de rigueur.

Chaque année, pendant les fêtes, Eric et son épouse Marjorie donnaient à leur domicile une fête ouverte à toute la section de psychologie. Il n'y survenait jamais rien d'extraordinaire, mais il y avait toujours des instants qu'Alice n'aurait voulu manquer pour rien au monde : Eric étalé par terre dans son salon plein d'étudiants et de jeunes enseignants assis sur les canapés et les fauteuils ; Kevin et Glen se disputant une peluche du Grinch au cours du traditionnel troc de cadeaux ; la ruée vers le buffet, où l'on s'arrachait le cheese-cake légendaire de Marty.

Ses collègues tout à la fois brillants et bizarres, serviables et ironiques, humbles et ambitieux, constituaient une grande famille aux yeux d'Alice – impression sûrement due au fait qu'aucun de ses proches parents n'était plus en vie. Peut-être cette période de l'année l'attendrissait-elle, en suscitant chez elle un désir de sens, d'appartenance... Sans doute, mais pas seulement.

Ces gens-là étaient plus que de simples collègues. Tous célébraient ensemble les triomphes – découvertes, promotions, publications – mais aussi les mariages, les naissances, et les réussites de leurs enfants et petits-enfants. Ils se rendaient ensemble à l'autre bout du monde pour assister à des conférences généralement suivies de quelques jours de vacances en famille. Et, comme dans n'importe quelle famille, ils ne partageaient pas que les bons moments et les délicieux cheese-cakes. En cas de mauvais résultats, de refus de bourses, quand surgissaient les doutes, la maladie et le divorce, ils se serraient les coudes.

Surtout, ils partageaient un élan, une passion : celle de comprendre l'esprit humain, de découvrir les mécanismes qui sous-tendaient le comportement, le langage, les émotions et les envies de leurs semblables. Si ce Saint Graal pouvait leur apporter pouvoir et prestige individuel, il s'agissait aussi d'un effort commun, destiné à asseoir des connaissances précieuses afin d'en faire don ensuite au reste du monde.

Le cheese-cake ayant été dévoré, Alice rafla l'ultime profiterole puis se mit en quête de John. Elle le trouva dans le salon, en conversation avec Eric et Marjorie, au moment précis où Dan arrivait.

Ce dernier leur présenta sa jeune épouse, Beth. Chacun félicita chaleureusement le couple tout en échangeant des poignées de mains. Marjorie emporta leurs manteaux. Dan portait un costume cravate, Beth une longue robe rouge. Ils arrivaient tard, et trop apprêtés pour cette fête. Ils avaient dû se rendre à une réception avant de venir. Eric proposa d'aller leur chercher à boire.

— Je vais prendre un autre verre aussi, indiqua Alice alors que le sien était encore à moitié plein.

John demanda à Beth quel effet cela faisait d'être mariée. Alice n'avait jamais rencontré la jeune femme jusque-là mais Dan lui avait souvent parlé d'elle. Les deux jeunes gens vivaient ensemble à Atlanta lorsqu'il avait été accepté à Harvard. D'abord satisfaite de la relation à distance qui s'annonçait et de la perspective d'un mariage post-thèse, Beth était restée dans le Sud. Trois ans plus tard, au détour d'une conversation, Dan avait mentionné qu'il en mettrait bien cinq à sept à boucler son doctorat. Ils s'étaient mariés un mois plus tôt.

Alice s'éclipsa vers les toilettes. En route, elle s'attarda dans le corridor qui reliait la partie la plus récente de la maison à l'arrière plus ancien, terminant son vin et sa profiterole tout en admirant les photos des petits-enfants d'Eric sur les murs. A son retour, elle se rendit dans la cuisine où elle se resservit de vin et où elle se retrouva coincée au milieu d'une conversation animée entre les épouses de plusieurs collègues.

Celles-ci se serraient mutuellement le coude ou l'épaule tout en évoluant dans la cuisine. Chacune connaissait les personnages qui peuplaient les histoires des autres, elles se complimentaient et se taquinaient avec force rires. Ces femmes déjeunaient et faisaient leurs courses ensemble, elles se réunissaient pour discuter bouquins. Elles étaient proches. Alice, elle, était intime avec leurs maris, ce qui la classait à part. Elle se contenta d'écouter tout en buvant, acquiesçant et souriant au fil de la conversation sans véritablement s'impliquer – à l'image du joggeur qui court sur un tapis plutôt que sur une vraie route.

S'étant resservie, elle se glissa discrètement hors de la pièce, pour trouver John au salon, en conversation avec Eric, Dan et une jeune femme en robe rouge. Campée près du piano à queue d'Eric, Alice se mit à tambouriner sur le couvercle en écoutant leur discussion. Chaque année elle espérait que quelqu'un se mette au clavier, mais cela n'arrivait jamais. Elle-même avait pris des cours de piano avec Anne lorsqu'elles étaient enfants. A présent, elle se rappelait au mieux deux airs – et encore, juste les accords de la main droite. Peut-être cette jeune femme en robe du soir rouge était-elle concertiste ?

Un silence planait. Alice croisa son regard.

— Désolée, je ne crois pas que nous ayons été présentées. Alice Howland...

La femme adressa un regard nerveux à Dan avant de répondre.

— Je m'appelle Beth.

S'il s'agissait d'une étudiante, en décembre, Alice l'aurait au moins connue de vue. Elle se rappela que Marty avait parlé d'embaucher quelqu'un, une femme.

— Seriez-vous la nouvelle étudiante chercheuse de Marty ? demanda-t-elle.

La femme quêta de nouveau du regard l'approbation de Dan.

— Je suis la femme de Dan.

— Ah, quel plaisir de vous rencontrer enfin ! Félicitations !

Un ange passa. Porteur d'un secret inconnu, le regard d'Eric rebondit de celui de John au verre de vin qu'Alice tenait à la main, puis revint sur John.

— Quoi ? demanda-t-elle.

— Ma chérie, il se fait tard et je dois me lever tôt, ça ne t'embête pas qu'on rentre maintenant ?

Une fois dehors, Alice fut tentée de demander la raison de cette curieuse interruption dans la conversation de tout à l'heure, mais, distraite par la douce beauté de la neige aux allures de sucre glace qui s'était mise à tomber pendant qu'ils se trouvaient chez Eric, elle oublia de le faire.

En cette avant-veille de réveillon, Alice faisait semblant de lire une revue de santé grand public, installée dans la salle d'attente du Centre de la Mémoire du Massachusetts General Hospital. En réalité, elle observait les autres personnes présentes. Chaque patient était venu accompagné. Une femme qui semblait être au moins son aînée de vingt ans était assise à côté d'une autre nettement plus jeune – sa fille, sans doute. Une troisième, pourvue d'une crinière d'un brun qui n'avait rien de naturel et arborant de gros bijoux en or, parlait d'une voix forte et lente, à l'accent de Boston prononcé, à son père en fauteuil roulant qui ne détachait pas les yeux de ses chaussures d'un blanc immaculé. Une quatrième, maigre et grisonnante, feuilletait un magazine, trop vite pour parvenir à lire quoi que ce soit, à côté d'un homme obèse, grisonnant lui aussi, et affligé d'un tremblement permanent à la main droite. Sans doute le mari et l'épouse. L'infirmière mit un temps fou à appeler Alice, qui eut l'impression que l'attente se prolongeait davantage dans son cas.

Le Dr Davis était imberbe, d'apparence juvénile. Il portait des lunettes cerclées de noir, une blouse blanche déboutonnée. Son visage évoquait un ancien maigre, mais son estomac saillant par l'ouverture de son vêtement ramena Alice aux commentaires de Tom sur la mauvaise hygiène de vie des médecins. Le neurologue salua Alice sans quitter son fauteuil et l'invita à prendre place en face de lui.

— Bien, dites-moi ce qui vous amène.

— Ces derniers temps, j'ai beaucoup de problèmes de mémoire qui ne me paraissent pas normaux. J'oublie des termes en plein milieu d'une intervention publique ou d'une conversation, j'ai besoin de préciser « Cours sur la cognition » sur ma liste de tâches pour la journée sinon j'oublie d'aller enseigner. Je devais me rendre à une conférence à Chicago, j'ai omis d'aller à l'aéroport et j'ai raté mon avion. Sans compter qu'une fois, sur Harvard Square, j'ai perdu pendant au moins deux minutes toute idée de l'endroit où je me trouvais, alors que je suis prof à Harvard et que je traverse chaque jour cette place à pied.

— Quand ont commencé vos problèmes ?

— Au mois de septembre, ou peut-être cet été.

— Quelqu'un vous a-t-il accompagnée à ce rendez-vous ?

— Non.

— Bon, à l'avenir, vous devrez venir avec un membre de votre famille ou un proche qui vous fréquente régulièrement. Vous vous plaignez de troubles mnésiques, vous n'êtes donc pas forcément la source la plus fiable pour décrire ce qui vous arrive.

Elle se sentit gênée, comme une enfant. Et les mots « à l'avenir » s'étaient infiltrés dans son esprit jusqu'à l'obséder, comme le bruit d'un robinet qui goutte.

— D'accord, dit-elle.

— Suivez-vous un traitement médical quelconque ?

— Non, je prends juste des multivitamines.

— Pas de somnifères, de pilules pour maigrir, de psychotropes ?

— Non.

— Quelle est votre consommation quotidienne d'alcool ?

— Modérée. Un ou deux verres de vin au dîner.

— Etes-vous végétalienne ?

— Non.

— Avez-vous subi un traumatisme crânien par le passé ?

— Non.

— Des interventions chirurgicales ?

— Non.

— Des troubles du sommeil ?

— Aucun.

— Avez-vous déjà fait une dépression ?

— Pas depuis l'adolescence.

— Comment qualifieriez-vous votre niveau de stress actuel ?

— Normal. La tension nerveuse me réussit bien.

— Parlez-moi de vos parents proches. Quel est leur état de santé ?

— Ma mère et ma sœur sont mortes dans un accident de voiture quand j'avais dix-neuf ans. Mon père a succombé à une maladie du foie l'an dernier.

— Hépatite ?

— Cirrhose. Il était alcoolique.

— Quel âge avait-il ?

— Soixante et onze ans.

— D'autres problèmes de santé de son côté ?

— Pas que je sache. Je ne l'ai presque pas vu au cours des dernières années.

Et lorsqu'elle l'avait vu, il était ivre, il divaguait.

— Et le reste de votre famille ?

Elle fit part de ses connaissances limitées sur l'histoire médicale de sa famille au deuxième degré.

— Bon, je vais vous lire un nom et une adresse, vous allez me les répéter. Ensuite, je vous poserai une série de questions auxquelles vous devrez répondre, après quoi je vous demanderai de me redire le nom et l'adresse du début. Prête ? C'est parti : John Black, 42 West Street, à Brighton. Pouvez-vous me le répéter, s'il vous plaît ?

Elle s'exécuta.

— Quel âge avez-vous ?

— Cinquante ans.

— Quel jour sommes nous ?

— Le 22 décembre 2003.

— En quelle saison ?

— L'hiver.

— Où nous trouvons-nous actuellement ?

— Au septième étage du CHR de Boston.

— Pouvez-vous me donner le nom de plusieurs rues alentour ?

— Cambridge et Fruit Street, Storrow Drive.

— Bien. Quel est le moment de la journée ?

— La fin de matinée.

— Enumérez-moi les mois de l'année à rebours.

Elle le fit.

— Comptez en sens inverse à partir de cent, par paliers de sept.

Il l'arrêta à soixante-douze.

— Nommez ces objets.

Il lui montra une série de six cartes comportant des dessins au crayon.

— Hamac, plume, clé, chaise, cactus, gant.

— Bien, je vais vous demander de vous toucher la joue droite de la main gauche puis de me montrer la fenêtre du doigt.

Elle le fit.

— Pouvez-vous décrire la météo d'aujourd'hui sur cette feuille de papier ?

Elle inscrivit : « C'est une matinée d'hiver ensoleillée mais froide. »

— A présent, dessinez une horloge qui indique quatre heures moins vingt.

Elle s'exécuta.

— Et recopiez ce dessin.

Il lui présentait un schéma montrant deux pentagones entrecroisés. Elle le recopia.

— Bien, Alice, montez sur la table, à présent. Nous allons procéder à un examen neurologique.

Elle suivit son stylet lumineux du regard, pinça rapidement l'index et le pouce, marcha en ligne droite d'un bout à l'autre de la pièce en posant d'abord le talon par terre. Accomplissant chaque exercice avec aisance et rapidité.

— Bien, quels étaient le nom et l'adresse que je vous ai donnés plus tôt ?

— John Black...

Elle se tut, scrutant le visage du Dr Davis. Elle ne se rappelait pas l'adresse. Ça signifiait quoi ? Peut-être n'avait-elle pas été assez vigilante, tout simplement.

— A Brighton, mais je ne me rappelle plus l'adresse exacte.

— Bien, est-ce au vingt-quatre, vingt-huit, quarante-deux ou quarante-huit de la rue ?

Elle l'ignorait.

— Essayez de deviner.

— Quarante-huit.

— Etait-ce North Street, South Street, West Street ou East Street ?

— South Street ?

Rien dans l'expression du médecin ni dans sa posture n'indiquait si Alice avait répondu correctement, mais elle aurait parié que non.

— Bien, Alice, nous avons les résultats récents de vos prélèvements sanguins et de votre IRM. Je vais vous envoyer faire une prise de sang complémentaire, ainsi qu'une ponction lombaire. Vous reviendrez d'ici quatre à cinq semaines, et vous aurez rendez-vous pour des tests neuropsychologiques avant notre consultation.

— Il m'arrive quoi, d'après vous ? Ces oublis sont sans gravité ?

— Je ne crois pas, Alice, mais nous devons chercher plus loin.

Elle le fixa droit dans les yeux. Un collègue lui avait affirmé un jour qu'un contact visuel de plus de six secondes sans ciller ni se détourner révélait des envies de sexe ou de meurtre. Elle n'en avait rien cru, mais cette affirmation l'avait suffisamment intriguée pour la pousser à soumettre divers amis et inconnus au test. Intéressant : à l'exception de John, tous avaient écarté les yeux avant la fin du délai.

Le Dr Davis baissa les siens vers son bureau au bout de quatre secondes. Sans doute parce qu'il ne souhaitait ni la tuer ni la basculer sur sa table d'examen, mais sa réaction inquiéta Alice. Il avait beau vouloir la sonder, l'analyser, la passer au scanner, l'examiner, son opinion devait être faite. Elle lui avait raconté son histoire, et elle ne s'était pas souvenue de l'adresse de John Black. Il savait déjà ce qui n'allait pas chez elle.

Alice passa une grande partie du 24 décembre sur le canapé, à boire du thé à petites gorgées tout en feuilletant des albums de photos. Au fil des ans, elle y avait rangé tous ses clichés au fur et à mesure qu'elle les faisait développer, pour les protéger sous des rabats en plastique transparent. Son assiduité en la matière avait préservé la chronologie de leur famille, mais elle n'avait rien inscrit sous les photos. Quelle importance ? Elle se rappelait toujours parfaitement l'histoire de chacune.

Lydia à deux ans, Tom à six et Anna à sept sur la plage de Harding en juin, lors du premier été qu'ils avaient passé à la maison de Cape Cod. Anna lors d'un match de foot junior à Pequossette Field. John et elle sur la plage de Seven Mile, sur l'île de Grand Cayman.

Non seulement elle était en mesure de dire quand et où chaque cliché avait été pris, mais elle pouvait les commenter presque tous dans leurs moindres détails. Chacun suscitait de nouveaux souvenirs de la journée concernée, qui ne figuraient pas dans le cadre : les autres personnes présentes, le contexte général de leur existence à l'époque.

Lydia lors de son premier spectacle de danse, dans son justaucorps bleu pastel qui la grattait. Anna avant la titularisation d'Alice – elle allait au collège, Tom était éperdument amoureux d'une fille de son équipe mixte de base-ball et John, en congé sabbatique pour un an, séjournait dans la banlieue de Washington.

Les seules photos qui lui posaient un problème étaient les portraits d'Anna et de Lydia bébés : leurs visages joufflus, parfaits, presque impossibles à distinguer l'un de l'autre. En général, Alice trouvait pourtant des indices permettant de les identifier. La coiffure de John le situait nettement dans les années soixante-dix. Le nourrisson qu'il tenait sur les genoux devait donc être Anna.

— Qui est-ce, chéri ? demanda-t-elle en tendant la photo d'un des bébés.

Il leva le nez de la revue spécialisée qu'il lisait et plissa les yeux en abaissant ses lunettes le long de son nez.

— Tom, peut-être ?

— Non, elle porte une grenouillère rose. C'est Lydia.

Elle vérifia la date inscrite au dos de la photo par le labo Kodak pour s'en assurer. 29 mai 1982. Donc Lydia.

— Ah, dit-il en remontant ses lunettes.

Il reprit sa lecture.

— John, ça fait un moment que je veux te parler de ses cours de théâtre.

Il la regarda, corna sa page, alla poser la revue sur la table puis revint se carrer dans son fauteuil en repliant ses lunettes. Il savait que ça prendrait plus d'une minute.

— D'accord.

— Je ne pense pas que ce soit à nous de la subventionner... En plus, je n'apprécie pas que tu paies ses cours derrière mon dos.

— Excuse-moi, tu as raison, j'avais l'intention de t'en parler et puis j'ai oublié. J'ai été happé par le boulot, tu sais comment c'est. Mais je ne suis pas d'accord avec toi, tu t'en doutes. On a financé les études de Tom et d'Anna.

— Ce n'est pas la même chose.

— Si. Simplement, tu n'apprécies pas son choix.

— Ce n'est pas le théâtre qui m'embête, c'est le fait qu'elle n'aille pas en fac. Il sera bientôt trop tard pour qu'elle espère décoller dans la vie, et tu l'empêches de le faire.

— Elle ne veut pas aller en fac.

— Elle est juste en révolte contre nous, contre ce que nous représentons.

— Ça n'a rien à voir avec ce qu'on souhaite pour elle, ni avec ce qu'on est.

— Je tiens à ce qu'elle ait un meilleur avenir.

— Elle bosse dur, elle y met du cœur, elle s'applique, elle est heureuse, que demander de plus ?

— En tant que parents, notre travail est de transmettre ce que nous savons de l'existence à nos enfants. Or elle passe à côté de choses essentielles : se confronter à des sujets et à des façons de raisonner autres que les siens, relever des défis, saisir des opportunités, faire des rencontres... Nous nous sommes connus à la fac, toi et moi.

— Elle vit tout ça.

— Ce n'est pas la même chose.

— Admettons, mais je trouve juste de lui payer ses cours. Désolé de ne pas t'en avoir parlé, seulement c'est difficile de discuter avec toi. Tu ne cèdes jamais d'un pouce.

— Toi non plus.

Ayant consulté l'heure à la pendule de cheminée, il reprit ses lunettes et les cala sur son front.

— Je dois partir au labo d'ici une heure, ensuite je passe la prendre à l'aéroport. Tu as besoin de quelque chose dehors ? demanda-t-il en se levant.

— Non.

Leurs regards s'affrontèrent.

— C'est bien parti pour elle, Alice, ne t'inquiète pas.

Elle haussa les sourcils sans faire de commentaire. Que dire de plus ? Ils avaient déjà joué cette scène par le passé, leur dialogue se terminait toujours ainsi. John choisissait la solution de facilité : ne pas affronter Lydia, ce qu'il justifiait intellectuellement a posteriori. Il conservait son statut de parent adoré, sans jamais convaincre Alice de basculer de son côté. Et rien de ce qu'elle pouvait dire n'influençait son mari.

Après le départ de John, Alice, enfin détendue, revint aux photos posées sur ses genoux. Ses enfants : bébés, adorables, petits, puis adolescents. Le temps filait à toute allure. Elle garda un moment en main la photo de Lydia que John avait confondue avec un portrait de Tom, rassurée sur ses capacités mémorielles. Sauf que, bien entendu, ces albums ouvraient une fenêtre sur des souvenirs stockés dans sa mémoire à long terme.

L'adresse de John Black, elle, aurait dû figurer dans sa mémoire de travail. Pour qu'une information se retrouve propulsée au-delà de l'espace mental voué aux souvenirs immédiats, elle doit faire l'objet de considération, de répétitions, de réflexions ou être porteuse d'une signification émotionnelle, sinon elle se voit naturellement mise au rebut. L'attention d'Alice, concentrée sur les questions et les instructions du Dr Davis, avait été distraite, l'empêchant ainsi de réfléchir à l'adresse ou de se la répéter. Et, si ce John Black imaginaire suscitait à présent chez elle une dose de crainte doublée de colère, il n'avait rien signifié à ses yeux dans le cabinet du médecin. Dans de telles circonstances, le cerveau ordinaire montre une nette propension à l'oubli. D'un autre côté, l'intellect d'Alice n'avait rien d'ordinaire.

Ayant entendu le courrier tomber par la fente de la boîte aux lettres dans l'entrée, elle eut une idée. Elle regarda une fois le contenu de chaque enveloppe : une carte de vœux d'un ex-doctorant, représentant un bébé affublé d'un bonnet de père Noël, une publicité pour une salle de gym, la facture de téléphone, celle du gaz, un catalogue de vêtements de randonnée. Ayant regagné le canapé, elle sirota son thé, empila les albums de photos sur leur étagère puis se rassit.

Hormis le tic-tac de la pendule et les brefs gargouillis des radiateurs, le silence régnait dans la maison. Cinq minutes s'étaient écoulées. Suffisant.

Sans regarder le courrier, Alice énonça à voix haute :

— Bébé à bonnet de père Noël, proposition d'abonnement à la salle de gym, factures de téléphone et de gaz, catalogue de rando.

Facile. Mais, pour être honnête, il s'était écoulé beaucoup plus de cinq minutes entre le moment où on lui avait indiqué l'adresse de John Black et celui où on lui avait demandé de s'en souvenir. Il fallait rallonger le délai.

Ayant pêché un dictionnaire sur une étagère, elle décida de deux critères de choix. Il fallait que le terme soit peu fréquent – qu'elle ne s'en serve pas tous les jours –, et qu'elle le connaisse déjà. Elle cherchait à tester sa mémoire de travail proprement dite, pas ses capacités d'acquisition. Elle ouvrit l'ouvrage au hasard. Son doigt se posa sur CINGLÉ. Elle l'inscrivit sur une feuille de papier, qu'elle plia et rangea dans la poche de son pantalon, puis elle programma la sonnerie du minuteur du four sur un quart d'heure.

Les Cinglés du chocolat avait figuré parmi les livres pour enfants préférés de Lydia. Alice s'affaira ensuite en cuisine pour préparer le repas du réveillon. Le minuteur sonna.

CINGLÉ – sans hésitation et sans avoir besoin de consulter son bout de papier.

Elle continua ce petit jeu au fil de la journée, augmentant le nombre de mots à mémoriser et fixant le délai à trois quarts d'heure. Malgré la difficulté accrue et les interférences dues aux préparatifs du réveillon, elle fit un sans-faute, STÉTHOSCOPE, MILLÉNIUM, HÉRISSON. Elle prépara les raviolis à la ricotta et à la tomate. CATHODE, GRENADE, TREILLIS. Elle remua la salade et fit mariner les légumes. GUEULE-DE-LOUP, DOCUMENTAIRE, DISPARAÎTRE. Elle enfourna le rôti avant de mettre la table.

Anna, Charlie, Tom et John étaient assis au salon. Anna et John se querellaient, ça paraissait évident depuis la cuisine. Alice ne parvenait pas à savoir à quel propos, mais étant donné le volume sonore et l'intensité de leur échange, il s'agissait manifestement d'une dispute. Un différend politique, sans doute. Charlie et Tom ne s'en mêlaient pas.

Lydia remuait le cidre chaud sur le feu tout en évoquant ses cours de comédie. Entre la concentration requise par les préparatifs du repas, les mots qu'elle ne devait pas oublier et sa fille, Alice n'avait pas eu l'énergie de protester ni d'exprimer sa désapprobation. Lydia avait ainsi eu tout le loisir de délivrer un monologue passionné sur son art. En dépit de ses préventions, Alice s'était prise d'intérêt pour ce qu'elle disait.

— ... Métaphore mise à part, on en revient à la question d'Elie, surtout un soir de réveillon, conclut Lydia.

Le minuteur sonna. Lydia s'écarta sans qu'Alice ait à le lui demander. Alice scruta l'intérieur du four, attendant que le rôti s'explique sur sa cuisson impar-

faite, si longtemps que son visage la brûla. Ah oui !
C'était l'heure de se remémorer les trois mots qu'elle
avait glissés dans sa poche. TAMBOURIN, SERPENT…

— On ne joue pas le quotidien comme s'il n'avait
pas d'importance, dit Lydia. C'est toujours à la vie, à
la mort, dans mon métier.

— Maman, où est le tire-bouchon ? cria Anna
depuis le séjour.

TAMBOURIN, SERPENT, TAMBOURIN, SERPENT, TAM-
BOURIN, SERPENT… Concentrée sur sa voix intérieure,
qui lui répétait ces deux mots tel un mantra, Alice
s'efforça d'ignorer les voix de ses filles, que son esprit
avait été formé à entendre par-delà tous les autres
sons existants.

— Maman, le tire-bouchon ? répéta Anna.

— Je ne sais pas ! Je suis occupée, cherche donc
toute seule.

— En poussant le raisonnement jusqu'au bout,
c'est la survie qui importe avant tout, continuait
Lydia. De quoi mon personnage a besoin pour survivre, et ce qui m'arrivera à moi si je ne le comprends
pas.

— Ma chérie, je t'en prie, ce n'est pas le moment,
jeta Alice en portant les mains à ses tempes en sueur.

— D'accord, dit Lydia.

Manifestement blessée, elle se détourna d'un bloc
pour se placer face à la gazinière.

TAMBOURIN, SERPENT.

— Je ne le trouve pas ! hurla Anna.

— J'y vais, dit Lydia.

COMPAS ! TAMBOURIN, SERPENT, COMPAS !

Soulagée, Alice alla chercher les ingrédients du pudding au chocolat et les déposa sur le plan de travail : extrait de vanille, un bol de crème fraîche épaisse, du lait, du sucre, du chocolat blanc, de la hallah[1] et une douzaine d'œufs. *Tant que ça ?* La feuille sur laquelle sa mère avait noté la recette existait peut-être encore, mais Alice n'avait aucune idée de l'endroit où elle se trouvait. Elle n'avait pas eu besoin de s'y reporter depuis des lustres. Le gâteau était simple à confectionner, sans doute encore meilleur que le cheese-cake de Marty, et elle le préparait à chaque réveillon depuis son enfance. Combien d'œufs ? Forcément plus de six, autrement elle n'aurait pas sorti deux boîtes. Sept, huit, neuf ?

Elle tenta de mettre cette question de côté, mais les autres ingrédients la désarçonnèrent tout autant. Etait-on censé utiliser toute la crème, ou seulement une partie ? Combien de sucre fallait-il ? Devait-on tout mélanger dès le départ ou selon un ordre particulier ? Quel plat utiliser pour la cuisson ? Quelle devait être la température du four, et le temps de cuisson ? Aucune possibilité ne sonnait juste. Ces informations n'étaient tout bonnement pas accessibles.

Elle revint aux œufs. Toujours rien. Quelle saleté. Elle en saisit un et le lança de toutes ses forces dans l'évier. Tous subirent le même sort l'un après l'autre.

---

1. Pain juif traditionnel. (*N.d.E.*)

Ce qui ne la satisfit qu'à peine. Elle avait besoin de casser autre chose, un objet qui exigerait plus de force, qui l'épuiserait. Son regard était furieux lorsqu'il croisa celui de Lydia campée sur le seuil de la cuisine.

— Maman, qu'est-ce que tu fabriques ?

Le massacre ne s'était pas confiné à l'évier. Les débris de coquilles et le jaune des œufs avaient rejailli sur le mur, le plan de travail, et les portes de placards étaient barrées de larmes de blanc.

— Ils étaient périmés. Il n'y aura pas de pudding cette année.

— Zut, mais c'est le réveillon de Noël !

— Oui, mais il ne me reste plus d'œufs et j'en ai assez de rester confinée dans cette cuisine, c'est une vraie fournaise.

— Je file à l'épicerie. Va te détendre, je préparerai le pudding.

Partagée entre la reconnaissance et le sentiment d'avoir été dépossédée de ses prérogatives, Alice rejoignit le reste de sa famille, tremblante mais n'écumant plus de colère. John, Tom, Anna et Charlie discutaient, un verre de rouge à la main. On avait trouvé le tire-bouchon, semblait-il. Lydia, en manteau et bonnet, risqua la tête dans la pièce :

— Maman, il faut combien d'œufs ?

Janvier 2004

Alice aurait eu toutes les raisons d'annuler ses rendez-vous du 19 janvier avec le neuropsychologue et le Dr Davis. La semaine d'examens du premier semestre tombait justement en cette rentrée des vacances de Noël. L'épreuve finale portant sur son cours sur la cognition devait avoir lieu le matin même. Certes, sa présence n'était pas indispensable, mais elle aimait accompagner ses étudiants jusqu'à l'examen, cela lui donnait l'impression de boucler une boucle. Elle s'était organisée, à regret, pour qu'un collègue supervise l'épreuve à sa place. L'autre raison, et la meilleure, c'était que, trente et un ans auparavant, sa mère et sa sœur avaient trouvé la mort un 19 janvier. Contrairement à John, Alice n'était pas quelqu'un de superstitieux, mais cette date avait toujours été porteuse de mauvaises nouvelles pour elle. Elle avait demandé un autre rendez-vous à la secrétaire du médecin, pour s'entendre répondre que le prochain créneau libre tombait quatre semaines plus tard. Elle avait accepté, n'ayant pas envie d'attendre un mois de plus.

Elle imagina ses étudiants s'inquiétant des questions qu'on allait leur poser, casant en hâte un trimestre entier d'acquis sur leur copie, priant pour que leur mémoire immédiate ne leur fasse pas défaut. Elle comprenait très exactement ce qu'ils ressentaient. La plupart des tests neuropsychologiques auxquels on l'avait soumise ce matin-là lui étaient familiers : le Stroop, les matrices progressives de Raven, le protocole de Luria, les tests de dénomination mentale de Boston, d'arrangement d'images du WAIS-R, de rétention visuelle de Benton, de mémorisation narrative de l'Université de New York. Ils étaient conçus pour débusquer la moindre faiblesse, le moindre manque, aussi minces soient-ils, en matière de maîtrise du langage, de mémoire immédiate et de processus de pensée. Elle les avait déjà subis à de nombreuses reprises, du reste, puisqu'elle faisait souvent office de cobaye témoin lors des recherches sur la cognition menées par ses étudiants de thèse. Mais aujourd'hui, elle ne jouait plus les témoins. Elle était le sujet.

Les séances de recopiage, de remémoration, d'ordonnancement et de dénomination avaient pris près de deux heures. A l'image des étudiants qu'elle s'était représentés, Alice avait été soulagée à la fin, et assez confiante quant aux résultats. Escortée par la neuropsychologue, elle pénétra dans le bureau du Dr Davis et s'assit sur l'un des deux fauteuils qui faisaient face au praticien. Celui-ci eut un soupir déçu en voyant le second siège vide. Avant même qu'il n'intervienne, elle sut qu'elle ne s'en tirerait pas aussi facilement.

— Alice, la dernière fois, nous avons bien évoqué le fait que vous deviez venir accompagnée, n'est-ce pas ?

— Oui, exact.

— Notre Centre exige que chaque patient se présente en compagnie d'un proche. Je ne pourrai pas vous traiter comme je le dois tant que je n'aurai pas un tableau fiable de ce qui se passe, ce qui m'est impossible en l'absence d'une tierce personne. La prochaine fois, aucune excuse, c'est d'accord ?

— D'accord.

La prochaine fois. Envolés, son soulagement et sa confiance sans faille suscités par son autoévaluation des tests.

— Je dispose à présent du résultat de chacun de vos examens médicaux, nous pouvons donc tout passer en revue. Je ne vois rien d'anormal à l'IRM. Pas de maladie cérébrovasculaire : aucune trace d'un quelconque AVC mineur qui serait passé inaperçu jusquelà, pas d'hydrocéphalie ni de tumeurs, tout semble normal de ce côté. Vos prélèvements sanguins et votre ponction lombaire sont eux aussi négatifs. J'ai poussé aussi loin que je le pouvais, en cherchant la moindre affection susceptible d'expliquer le genre de symptômes dont vous souffrez. Donc, nous savons que vous n'avez ni le VIH, ni un cancer, ni une avitaminose, ni un désordre mitochondrial, ni une maladie orpheline.

Manifestement, ce n'était pas la première fois qu'il prononçait ce discours. Le diagnostic véritable ne viendrait qu'à la fin. Elle hocha la tête, signifiant qu'elle avait suivi et qu'il devait continuer.

— Vous obtenez quatre-vingt-dix-neuf points sur cent en matière de concentration, dans des domaines tels que le raisonnement abstrait, l'intelligence spatiale et l'aisance langagière. Mais hélas, voici aussi ce que je constate : vous souffrez de troubles de la mémoire immédiate sans rapport avec votre âge, qui marquent un déclin notable par rapport à votre niveau de fonctionnement antérieur – je le déduis de votre exposé sur les problèmes que vous avez rencontrés et sur la façon dont ceux-ci ont interféré avec votre vie professionnelle. J'en ai également été le témoin moi-même lors de votre visite précédente, quand vous n'êtes pas parvenue à vous souvenir de l'adresse que je vous avais demandé de retenir. Et, bien que vous vous soyez montrée presque parfaite aujourd'hui dans la plupart des domaines cognitifs, vous avez fait preuve de beaucoup de variabilité dans deux des tâches en rapport avec la mémoire récente. Vous êtes carrément descendue à soixante pour cent de réussite dans l'une d'elles. En mettant bout à bout toutes ces informations, j'en conclus que vous présentez le tableau clinique d'une maladie d'Alzheimer probable.

Maladie d'Alzheimer.

Ce verdict lui coupa le souffle. Que venait-il de dire exactement ? Elle se répéta mentalement les paroles du neurologue. *Probable.* Cela lui donna la volonté nécessaire pour inspirer, la capacité de parler.

— « Probable » signifie que je ne remplis donc pas tous les critères.

— Non, le corps médical utilise le terme de « maladie d'Alzheimer probable » parce qu'à l'heure actuelle, l'unique diagnostic indiscutable pour cette affection implique un examen histologique du tissu cérébral, ce qui exige soit une autopsie, soit une biopsie, toutes possibilités inapplicables dans votre cas. Il s'agit d'un diagnostic clinique. Il n'existe aucune protéine sanguine qui puisse nous confirmer que vous souffrez de démence, et aucune atrophie corticale ne se constatera à l'IRM avant un stade beaucoup plus avancé.

Atrophie corticale. Démence.

— Mais ce n'est pas possible. Je n'ai que cinquante ans.

— Vous êtes atteinte de démence présénile. Vous avez raison, on considère généralement l'Alzheimer comme une maladie du troisième âge, mais dix pour cent des personnes atteintes le sont avant soixante-cinq ans.

— En quoi cette forme est-elle différente de la plus courante ?

— En rien, hormis que son déclenchement est en général d'origine génétique, et qu'elle se manifeste beaucoup plus tôt.

D'origine génétique. Anna, Tom, Lydia.

— Mais puisque tout ce que vous savez avec certitude, c'est ce que je n'ai pas, comment pouvez-vous affirmer sans crainte de vous tromper que je souffre d'Alzheimer ?

— Après vous avoir entendu décrire ce qui vous est arrivé, et sur la base de votre passé médical, j'étais déjà sûr de mon diagnostic à quatre-vingt-quinze pour cent. Nous avons maintenant testé votre sens de l'orientation, vos facultés à vous repérer, votre concentration, vos capacités d'expression et votre mémoire. Vos bilans neurologiques et sanguins, l'examen du liquide céphalo-rachidien et l'IRM n'ayant révélé aucune autre affection, les cinq pour cent de doute restants tombent. Je suis certain de mon diagnostic, Alice.

Alice.

La mention de son prénom avait pénétré sa moindre cellule, semblant éparpiller ses molécules au-delà des limites de sa peau. Elle eut l'impression de se voir depuis le fond de la pièce.

— Qu'est-ce que cela implique ? s'entendit-elle demander.

— Nous disposons aujourd'hui de deux molécules utiles au traitement de cette maladie, vous devrez les prendre. La première s'appelle le donepézil. Elle stimule le fonctionnement cholinergique. La seconde, la mémantine, vient d'obtenir une autorisation de mise sur le marché cet automne. Elle se révèle très prometteuse. Ni l'une ni l'autre ne vous guériront, mais elles peuvent ralentir la progression des symptômes, or nous devons gagner autant de temps que possible.

Du temps. Combien ?

— Je vais aussi vous mettre sous vitamine E deux fois par jour, ainsi que sous vitamine C, sous aspirine faiblement dosée et sous statines une fois par jour.

Vous ne montrez aucun facteur de risque de maladies cardiovasculaire, mais tout ce qui est bon pour le cœur l'est aussi pour le cerveau, or nous cherchons à préserver le moindre neurone et la moindre synapse.

Il consigna ces informations sur une ordonnance.

— Alice, votre famille est-elle au courant de votre visite à mon cabinet ?

— Non, s'entendit-elle dire.

— Bon, vous allez devoir en parler à quelqu'un. Nous pouvons ralentir le rythme du déclin cognitif que vous subissez mais pas le stopper, ni l'inverser. Pour votre sécurité, il est important qu'une personne qui vous fréquente de façon régulière sache de quoi il retourne. Allez-vous prévenir votre mari ?

Elle se vit hocher la tête.

— Bien, parfait. Ensuite, procurez-vous ces médicaments, avalez tout comme indiqué sur l'ordonnance, et prenez un rendez-vous avec ma secrétaire pour dans six mois. Si vous constatez des effets secondaires, appelez-moi. N'hésitez pas non plus à me téléphoner ou à m'envoyer un mail si vous avez des questions. Je ne saurais trop vous encourager à prendre rendez-vous avec Denise Daddario, l'assistante sociale du Centre. Elle peut vous aider à trouver les informations et le soutien qu'il vous faut. Donc, rendez-vous dans six mois en compagnie de votre mari, nous verrons comment vous vous en sortez.

Elle scruta le regard intelligent qui lui faisait face et marqua un silence, étrangement consciente de ses mains qui s'agrippaient aux bras froids et métalliques de son fauteuil. *Mes mains*. Non, elle n'était pas une suite de molécules éthérées planant dans un recoin de la pièce. Elle s'appelait Alice Howland, elle occupait un siège glacial et dur à côté d'un fauteuil vide, dans un cabinet de neurologie du Centre de la mémoire, au septième étage du CHR de Boston. Et on venait de lui diagnostiquer un Alzheimer. Elle eut beau chercher dans le regard du neurologue, elle n'y lut que la vérité, et des regrets.

Il ne survenait jamais rien de bon le 19 janvier.

Dans son bureau, porte fermée, elle parcourut le « Questionnaire sur les activités de la vie quotidienne » que le Dr Davis lui avait demandé de remettre à John. **Les indications doivent être données par une tierce personne, PAS PAR LE PATIENT,** pouvait-on lire en caractères gras en haut de la page. Le terme « indications », combiné à la porte close et à son cœur battant la chamade, lui fit éprouver une culpabilité flagrante, comme si, en possession de documents secrets, elle se terrait dans quelque ville d'Europe de l'Est avec la police à ses trousses.

Chaque activité était notée selon une échelle de 0 (pas de problème, comme d'habitude) à 3 (déficience grave, dépend totalement de son entourage). Alice parcourut les descriptions correspondant à 3 en supposant qu'elles concernaient les stades ultimes de la maladie, le bout de cette brève route rectiligne sur laquelle elle se voyait soudain propulsée au volant d'une voiture folle.

La liste était humiliante : Doit être nourri(e) dans la plupart des cas. Ne contrôle ni ses intestins ni sa vessie. Doit prendre son traitement avec l'aide d'un tiers. Résiste aux tentatives de toilette ou de coiffure de l'aidant. Ne travaille plus. Confiné(e) à son domicile ou à l'hôpital. Ne sait plus utiliser l'argent. Ne sort plus sans être accompagné(e).

Humiliant, mais son esprit analytique douta aussitôt de la pertinence de cette liste dans son propre cas. Quelle part de ces symptômes relevait de la progression de l'Alzheimer plutôt que de l'âge en général avancé des malades concernés ? Les octogénaires étaient-ils incontinents parce qu'atteints de démence ou parce que leurs vessies avaient fait leur temps ? Ces cas d'espèce ne s'appliquaient sans doute pas à quelqu'un d'aussi jeune, d'aussi en forme qu'elle.

Le pire surgit sous l'intitulé « Communication » : La parole est quasi inintelligible. Ne comprend pas ce qu'on lui dit. A cessé de lire. N'écrit jamais.

Plus de langage. Erreur de diagnostic mise à part, aucune hypothèse ne l'immuniserait contre ces symptômes-là. Tous pouvaient s'appliquer à une personne comme elle. Une personne atteinte d'Alzheimer.

Alice considéra les rayonnages de livres et de périodiques de sa bibliothèque, les copies d'examen à corriger sur son bureau, les mails dans sa boîte de réception, la lampe clignotante rouge de la messagerie vocale sur son téléphone. Elle songea aux livres qu'elle avait toujours voulu lire, qui occupaient la dernière étagère de sa chambre et dont elle avait remis la lecture à plus tard. *Moby Dick*. Elle avait des expériences à mener, des articles à écrire, des conférences à donner, à écouter. Toutes ses activités et toutes ses joies, tout ce qu'elle était exigeait le langage.

Les dernières pages du questionnaire demandaient à la tierce personne de noter la sévérité de plusieurs symptômes ayant frappé le ou la malade au cours du mois écoulé : délire, hallucinations, agitation, dépression, angoisse, euphorie, apathie, désinhibition, irritabilité, troubles moteurs répétés, troubles du sommeil, modifications du comportement alimentaire. Alice fut tentée de remplir elle-même les cases, pour démontrer qu'elle se portait comme un charme et que le Dr Davis devait s'être trompé. Puis les paroles du neurologue lui revinrent. *Vous n'êtes pas forcément la source la plus fiable pour décrire ce qui vous arrive.* Possible. Mais d'un autre côté, elle se souvenait qu'il l'avait dit. Quand l'oublierait-elle ?

Alice ne connaissait la maladie d'Alzheimer que de façon superficielle. Elle savait que le cerveau des personnes atteintes montrait un déficit d'acétylcholine, un neurotransmetteur impliqué dans l'apprentissage et la mémoire. Elle savait aussi que l'hippocampe, organe cérébral dont la forme rappelait l'animal du même nom, essentiel pour la formation de nouveaux souvenirs, se hérissait de plaques et d'écheveaux, même si elle ne comprenait pas vraiment lesquels. Elle savait que l'anomie, ce trouble d'évocation lexicale où le locuteur a pathologiquement les mots sur le bout de la langue, constituait un autre symptôme caractéristique. Et elle avait conscience qu'un jour, elle regarderait son mari, ses enfants ou ses collègues sans plus les reconnaître, elle qui les aimait et connaissait leur visage depuis toujours.

Et ça ne s'arrêtait pas là. Il restait des couches et des couches de choses ignobles à exhumer. Elle tapa « maladie d'Alzheimer » sur Google. Elle avait l'index figé au-dessus de la touche entrée quand deux coups secs frappés à la porte la poussèrent à interrompre sa recherche, puis à en dissimuler les traces à une vitesse réflexe. Sans plus d'avertissement, sans attendre de réponse, la porte s'ouvrit.

Elle se prit à craindre que son visage ne trahisse de la stupeur, de l'angoisse, de la dissimulation.

— Tu es prête ? demanda John.

Non, pas du tout. Si elle lui avouait ce que le Dr Davis lui avait annoncé, si elle lui remettait le Questionnaire sur les activités de la vie quotidienne, tout deviendrait réel. John serait la tierce personne qui devait le remplir, et Alice, la patiente mourante, impuissante. Elle n'était pas prête à rendre les armes. Pas encore.

— Allez, les grilles ferment dans une heure, dit-il.

— D'accord. Je suis prête.

Fondé en 1831, le cimetière de Mount Auburn, à l'époque première nécropole laïque d'Amérique et désormais classé à l'inventaire des monuments historiques, se doublait d'un arboretum et d'un jardin paysagé de réputation mondiale. C'était là que reposaient la sœur, la mère et le père d'Alice.

C'était la première fois que ce dernier, mort ou vif, serait présent lors de l'anniversaire de l'accident de voiture fatal, ce qui ne lassait pas d'énerver Alice. Ces visites avaient toujours constitué un moment privilégié consacré à sa mère et à sa sœur. Son père ne méritait pas d'être présent – mais impossible d'y couper, hélas.

John et elle descendirent l'avenue des Ifs, dans le secteur le plus ancien. Le regard et le pas d'Alice s'attardèrent un instant devant une concession familière. Charles et Elizabeth Shelton avaient survécu à leurs trois enfants – Susie, mort-née en 1866, Walter, disparu en 1868 à l'âge de deux ans, et Carolyn à cinq, en 1874. Alice tentait à chaque visite d'imaginer la peine d'Elizabeth en superposant le prénom de ses propres enfants à ceux gravés sur les pierres tombales. Les images macabres affluèrent bientôt : Anna, bleue et silencieuse à la naissance, Tom, sans doute emporté par la maladie dans sa grenouillère jaune, puis Lydia, roide et sans vie à l'issue d'une journée de coloriage à la maternelle. Les circuits de l'imagination d'Alice rejetaient systématiquement ces précisions horribles, et ses trois enfants, sans exception, reprenaient rapidement vie pour redevenir ce qu'ils étaient aujourd'hui.

Elizabeth Shelton avait trente-huit ans à la mort de son dernier enfant. Avait-elle tenté d'en concevoir d'autres sans y parvenir, ou Charles et elle avaient-ils cessé de dormir ensemble, trop affectés pour prendre le risque de devoir acheter un quatrième cercueil miniature ? Elizabeth avait survécu vingt ans à son mari. Avait-elle jamais connu la paix ou le réconfort au cours de sa vie ?

John et Alice poursuivirent leur chemin en silence jusqu'à leur concession familiale. Les tombes simples, évoquant des boîtes à chaussures du royaume de Brobdingnag[1], étaient discrètement alignées sous les branches d'un hêtre pourpre. Anne Daly, 1955-1972, Sarah Daly, 1931-1972, Peter Daly, 1932-2003. Le hêtre touffu s'étageait sur trente mètres au moins. Au printemps, à l'été et à l'automne, il arborait un feuillage magnifique, luisant, d'un vert sombre tirant sur le lie-de-vin. Mais au mois de janvier, les longues ombres torses que ses branches noires projetaient sur le caveau familial donnaient la chair de poule. La version hivernale de cet arbre aurait enthousiasmé un maître du film d'horreur.

John tint la main gantée d'Alice le temps qu'ils restèrent campés sous le hêtre, sans échanger un mot. Aux beaux jours, on entendait des chants d'oiseaux, des arroseurs, les véhicules des terrassiers ainsi que la musique de leurs autoradios. Ce jour-là, hormis la rumeur éloignée de la circulation au-delà des grilles, le cimetière était silencieux.

A quoi songeait John lorsqu'ils venaient ici ? Alice ne le lui demandait jamais. N'ayant connu ni sa mère ni sa sœur, il aurait été bien en peine d'évoquer leur souvenir. Pensait-il au divin, à sa propre mort, voire à celle d'Alice ? A moins qu'il ne soit tout à fait ailleurs,

---

1. Ile des géants dans *Le Voyage de Gulliver*, de Jonathan Swift. (*N.d.E.*)

absorbé dans ses recherches, ses séminaires, ou songeant à son dîner, déjà ?

Comment pouvait-elle avoir la maladie d'Alzheimer ? *Origine génétique.* Sa mère l'aurait-elle développée si elle avait vécu jusqu'à cinquante ans ? Et si la cause était à rechercher du côté paternel ?

Jeune, son père buvait énormément sans jamais paraître ivre en public. Avec le temps, il s'était enfermé dans le mutisme, tout en conservant assez de capacités de communication pour commander son prochain whisky ou jurer qu'il pouvait conduire. A l'instar de cette soirée où il avait encastré la Buick dans un arbre, tuant sa femme et sa fille cadette.

Si sa passion pour la bouteille n'avait pas faibli, son comportement avait changé, une quinzaine d'années auparavant. Alice avait alors attribué à la boisson ses diatribes sans suite, son humeur explosive, son manque d'hygiène répugnant, son incapacité à la reconnaître : l'alcool dans lequel marinaient le foie et le cerveau paternels avait fini par l'emporter. Se pouvait-il qu'il ait souffert d'Alzheimer sans qu'on n'en ait jamais rien su ? Inutile de demander une autopsie. Les symptômes concordaient trop bien, ils fournissaient une cible idéale. Un coupable.

Alors, papa, content ? J'ai ton ADN bancal. Tu auras réussi à nous éliminer les unes après les autres. Quel effet ça fait d'assassiner toute sa famille ?

Les violents sanglots d'angoisse qui s'emparèrent d'elle auraient pu paraître de circonstance, aux yeux d'un inconnu : des parents et une sœur disparus, enfouis sous terre, le cimetière gagné par la pénombre, ce hêtre sinistre... Ils prenaient sûrement John au dépourvu. Onze mois plus tôt, Alice n'avait pas versé une seule larme à la mort de son père, et la tristesse et le manque qu'elle ressentait autrefois en songeant à sa mère et sa sœur s'étaient émoussés depuis longtemps.

Apparemment prêt à l'étreindre tout le temps qu'il faudrait, John la serra contre lui sans chercher à l'empêcher de pleurer. Elle avait conscience que le cimetière était sur le point de fermer. Qu'elle inquiétait sans doute son mari. Que toutes les larmes du monde ne parviendraient pas à laver son cerveau malade. Le visage enfoui dans le caban de John, elle sanglota jusqu'à l'épuisement.

Il prit la tête d'Alice entre ses mains pour l'embrasser au coin de chaque œil.

— Ali, ça va ?

Non, John, ça ne va pas. J'ai la maladie d'Alzheimer.

Elle crut presque avoir prononcé cette phrase à haute voix, mais non. C'était resté enfermé sous son crâne – plaques et écheveaux n'avaient rien à voir là-dedans : elle ne pouvait tout simplement se résoudre à lui annoncer cela.

Elle se représenta son propre prénom, à côté de celui d'Anne, sur une tombe similaire. Plutôt mourir que de perdre la tête. Elle leva les yeux vers John, attendant une réponse. Il adorait son intelligence. Comment lui expliquer qu'elle était atteinte de démence ? Comment pourrait-il l'aimer dans ces conditions ? Elle tourna à nouveau son regard vers le nom de sa sœur inscrit dans la pierre.

— Ne t'inquiète pas, je n'ai pas le moral aujourd'hui, c'est tout.

Plutôt mourir que le lui dire.

Elle avait eu des envies de suicide. Des pulsions irrépressibles qui l'avaient assiégée sans trêve, créant la débandade parmi toutes ses autres pensées, la cantonnant plusieurs jours dans la noirceur, le désespoir. Mais leurs assauts manquaient d'opiniâtreté. Ils s'étaient soldés par des vaguelettes. Alice ne voulait pas s'éteindre tout de suite. Elle était encore un professeur de psychologie respecté, titulaire d'une chaire à Harvard. Elle savait encore lire et écrire, se servir proprement des toilettes. Elle avait du temps devant elle. Et elle devait prévenir John.

Elle se blottit sur le canapé, un plaid gris sur les jambes, prise de nausée. John était assis, droit comme un I, dans la bergère à oreilles en face d'elle.

— De qui tiens-tu cette idée ? demanda-t-il.

— Du Dr Davis, un neurologue du CHR.

— Un neurologue ? Quand l'as-tu consulté ?

— Il y a dix jours.

Il se plongea dans la contemplation des murs en faisant tourner son alliance autour de son doigt. Alice retint son souffle, attendant qu'il la regarde. Peut-être ne la considérerait-il plus jamais comme avant. Peut-être ne respirerait-elle plus jamais. Elle se blottit plus encore.

— Il se trompe, Ali.

— Non.

— Tu n'as rien de grave.

— Si, je t'assure. J'ai des trous de mémoire.

— Ça arrive à tout le monde. Regarde, moi, avec mes lunettes. Cela ne mérite pas un tel diagnostic.

— Mes oublis ne sont pas normaux. Ils n'ont rien à voir avec le fait de ne plus savoir où on a posé ses affaires.

— Admettons, tu oublies certaines choses, mais tu es au début de ta ménopause, stressée, et la mort de ton père a sans doute ravivé le deuil de ta mère et d'Anne. C'est sûrement une dépression.

— Non.

— Comment le saurais-tu ? Es-tu médecin ? C'est ta généraliste que tu aurais dû aller voir, pas ce neurologue.

— J'y suis allée.

— Répète-moi exactement ce qu'elle t'a dit.

— Elle ne pense pas qu'il s'agisse d'une dépression ni de la ménopause. D'après elle, je dois manquer de sommeil. Elle voulait attendre et me revoir dans deux mois.

— Tu vois, c'est juste que tu ne t'occupes pas assez de toi.

— Elle n'est pas neurologue, John. Je dors tout mon soûl. Et je l'ai revue en novembre. Mon état ne s'est pas amélioré en deux mois, au contraire.

En l'espace d'une simple conversation, elle lui demandait de croire ce qu'elle avait mis des mois à s'avouer. Elle commença par un exemple qu'il connaissait déjà.

— Tu te rappelles la fois où j'ai oublié que je devais aller à Chicago ?

— Ça pourrait très bien m'arriver à moi, ou à certaines de nos fréquentations. On a tous des emplois du temps de dingues.

— Ce n'est pas nouveau, sauf que je n'ai jamais oublié d'aller prendre un avion. Je n'ai pas simplement raté mon vol, j'ai carrément zappé la conférence alors que j'avais passé toute la journée à m'y préparer.

Il ne dit rien. Il existait des secrets colossaux dont il ignorait tout.

— J'ai des blancs sur certains mots. Au moment où j'arrive dans l'amphi, je ne sais plus du tout quel est le sujet de mon cours. L'après-midi, je ne me rappelle plus à quoi correspondent les mots que j'ai écrits le matin sur ma liste de tâches.

Elle savait ce qu'il pensait : surmenage, stress, angoisse. Rien que de très normal.

— Le soir du réveillon de Noël, si je n'ai pas préparé le pudding, c'est que je ne me rappelais plus une seule des étapes de la recette. Elle m'échappait complètement, alors que je fais ce gâteau tous les ans les yeux fermés depuis mon enfance.

Un solide réquisitoire. Qui aurait peut-être suffi à convaincre un jury composé de ses collègues. Mais John l'aimait.

— Un jour que j'étais sur Harvard Square devant le Nini's, je me suis trouvée incapable de rentrer à la maison. Je ne savais plus où j'étais.

— Quand ça ?

— En septembre.

Elle avait brisé le silence, mais pas la détermination de John à prendre la défense de sa santé mentale.

105

— Et ce ne sont que quelques exemples. J'oublie sûrement d'autres choses sans même m'en rendre compte, ça me terrifie rien que d'y penser.

L'expression de John changea, comme s'il venait d'identifier une trace à fort potentiel signifiant parmi les taches façon Rorschach d'une de ses membranes d'ARN.

— La femme de Dan.

Cette remarque s'adressait d'abord à lui-même.

— Hein ? fit Alice.

Quelque chose craquait manifestement en lui. Le doute s'infiltrait, diluant ses certitudes.

— Il faut que je fasse quelques recherches, et ensuite, que je parle à ton neurologue.

Il se leva sans la regarder et se dirigea droit vers son bureau, la laissant pelotonnée sur le canapé, seule avec sa nausée.

Février 2004

Vendredi :
~~*Prendre médicaments du matin*~~
~~*Réunion de section, 9 h, salle 545*~~
~~*Répondre aux mails*~~
~~*Intervention séminaire sur la motivation et l'émotion, Science Center, Amphi B (cours « pulsions et homéostasie »)*~~
RV conseillère génétique (John connaît lieu et heure)
Prendre médicaments du soir

Stephanie Aaron était la conseillère génétique rattachée au Centre de la mémoire du CHR. C'était une brune aux cheveux mi-longs, aux sourcils arqués évoquant ouverture d'esprit et réceptivité. Elle les accueillit avec un sourire chaleureux.

— Alors, quelle est la raison de votre visite ? demanda-t-elle.

— On a annoncé à ma femme qu'elle est atteinte d'Alzheimer, et nous voulons qu'elle subisse le test pour les mutations de l'APP et des présénilines 1 et 2.

John avait passé les dernières semaines plongé dans des articles sur l'étiologie moléculaire de la démence présénile. Les fautives étaient des protéines égarées, issues de mutations par ces trois gènes.

— Madame Howland, dites-moi ce que vous espérez apprendre par ces tests.

— Eh bien, ça paraît une méthode fiable pour confirmer ou pour infirmer le diagnostic qu'on m'a délivré. Certainement plus indiquée, en tout cas, qu'une biopsie du cerveau ou qu'une autopsie.

— Craignez-vous une erreur de diagnostic ?

— A notre avis, c'est une possibilité réelle, dit John.

— Bon, pour commencer, passons en revue les conséquences d'un test positif dans votre cas. Ces mutations sont pénétrantes à cent pour cent. Si votre APP ou l'une ou l'autre de vos présénilines en portent la trace, cela constituera une confirmation indiscutable du diagnostic. Dans l'hypothèse contraire, les choses se compliqueraient quelque peu. Nous n'avons pas les moyens d'interpréter les implications d'un résultat négatif. Environ cinquante pour cent des patients victimes d'Alzheimer précoce ne présentent aucune mutation de l'un ou l'autre de ces gènes... Ce qui ne signifie pas qu'ils ne sont pas atteints de cette maladie ni qu'elle n'a pas une origine génétique – simplement, nous ne savons pas encore dans quel autre gène réside leur mutation.

— La proportion n'est-elle pas plutôt d'environ dix pour cent dans le cas des personnes de l'âge de ma femme ? demanda John.

— Exact, les statistiques sont légèrement faussées dans ce cas-là. Malgré tout, même si le test de votre épouse ne révèle aucune des trois mutations connues, il ne nous permettra pas pour autant d'écarter l'Alzheimer. Mme Howland pourrait fort bien entrer dans la catégorie minoritaire des quinquagénaires présentant une mutation encore non identifiée, hélas.

Associé à l'avis professionnel émis par le Dr Davis, ça paraissait tout aussi plausible, sinon plus. John le comprenait sans doute, seulement, à la différence de l'interprétation qu'en faisait Stephanie, la sienne collait avec l'hypothèse nulle *Alice n'a pas d'Alzheimer, nos vies ne sont pas foutues.*

— Comprenez-vous tout cela, Madame Howland ? demanda la conseillère.

Sa question était légitime dans ce contexte, pourtant Alice lui en voulut de l'avoir posée. Elle lui donnait un avant-goût de l'interrogation latente qui sous-tendrait toutes ses futures conversations : était-elle encore en état de comprendre ce qu'on lui disait ? De donner un consentement éclairé ? On l'avait toujours traitée avec le plus grand respect. Si la démence prenait peu à peu le pas sur ses prouesses mentales, comment réagiraient ses interlocuteurs ? Par la commisération ? La condescendance ? L'embarras ?

— Je comprends, dit-elle.

— Je tiens également à souligner que si votre test génétique révèle une des mutations connues, cela ne changera rien à votre traitement ni au pronostic de survie.

— Je comprends.

— Bien. Alors, répondez à quelques questions à propos de votre famille. Alice, avez-vous toujours vos parents ?

— Non. Ma mère est décédée dans un accident de voiture à l'âge de quarante et un ans, et mon père est mort d'une maladie du foie.

— Avaient-ils une bonne mémoire de leur vivant ? L'un d'eux a-t-il montré des signes de démence sénile, ou changé de personnalité au fil des ans ?

— Ma mère ne présentait aucun symptôme de cet ordre. Mon père a été alcoolique toute sa vie. Lui qui avait toujours été d'un tempérament calme, il a eu des sautes d'humeur de plus en plus fréquentes en vieillissant. Les dernières années, il avait du mal à tenir des propos sensés. Je crois qu'il ne me reconnaissait carrément pas.

— A-t-il consulté un neurologue ?

— Non. J'ai mis ces symptômes sur le compte de la boisson.

— Quand diriez-vous qu'ont commencé ses sautes d'humeur ?

— A la cinquantaine.

— Il s'enivrait tous les jours, intervint John. Il est mort de cirrhose, pas d'Alzheimer.

Stephanie et Alice marquèrent un silence, convenant tacitement de le laisser penser ce qu'il voulait avant de reprendre.

— Avez-vous des frères et sœurs ?

— Mon unique sœur est décédée avec ma mère dans cet accident à l'âge de seize ans. Je n'ai pas de frère.

— Des tantes et oncles, des cousins, des grands-parents ?

Alice dit le peu qu'elle savait du passé médical et des circonstances de la mort de ses grands-parents et autres proches.

— Bon, si vous n'avez pas d'autres questions, une infirmière va venir vous faire une prise de sang. Nous enverrons l'échantillon au séquençage. Nous devrions avoir les résultats d'ici quinze jours.

Pendant qu'ils descendaient Storrow Drive, Alice se plongea dans la contemplation du paysage. Il faisait un froid de canard au-dehors. L'obscurité régnait déjà. Il n'était que dix-sept heures trente mais aucun piéton ne bravait les éléments le long des berges du fleuve. Aucun signe de vie. John n'avait pas allumé l'autoradio. Il n'y avait rien pour distraire Alice de ses réflexions sur son ADN défaillant et ses tissus cérébraux nécrosés.

— Le résultat sera négatif, Ali.

— Mais ça n'y changera rien. Ça ne signifiera pas que je n'ai pas d'Alzheimer.

— En théorie, non, mais ça laisse la place à plein d'autres explications.

— Lesquelles ? Tu as bien vu ce que dit le Dr Davis. Il a écarté toutes les autres causes de démence imaginables.

— Ecoute, je pense que tu as brûlé les étapes en t'adressant à un neurologue. Quand il regarde ta série de symptômes, il conclut à un Alzheimer, parce qu'on l'a formé dans ce sens. Mais ça ne veut pas dire qu'il ait raison. Tu te rappelles quand tu t'es fait mal au genou, l'an dernier ? Si tu étais allée consulter un chirurgien orthopédique, il aurait repéré une déchirure du ligament ou une usure du cartilage et il aurait voulu te faire passer sur le billard. Tu t'es contentée d'arrêter de courir deux semaines, de mettre ton articulation au repos en prenant de l'ibuprofène, et tu t'es remise. A mon avis, tu es épuisée, stressée, les changements hormonaux liés à la ménopause sèment la pagaille dans ton organisme, et tu couves une dépression. Tout ça, on peut y faire face, Ali, il suffit de traiter chacun des problèmes un par un.

C'était tentant. Il y avait peu de chances pour qu'une personne de son âge soit atteinte de la maladie d'Alzheimer. Elle était épuisée, en pleine ménopause. En dépression, aussi, pourquoi pas ? Voilà qui expliquerait sa molle acceptation de ce diagnostic. Elle ne s'était pas battue bec et ongles contre la simple hypothèse d'une telle fatalité, ce qui ne lui ressemblait effectivement pas. Sans doute était-elle stressée, fatiguée, déprimée, en ménopause. Sans doute n'avait-elle pas la maladie d'Alzheimer.

Jeudi :
7 h, prendre médicaments de la matinée
Terminer révision psychonomie

Février 2004

11 h, RV avec Dan, à mon bureau
midi, déjeuner de travail, salle 700
15 h, RV avec la conseillère génétique (John
sait où)
20 h, prendre médicaments du soir

Quand ils entrèrent, Stephanie, assise à son bureau, ne souriait pas.

— Avant de parler de vos résultats, aimeriez-vous rediscuter de l'une ou l'autre des informations que je vous ai données la dernière fois ? demanda-t-elle.

— Non, répondit Alice.

— Tenez-vous toujours à avoir ces résultats ?

— Oui.

— Madame Howland, je suis désolée de vous annoncer que vous êtes positive pour la mutation du gène de la préséniline 1.

Eh bien, voilà, la preuve absolue, assenée tel un uppercut, sans rien pour faire passer la pilule. Une pilule qui brûlait l'œsophage en descendant. On pouvait abreuver Alice d'un cocktail de traitements hormonaux, de Xanax et de Prozac, la mettre au vert six mois dans un centre de repos, ça n'y changerait strictement rien : elle avait la maladie d'Alzheimer. Elle aurait voulu regarder John mais elle ne parvint pas à s'obliger à tourner la tête.

— Ainsi que nous en avons discuté, il s'agit d'une mutation autosomique dominante, associée à une typologie particulière de développement de la maladie. Ce résultat cadre avec le diagnostic qui vous a déjà été délivré.

113

— Quel est le taux de faux positifs dans ce labo ? demanda John. Et d'ailleurs, de quel labo s'agit-il ?

— Athena Diagnostics, ils ont un taux de précision de plus de quatre-vingt-dix-neuf pour cent dans la détection de cette mutation.

— John, le test est formel, affirma Alice.

Elle le regardait, à présent. Son visage, normalement anguleux et déterminé, lui paraissait à présent mou, étranger.

— Désolée, je sais que vous auriez tous les deux préféré échapper à ce verdict.

— Qu'est-ce que cela implique pour nos enfants ? demanda Alice.

— En effet, il va falloir y réfléchir sérieusement... Quel âge ont-ils ?

— La vingtaine, tous les trois.

— Il n'y a donc aucune raison pour qu'ils montrent un quelconque symptôme de la maladie. Chacun d'eux a cinquante pour cent de chances d'avoir hérité de cette mutation, qui donne lieu à un Alzheimer précoce dans cent pour cent des cas. Il est possible de procéder à des tests présymptomatiques, mais en cas de résultat positif, comment parviendront-ils à gérer cette information ? En quoi cela changera-t-il leur vie ? Et à supposer que le test soit positif chez l'un et négatif chez l'autre, en quoi cela affectera-t-il leurs relations mutuelles ? Madame Howland, sont-ils seulement au courant de votre diagnostic ?

— Non.

— J'aurais tendance à vous conseiller de les prévenir rapidement. Je sais que ça fait beaucoup de révélations, surtout dans cette période où vous n'avez ni l'un ni l'autre complètement intégré ces éléments nouveaux. Avec une maladie dégénérative telle que celle-là, on peut décider d'avertir ses enfants par la suite, mais vous risquez de ne plus être en mesure de le faire de la façon que vous aviez définie au départ. A moins que vous ne préfériez laisser ce soin à votre mari ?

— Non, nous les préviendrons tous les deux, dit Alice.

— Vos enfants sont-ils parents eux aussi ?

Anna et Charlie.

— Pas encore, dit Alice.

— S'ils prévoient de le devenir, cette information peut se révéler très importante pour eux. Voici divers documents informatifs que vous pourrez leur remettre au besoin. Je vous donne aussi ma carte, ainsi que celle d'une thérapeute formidable, qui sait parler aux familles qui viennent de se voir annoncer un diagnostic grave. Avez-vous d'autres questions dans l'immédiat ?

— Non, aucune ne me vient à l'esprit.

— Navrée de ne pas vous avoir donné le résultat que vous espériez.

— Pas autant que moi.

Ils n'avaient pas prononcé un mot. Ils étaient montés dans la voiture, puis John avait réglé le gardien du parking avant de prendre vers Storrow Drive. Le vent glacial avait fait tomber les températures bien au-dessous de zéro, pour la deuxième semaine d'affilée. Les joggeurs réduits à rester enfermés couraient sur des tapis, quand ils n'attendaient pas tout bonnement une météo plus clémente. Alice détestait les tapis de course. Assise à la place du mort, elle attendit que John lui adresse la parole, mais rien ne vint. Il pleura tout le long du trajet qui les ramenait à la maison.

Mars 2004

Alice ouvrit le clapet marqué « lundi » sur son pilulier hebdomadaire en plastique. Elle fit tomber les sept petits comprimés dans la paume de sa main. John, qui entrait d'un air décidé dans la cuisine, tourna les talons en voyant son geste, quittant la pièce comme s'il venait de surprendre sa mère en petite tenue. Il refusait d'être présent quand Alice prenait ses médicaments. Même s'il se trouvait au milieu d'une phrase, en pleine conversation, dès qu'elle attrapait son pilulier, il changeait de pièce.

Alice se brûla la gorge en faisant descendre ses cachets avec trois gorgées de thé très chaud. La situation n'avait rien d'agréable pour elle non plus. Elle s'assit à la table de la cuisine en soufflant sur son thé afin de le refroidir, écoutant John trépigner dans la chambre au-dessus.

— Que cherches-tu ? lança-t-elle à tue-tête.

— Rien !

Sans doute ses lunettes. Depuis leur visite chez la conseillère génétique, il avait cessé de lui demander son aide pour retrouver ses affaires, lui qui avait toujours tant de mal à y arriver seul.

Il pénétra dans la cuisine d'un pas vif, impatient.

— Un coup de main ? proposa-t-elle.

— Non, tout va bien.

D'où provenait cette indépendance nouvelle, obstinée ? Tâchait-il de lui épargner le fardeau mental d'avoir à retrouver des objets égarés ? Etait-il simplement gêné de demander de l'aide à une personne atteinte de démence ? Alice prit une gorgée de thé et s'absorba dans la contemplation de la nature morte représentant une pomme et une poire qui ornait leur mur depuis dix ans au moins, tout en écoutant John parcourir le courrier et les papiers posés sur le plan de travail derrière elle.

Il l'esquiva pour se rendre dans l'entrée. Un bruit de porte de penderie qui s'ouvre. Puis des tiroirs, ceux de la desserte près de la porte.

— Tu es prête ? lança-t-il.

Elle termina sa tasse avant de le rejoindre dans le couloir. Il avait enfilé son manteau, il tenait ses clés à la main. Ses lunettes étaient perchées sur sa tête décoiffée.

— Oui, répondit-elle en le suivant à l'extérieur.

Le début du printemps n'était pas digne de confiance, à Boston. Pas un bourgeon sur les arbres, aucune tulipe assez brave ni assez bête pour pointer le bout de son nez à travers les congères qui s'éternisaient depuis un mois, pas le moindre coassement de rainette en fond sonore. Les rues restaient encombrées par des talus de neige polluée et noircie. Tout ce qui fondait au cours de la tiédeur relative du milieu de journée gelait ensuite sous le coup des vagues de froid de la fin d'après-midi, transformant les trottoirs, ainsi que les chemins piétons de Harvard Yard, en canyons de glace. La date qu'indiquait le calendrier donnait l'impression d'une trahison scandaleuse : ailleurs, le renouveau de la nature battait son plein, il y avait des gens en chemisette, on s'éveillait dans le gazouillis des rouges-gorges. Ici, le froid ne montrait aucun signe de fléchissement. Les seuls oiseaux que l'on entendait sur le trajet du campus étaient les corbeaux.

John avait accepté de se rendre à pied à Harvard chaque matin avec elle. Elle lui avait raconté qu'elle craignait de se perdre. En réalité, elle voulait seulement retrouver leur intimité ancienne en renouant avec cette tradition. Hélas, ils ne parlaient pas et marchaient l'un derrière l'autre sur la chaussée, préférant encore se faire écraser par une voiture que se blesser en glissant sur la patinoire qu'étaient devenus les trottoirs.

Un gravillon vint se coincer dans la botte droite d'Alice. Fallait-il s'arrêter sur la chaussée pour le retirer ou attendre de parvenir au Jerri's ? Dans le premier cas, elle devrait se tenir en équilibre sur un pied au bord du trottoir tout en exposant l'autre à l'air glacé. Elle décida de s'accommoder de cet inconfort le temps de parcourir les quelques dizaines de mètres qui les séparaient encore du café.

Le Jerri's, situé sur Massachusetts Avenue, à mi-chemin de Porter et de Harvard Square, était déjà une institution pour les accros locaux à la caféine bien avant l'invasion des chaînes telles que Starbucks. La carte, rédigée à la craie en grosses lettres sur le tableau noir situé derrière le comptoir, proposait cafés, thés, pâtisseries et sandwiches, et n'avait pas changé depuis la fin des études d'Alice. Seuls les tarifs portés au bout de chaque ligne montraient des signes d'attention récente. Ombrés à la poussière de craie, ils présentaient une forme rectangulaire évoquant des gommes, et leur calligraphie n'avait rien à voir avec celle des descriptions. Alice, perplexe, étudia la liste.

— Bonjour, Jess, dit John. Un café et un scone à la cannelle, s'il vous plaît.

— Pareil pour moi, dit Alice.

— Tu n'aimes pas le café.

— Si.

— Non. Elle va prendre un thé au citron.

— Je veux un café et un scone.

Jess tourna la tête vers John pour voir s'il rétorquait, mais celui-ci laissa passer la balle sans la renvoyer.

— Ça marche, dit-il. Deux cafés et deux scones.

A l'extérieur, Alice but une gorgée de son gobelet. Un goût âcre, déplaisant, bien loin de refléter la délicieuse odeur qui en émanait.

— Alors, c'est comment ? demanda John.

— Sublime.

Pendant qu'ils reprenaient leur marche vers le campus, elle avala ce breuvage détestable afin de le contrarier. Elle n'avait plus qu'une hâte : se retrouver seule dans son bureau pour en jeter le restant. Et ôter enfin ce gravillon de sa botte.

Après s'être déchaussée et avoir flanqué le café à la poubelle, Alice s'attaqua à ses mails. Elle ouvrit celui d'Anna.

Coucou, maman,
Nous serions ravis de venir dîner, mais c'est assez difficile cette semaine avec le procès de Charlie. Disons plutôt la semaine prochaine, si tu veux bien. Quelles dates préférez-vous, papa et toi ? Nous sommes libres tous les soirs sauf jeudi et vendredi.

Anna

Devant le clignotement sarcastique du curseur prêt à recevoir ses ordres, Alice tenta d'imaginer les mots qu'elle emploierait dans sa réponse. Pour convertir ses idées par le biais de la parole, de la plume ou du clavier, elle devait s'astreindre à des efforts fréquents, s'encourager à voix basse. Elle se méfiait aussi beaucoup des termes qui, longtemps auparavant, lui avaient valu des vingt sur vingt en orthographe et les louanges de ses professeurs.

Le téléphone sonna.

— Salut, maman.

— Ah, parfait, j'allais justement répondre à ton mail.

— Je ne t'ai rien envoyé.

Alice relut le message sans comprendre.

— Je l'ai sous les yeux. Charlie a un procès cette semaine...

— Maman, c'est Lydia.

— Ah. Mais comment se fait-il que tu sois debout aussi tôt ?

— Je me lève aux aurores en ce moment. Je voulais vous appeler hier soir à la maison, mais c'était trop tard. Je viens de décrocher un rôle extraordinaire dans une pièce qui s'appelle *La Mémoire de l'eau*. Le metteur en scène est génial, on donne six représentations en mai. J'ai l'impression que ce sera excellent et il y aura sans doute beaucoup de buzz rien que sur son nom. J'espère que vous pourrez venir me voir jouer tous les deux, papa et toi ?

A son ton interrogateur et au silence qui plana, Alice comprit que c'était son tour de parler, mais elle était encore occupée à intégrer ce que venait de dire sa fille. Les discussions téléphoniques la déroutaient souvent, dépourvues qu'elles étaient des indices visuels procurés par les conversations face à face. Certains termes se télescopaient, elle peinait à anticiper ou à suivre les changements de sujet. Sa compréhension en souffrait. Certes, l'écriture présentait ses difficultés propres, mais, n'étant pas tenue à une réponse en temps réel, elle pouvait les garder secrètes.

— Si tu n'as pas envie, dis-le, reprit Lydia.

— Non, ce n'est pas ça...

— Oh, si tu es trop occupée, tant pis. Je savais que j'aurais dû appeler papa.

— Lydia...

— Laisse tomber, je dois y aller.

Elle avait raccroché. Alice s'apprêtait à dire qu'elle devait en parler avec John, qu'elle serait ravie de venir s'il arrivait à se libérer. Toutefois, dans le cas contraire, elle devrait trouver un prétexte, car il était hors de question de traverser tout le pays en avion sans lui. Redoutant de se perdre ou de connaître des instants d'égarement loin de chez elle, elle évitait désormais de voyager. Elle avait décliné une invitation de l'université de Duke le mois suivant, jeté le dossier d'inscription à la conférence sur le langage à laquelle elle assistait chaque année depuis ses études de troisième cycle. Si elle tenait à voir la pièce dans laquelle jouait Lydia, cette fois-ci, sa présence dépendrait entièrement des disponibilités de John.

Le combiné toujours à la main, elle songea à rappeler. S'étant ravisée, elle raccrocha. Elle mit de côté sa réponse à Anna pour entamer un nouveau message destiné à Lydia. Elle contempla le curseur, doigts figés au-dessus du clavier. Ses batteries mentales étaient à plat, aujourd'hui.

— Allez, s'enjoignit-elle.

Quel dommage de ne pas avoir de démarreur auquel se relier pour s'envoyer une bonne décharge dans le crâne.

Aujourd'hui, elle manquait du temps nécessaire pour cet Alzheimer. Elle avait des mails et une demande de bourse à rédiger, un cours à donner, un séminaire. Et, en fin de journée, sa séance de course à pied. Un bon jogging. Voilà sans doute qui saurait lui éclaircir les idées.

Alice avait coincé dans sa chaussette un bout de papier indiquant son nom, son adresse et son numéro de téléphone. Bien entendu, si elle avait une absence au point de ne plus se souvenir du chemin pour rentrer, elle n'aurait sans doute pas la présence d'esprit de se rappeler qu'elle portait ces informations sur elle. Elle prenait néanmoins cette précaution.

Les effets réparateurs de la course à pied s'atténuaient de jour en jour. En fait, depuis quelque temps, elle avait surtout l'impression de poursuivre les réponses à un flot interminable de questions – sans jamais les rattraper, malgré ses efforts.

Et maintenant, je suis censée faire quoi ? Elle prenait ses médicaments, dormait six à sept heures par nuit et s'accrochait à la normalité que représentait son quotidien à Harvard. A travailler ainsi chaque jour comme si tout allait pour le mieux et devait continuer dans cette voie, à jouer les profs de fac en parfaite santé, elle se faisait l'impression d'un imposteur.

Les titulaires de chaire étaient rarement notés sur leurs performances. Au quotidien, Alice ne devait rendre de comptes à personne ou presque. Elle n'avait pas de registres à tenir, aucun rapport à fournir. Elle disposait d'une marge d'erreur, mais laquelle ? Au fil du temps, ses facultés se détérioreraient jusqu'à un point où son état ne passerait plus inaperçu, et où on ne saurait plus le tolérer. Elle tenait à quitter Harvard avant – avant d'avoir à endurer les commérages et la pitié –, mais elle n'avait aucun moyen de deviner quand cette heure viendrait.

Si l'idée de rester trop longtemps à la fac la terrifiait, celle de la quitter plus encore. Qui était-elle, à
part une prof de psychologie dans l'une des universités les plus prestigieuses du pays ?

Fallait-il tâcher de passer le plus de temps possible
en compagnie de John et des enfants ? Qu'est-ce que
ça signifierait en pratique ? S'incruster auprès d'Anna
tandis qu'elle taperait ses mémoires préparatoires,
suivre Tom dans ses visites de patients, assister aux
cours de comédie de Lydia ?

Comment leur annoncer qu'ils avaient chacun cinquante pour cent de chances de connaître le même
sort qu'elle ? Et s'ils devaient le lui reprocher ? En
concevoir de la rancœur ? La détester autant qu'elle-
même avait détesté son père ?

John ne pouvait pas prendre sa retraite, pas aussi
tôt dans sa carrière. En étant réaliste, combien de
temps libre pouvait-il s'accorder sans mettre en
danger sa vie professionnelle ? Et combien de temps
lui restait-il à elle ? Deux années ? Vingt ?

L'Alzheimer progressait plus rapidement dans sa
forme précoce, mais, la démence survenant dans des
corps relativement jeunes et sains, les porteurs de la
mutation survivaient d'ordinaire plus longtemps au
diagnostic. Alice pouvait s'éterniser à la fac jusqu'à la
dernière extrémité. Elle finirait en position fœtale,
incapable de se nourrir, de parler, de reconnaître John
ou les enfants, atteinte de pneumonie parce qu'elle
aurait oublié comment déglutir. Là, perclus de culpabilité à cause du soulagement qu'ils éprouvaient
devant l'ultime atteinte qui détruirait enfin son corps,

John, Anna, Tom et Lydia conviendraient de ne pas lui imposer de traitement antibiotique.

Elle s'arrêta de courir pour se plier en deux, vomissant les lasagnes absorbées le midi. Il s'écoulerait plusieurs semaines avant que la neige fondue ne les emporte.

Elle savait exactement où elle se trouvait : sur le chemin du retour, devant l'église épiscopalienne de la Toussaint, à quelques pâtés de maisons de chez elle. Elle savait exactement où elle se trouvait, pourtant elle ne s'était jamais sentie aussi perdue de sa vie. Les cloches se mirent à sonner, un carillon qui lui rappela l'horloge de ses grands-parents. Elle actionna la poignée ronde de la porte rouge tomate, entrant sur une impulsion.

Il n'y avait personne à l'intérieur. Ouf. Elle n'avait pas préparé de mensonge pour expliquer sa présence. Sa mère avait beau être juive, son père avait tenu à ce qu'Anne et Alice soient élevées dans la tradition catholique, de sorte qu'enfant, elle était allée à la messe tous les dimanches, recevant la communion, se confessant jusqu'à sa confirmation. Cependant, sa mère n'ayant jamais pris part à ces rites, Alice avait très tôt remis en cause les croyances qu'on lui enseignait. Devant le manque de réponses satisfaisantes de la part de son père comme de l'Eglise, elle n'avait jamais véritablement eu la foi.

La lueur des réverbères filtrant par les vitraux suffisait presque à éclairer la nef. Sur chacun, Jésus, vêtu d'une robe rouge et blanc, était représenté sous les traits d'un berger ou d'un guérisseur accomplissant un miracle. Le bandeau tendu à droite de l'autel annonçait : DIEU EST NOTRE REFUGE ET NOTRE FORCE, IL EST LÀ POUR NOUS AIDER DANS LA DIFFICULTÉ.

Et quelle difficulté, ce qu'elle vivait à présent. Elle aurait tant voulu appeler à l'aide... seulement, elle se sentait comme une intruse, une indigne, une infidèle. Qui était-elle pour demander le secours d'un dieu auquel elle n'était pas sûre de croire, dans un lieu de culte dont elle ignorait tout ?

Elle ferma les paupières, écoutant le lointain va-et-vient de la circulation tout en tâchant d'ouvrir son esprit.

Elle n'aurait su dire combien de temps elle attendit une réponse, assise sur les coussins en velours de ce banc, au milieu de la nef froide et obscure. Aucune ne se présenta. Elle resta un peu plus, dans l'espoir qu'entre un prêtre ou un fidèle qui viendrait lui demander les raisons de sa présence. Elle tenait son explication, à présent, mais personne ne se montra.

Elle songea à la carte que lui avait donnée le Dr Davis, à celles de Stephanie Aaron et de l'assistante sociale. Sans doute fallait-il consulter cette dernière, ou un psy. Peut-être pourraient-ils lui venir en aide ? C'est alors que la réponse surgit, dans un éclair de lucidité très simple.

Parles-en à John.

Devant l'attaque frontale qu'elle subit en passant le seuil de la maison, elle se retrouva démunie.

— Où étais-tu ? demanda John.

— Je faisais un jogging.

— Tout ce temps ?

— Je suis aussi allée à l'église.

— A l'église ? C'est infernal, Ali. Tu ne bois pas de café et tu ne vas pas non plus à l'église.

Il empestait l'alcool.

— Eh bien, aujourd'hui, si.

— On devait dîner avec Bob et Sarah. J'ai été forcé d'appeler pour annuler. Tu as oublié ?

— Oui. J'ai un Alzheimer.

— Je n'avais pas la moindre idée d'où tu te trouvais, je me demandais si tu t'étais paumée. A partir de maintenant, tu dois toujours avoir ton portable sur toi.

— Je ne peux pas quand je cours, je n'ai pas de poches.

— Débrouille-toi, scotche-le-toi sur le front, je m'en fous, mais je ne veux pas me ronger les sangs chaque fois que tu es censée te présenter à un rendez-vous.

Elle le suivit dans le salon. Agrippé à son verre, il prit place sur le canapé en refusant de lever les yeux vers elle. La transpiration perlant à son front faisait écho aux gouttes de condensation sur le verre. Après une hésitation, Alice s'assit sur les genoux de son mari et l'étreignit très fort. Et, oreille contre oreille, elle vida son sac.

— Excuse-moi. Je suis désolée d'avoir cette maladie. Je ne supporte pas de me dire que ça va empirer encore, de savoir qu'un jour, en te regardant, je ne verrai plus un visage que j'aime mais celui d'un étranger.

Elle suivit du doigt le contour de sa mâchoire, celui de son menton, ses pattes-d'oie, si peu marquées à présent qu'il n'avait plus le cœur à rire. Elle essuya la sueur sur son front, les larmes qui coulaient de ses yeux.

— Quand je pense à tout ça, c'est à peine si je parviens à reprendre mon souffle. Mais on doit y réfléchir. Je ne sais pas combien de temps je vais encore te reconnaître. On doit parler de ce qui va se passer.

Il fit basculer son verre, le termina d'un trait, en suçant la glace. Puis il leva vers elle un regard habité par une détresse profonde, qu'elle ne lui avait jamais vue jusque-là.

— Je ne sais pas si j'y arriverai.

Avril 2004

Malgré leur intelligence, ils n'étaient pas parvenus à établir de plan d'action à long terme. Cette équation-là présentait trop d'inconnues – une, surtout, la plus cruciale : à quel rythme la maladie allait-elle progresser ? Ils avaient pris une année sabbatique ensemble six ans plus tôt afin d'écrire leur ouvrage *Des molécules à la pensée*, ils devaient encore enseigner quinze mois avant d'avoir droit à une nouvelle disponibilité. Alice tiendrait-elle jusque-là ? En tout cas, ils avaient décidé qu'elle achèverait le semestre, en évitant les voyages autant que possible, et qu'ils passeraient tout l'été au Cap. Leur imagination ne voyait pas au-delà du mois d'août.

Ils étaient aussi convenus de ne prévenir personne pour l'instant, hormis leurs enfants. Cette révélation inévitable, cette conversation qui constituait leur plus grande angoisse, aurait lieu ce matin-là autour d'un brunch : bagels, salade de fruits, tortilla épicée, soupe de champagne et œufs en chocolat.

Cela faisait plusieurs années qu'ils n'avaient pas organisé de repas de famille le week-end de Pâques. Anna le passait parfois chez les parents de Charles, en Pennsylvanie. Lydia était restée à Los Angeles les années précédentes. Et, quelques années auparavant, c'était John qui avait dû assister à une conférence à Boston. Cette fois-ci, il avait fallu persuader Lydia de venir. Prise par les répétitions de sa pièce, elle avait prétendu ne pouvoir s'interrompre même le temps d'un aller-retour, mais John l'avait convaincue de leur consacrer deux jours et lui avait payé le voyage.

Anna avait refusé les bulles et le Bloody Mary qu'on lui proposait, préférant faire descendre avec un verre d'eau glacée les petits œufs au caramel qu'elle avalait comme du pop-corn. Là, sans laisser à quiconque le temps de la croire enceinte, elle se lança dans l'évocation de son insémination artificielle imminente.

— On a consulté un spécialiste de la stérilité à l'hôpital Brigham, il n'y comprend rien. Mes ovules sont sains, j'en produis bien un chaque mois et Charles n'a pas de problèmes de sperme.

— Hum, remarqua Charlie, je ne crois pas qu'ils aient envie qu'on discute de mon sperme...

— Pourtant, c'est la vérité, alors je n'en peux plus. J'ai même essayé l'acupuncture, ça n'a rien donné, à part me débarrasser de mes migraines... Enfin, au moins, on est sûrs que je vais tomber enceinte. Je commence les injections d'hormones de stimulation folliculaire mardi et, la semaine suivante, je m'injecte un truc qui libérera plusieurs ovules, après quoi on m'inséminera avec le sperme de Charlie.

— Anna ! protesta ce dernier.

— Mais c'est vrai ! Donc, avec un peu de chance, je serai enceinte dans moins de quinze jours.

Alice se força à afficher un sourire approbateur. Les symptômes de la maladie d'Alzheimer ne se manifestaient que bien après les années les plus fertiles de la vie, alors que le chromosome fautif avait déjà été transmis à la génération suivante. Si elle-même s'était su porteuse de ce gène, de cette infortune, dans chacune des cellules de son corps, comment aurait-elle réagi ? Aurait-elle mis trois enfants au monde ou pris des mesures préventives ? Aurait-elle risqué le coup de dés de la méiose ? Ses yeux dorés, le nez aquilin de John... et la préséniline 1. Bien entendu, il était impossible d'imaginer la vie sans Tom, Anna et Lydia, à présent. Mais avant, avant d'avoir fait ces enfants, avant d'avoir vécu l'amour viscéral, inconcevable jusque-là, qui avait accompagné leur venue, aurait-elle décidé qu'il valait mieux ne pas procréer, pour tout le monde ? Et que déciderait Anna ?

Tom entra en s'excusant de son retard et sans sa nouvelle petite amie. Tant mieux. Seule la famille était bienvenue aujourd'hui. Et Alice ne se rappelait pas le prénom de cette fille. Il fonça droit vers la salle à manger, vraisemblablement inquiet d'avoir manqué le brunch, puis revint hilare, rapportant une assiette bien garnie. Il s'installa sur le canapé à côté de Lydia. Les yeux clos, celle-ci répétait ses répliques, le texte de sa pièce à la main. Tout le monde était réuni. C'était le moment.

— Votre père et moi avons un sujet important à aborder avec vous, et nous tenions à ce que vous soyez là tous les trois pour le faire.

Elle tourna la tête vers John, qui fit « oui » de la tête et serra sa main dans la sienne.

— J'ai des troubles de mémoire depuis quelque temps. En janvier, on a décelé chez moi une forme précoce de la maladie d'Alzheimer.

La pendule de cheminée tictaquait très fort, à croire que quelqu'un venait d'augmenter le son – comme quand la maison était vide. Tom restait assis, une bouchée d'omelette à mi-chemin des lèvres. Alice aurait mieux fait d'attendre qu'il termine de manger.

— Ils sont sûrs de leur diagnostic ? demanda-t-il. Tu as fait vérifier par un deuxième spécialiste ?

— Elle a subi un test ADN. Elle est porteuse de la mutation sur la PS1, expliqua son père.

— Elle est autosomique dominante ? demanda Tom.

— Oui.

John lui en disait plus, mais seulement du regard.

— Ça implique quoi ? Papa, ça veut dire quoi, cette mimique ? demanda Anna.

— Nous avons cinquante pour cent de chances de déclarer la maladie à notre tour, énonça Tom.

— Et mon bébé ?

— Tu n'es même pas encore enceinte, remarqua Lydia.

— Anna, dit Alice, si tu es porteuse de cette mutation, il en ira de même pour ta descendance. Chacun des enfants que tu engendreras aura cinquante pour cent de chances d'en hériter à son tour.

— Alors, on fait quoi ? On va subir le test nous aussi ?

— Tu peux, répondit-elle.

— Le temps qu'un de nos enfants soit en âge d'être malade, il existera sans doute un remède, dit Tom.

— Mais pas pour nous, c'est ce que tu veux dire ? Donc, mes gosses s'en tireront indemnes mais je finirai comme un légume ?

— Anna, ça suffit ! jeta sèchement John.

Les mâchoires serrées, il s'était empourpré. Dix ans plus tôt, il aurait envoyé leur fille dans sa chambre. Au lieu de quoi il écrasa plus fort la main d'Alice et fut pris d'un tremblement à la jambe. Il était désemparé au dernier degré.

— Pardon, dit Anna.

— Quand tu atteindras l'âge que j'ai aujourd'hui, il est fort probable qu'on disposera d'un médicament préventif, dit Alice. C'est une des raisons qui font pencher pour le test. Si tu présentes la mutation, tu pourras sans doute recevoir un traitement bien avant de déclarer la maladie. Donc, avec un peu de chance, tu passeras à travers.

— Maman, il existe quel genre de traitement aujourd'hui, pour toi ? demanda Lydia.

— Eh bien, on me prescrit des vitamines, des antioxydants et de l'aspirine. On me donne aussi une statine et deux médicaments qui activent les neuro-transmetteurs.

— Ça va empêcher l'Alzheimer d'empirer ? demanda Lydia.

— Peut-être un temps. Ils ne sont pas vraiment sûrs.

— Et les molécules en phase d'essais cliniques ? demanda Tom.

— Je suis en train de me renseigner, dit John.

Il avait pris contact avec plusieurs praticiens et chercheurs effectuant des expériences sur l'étiologie moléculaire de l'Alzheimer, afin d'obtenir leur éclairage sur les promesses d'avancées thérapeutiques. Il était spécialiste des cellules cancéreuses, pas neurobiologiste, mais il pouvait saisir quel gang de criminels moléculaires dévastait tout sur son passage dans un organisme. Liaison des récepteurs, phosphorylation, régulation transcriptionnelle, manteaux vésiculaires de clathrine, secrétases... Il parlait le même langage que ces gens. En plus de lui conférer une crédibilité instantanée, son poste à Harvard lui permettait d'entrer en contact avec les cerveaux les plus respectés et les plus en pointe de la recherche sur l'Alzheimer à Boston. Comme s'il appartenait à un club très sélect. Si un meilleur traitement existait déjà ou était en passe de voir le jour, John l'obtiendrait pour Alice.

— Mais maman, tu as l'air en parfaite forme, dit Tom. On a dû te détecter ça très en avance. Je ne me serais jamais douté que tu avais un problème quelconque.

— Moi, si, dit Lydia. Pas qu'elle avait un Alzheimer, mais que quelque chose clochait.

— A quoi ? demanda Anna.

— Des fois, au téléphone, elle dit des trucs pas logiques, et elle se répète souvent. Ou alors elle ne se rappelle plus ce que j'ai raconté cinq minutes plus tôt. Et à Noël, elle ne savait plus la recette du pudding.

— Depuis quand t'en es-tu aperçue ? demanda John.

— Depuis un an, au moins.

Alice elle-même ne disposait d'aucun indice qui remonte aussi loin, mais elle croyait sa fille. Et elle savait à quel point John devait se sentir humilié.

— Je dois savoir si je l'ai aussi, dit Anna. Je veux faire le test génétique... Pas vous ?

— Oui, ce serait pire de vivre avec l'angoisse, dit Tom.

Lydia ferma les yeux. Chacun retint son souffle. De façon absurde, Alice caressa l'idée que sa fille avait recommencé à mémoriser ses répliques, ou qu'elle s'était endormie. Dans un silence gêné, Lydia rouvrit les yeux pour parler à son tour.

— Moi, je ne trouve pas.

Elle agissait toujours différemment des deux autres.

Un calme étrange régnait dans le bâtiment William James. Il y manquait les bavardages habituels des étudiants occupés à s'interroger, à faire valoir leur opinion, à plaisanter, récriminer, se vanter, flirter... Les révisions de partiels qui les précipiteraient classiquement loin du campus, jusque dans leurs box de

bibliothèque et leurs chambres de résidence universitaire, ne démarreraient pas avant une semaine. La
plupart des élèves en psychologie cognitive s'étaient
inscrits pour une journée de visite sur un site d'IRM
à Charlestown. Peut-être était-ce aujourd'hui ?

Alice se réjouit en tout cas de l'occasion qui lui
était offerte d'abattre une grande quantité de travail
sans être interrompue. Elle qui avait préféré ne pas
s'arrêter pour prendre un thé au Jerri's sur le chemin
de la fac regrettait à présent sa décision. Un peu de
théine lui aurait été bien utile. Elle parcourut les
articles du dernier *Linguistics Journal*, mit au point
l'examen de fin d'année pour son cours sur la motivation et l'émotion, puis elle répondit à chacun des
mails qu'elle avait laissés en attente. Tout cela sans
que le téléphone sonne une seule fois, sans qu'on
frappe un seul coup à sa porte.

Elle était déjà rentrée chez elle lorsqu'elle se rendit
compte qu'elle avait oublié de passer au Jerri's. Son
envie de thé persistait. Se rendant dans la cuisine, elle
mit la bouilloire à chauffer. L'horloge du micro-ondes
indiquait 04 h 22.

Elle regarda par la fenêtre. La nuit régnait. On distinguait son reflet dans la vitre. Elle était en chemise
de nuit.

Coucou, maman,
L'insémination artificielle n'a pas fonctionné. Je ne suis
pas enceinte. Ça ne m'a pas contrariée autant que je croyais
(Charlie paraît presque soulagé). Espérons que mon autre
test se révélera négatif lui aussi. Nous avons rendez-vous

demain pour le résultat. Je passerai ensuite avec Tom pour
vous annoncer tout ça, à toi et à papa.

Bises,
Anna

La possibilité qu'aucun de ses deux aînés ne soit
porteur de la mutation avait viré de l'improbable au
peu plausible : ils n'étaient toujours pas là une heure
après le moment où Alice avait pensé les voir arriver.
Si leurs tests respectifs avaient été négatifs, leurs
parents auraient eu droit à un rendez-vous vite
expédié, du style « vous n'avez rien ni l'un ni l'autre »,
« au revoir et merci beaucoup ». A moins que Stephanie n'ait eu du retard dans son planning ce jour-là
et qu'Anna et Tom ne soient restés plus longtemps en
salle d'attente ?

Quand ils passèrent enfin le seuil de la maison,
cette probabilité touchait à l'infinitésimal. Négatifs
tous les deux, ils se seraient empressés de le crier dès
l'entrée. La bonne nouvelle, l'enthousiasme et la jubi-
lation se seraient lus sur leurs traits. Au lieu de quoi
ils s'avancèrent muets dans le salon, aux prises avec
ce qu'ils venaient d'apprendre, faisant durer autant
que possible cette période d'avant la maladie, d'avant
le moment où ils devraient communiquer l'information qu'ils détenaient.

Ils prirent place côte à côte sur le canapé, Tom à
gauche et Anna à droite, ainsi qu'ils le faisaient
enfants sur la banquette arrière de la voiture. Tom le
gaucher préférait être assis près de la vitre, Anna se
moquait d'être au milieu. Ils se tenaient plus près l'un

de l'autre qu'à l'époque, à présent, et quand Tom tendit la main pour prendre celle de sa sœur, celle-ci ne hurla pas *Mamaan ! Tommy m'a touchée !*

— Je n'ai pas la mutation, dit Tom.

— Moi, si, dit Anna.

Un de chaque, je suis exaucée, se souvenait d'avoir pensé Alice après la naissance de Tom. Une bénédiction qui avait mis vingt-six ans à se transformer en malédiction. La façade de stoïcisme et de solidité parentale qu'elle s'efforçait de maintenir s'écroula. Elle fondit en larmes.

— Quelle horreur !

— Ça va aller, maman, assura Anna. Comme tu disais, on trouvera un traitement préventif.

Lorsque Alice y repensa par la suite, il y avait là une ironie frappante. Extérieurement, du moins, Anna avait paru la plus forte. C'était elle qui avait consolé son frère et sa mère. Quoi d'étonnant à cela ? Des trois enfants, c'était elle qui lui ressemblait le plus. Elles avaient les mêmes cheveux, le même teint, le même tempérament. Et la même préséniline 1.

— Je vais opter pour la fécondation in vitro. J'en ai déjà discuté avec mon médecin, on soumettra les embryons à un diagnostic génétique avant l'implantation. On testera une cellule sur chacun et on ne prendra que ceux qui ne présentent pas la mutation. Comme ça, on sera sûrs que mes enfants n'auront jamais la maladie.

Une excellente nouvelle, vraiment. Pourtant, alors que tout le monde continuait à la savourer, son goût vira à l'aigre pour Alice. Tout en se le reprochant, elle jalousait Anna, qui pouvait accomplir l'impossible pour elle : préserver ses enfants du danger. Anna n'aurait jamais à voir sa fille, son aînée, se débattre avec la perspective d'être bientôt atteinte de démence. Alice se prit à regretter que les dernières avancées en matière de médecine de la reproduction n'aient pas été disponibles à son époque. Sauf que l'embryon qui, en grandissant, était devenu Anna aurait alors été rejeté.

Tom se portait comme un charme, selon les critères de Stephanie Aaron, mais il n'en donnait pas l'impression. Il paraissait pâle, secoué, fragile. Alice s'était imaginé qu'un seul résultat négatif constituerait pour tous un soulagement inouï – alors qu'ils formaient une famille, liée par son histoire, son amour, son ADN. Anna était la sœur aînée de Tom. Elle lui avait appris à claquer des doigts, à souffler des bulles de chewing-gum, elle lui avait toujours donné les friandises récoltées à l'occasion d'Halloween.

— Qui va prévenir Lydia ? demanda Tom.

— Moi, affirma Anna.

Mai 2004

La première fois qu'Alice avait été tentée de soulever un coin du voile, c'était une semaine après le diagnostic, mais elle n'en avait rien fait. Très peu pour elle, les horoscopes, les tarots, les centres pour personnes dépendantes. Son avenir la rattrapait de plus en plus vite, elle n'avait aucune hâte de l'entrevoir. Sa curiosité et son courage n'avaient pas suffi, ce jour-là, à lui faire visiter le Centre de Mount Auburn. Aujourd'hui, si.

Le hall n'avait rien d'intimidant. Une marine au mur, une moquette fanée à motifs orientaux, une femme outrageusement maquillée aux cheveux courts, aile de corbeau, assise derrière un bureau perpendiculaire à la porte d'entrée. Sans la légère odeur pharmaceutique et l'absence de bagages, de chasseurs et d'allées et venues, on aurait presque pu se croire dans un hôtel, mais les personnes qui résidaient là étaient des patients, pas des clients.

— Que puis-je pour vous ? demanda la femme.

— Euh... oui. Accueillez-vous des personnes atteintes d'Alzheimer ?

— Oui, une aile leur est réservée. Voulez-vous la visiter ?

— Avec plaisir.

Elle suivit la femme jusqu'aux ascenseurs.

— Vous cherchez à placer un de vos parents ?

— Oui, mentit Alice.

Elles attendirent. La cabine était ancienne et lente, à l'image de la plupart des gens qui l'empruntaient.

— Vous avez un collier magnifique, observa la femme.

— Merci.

Alice porta les mains à sa gorge, caressant les ailes en strass bleu du collier papillon Art nouveau hérité de sa mère. Cette dernière ne le mettait que pour son anniversaire et pour les mariages. Jusque-là, Alice en avait toujours fait autant. Mais son agenda ne comportait aucune occasion habillée et comme elle adorait ce bijou, un mois plus tôt, elle l'avait essayé avec un tee-shirt et un jean. Le résultat l'avait séduite.

En plus, la vue du papillon avait fait remonter un souvenir. A six ou sept ans, elle avait fondu en larmes en apprenant que les papillons du jardin familial ne vivaient que quelques jours. Sa mère l'avait consolée en lui disant que leur existence, quoique brève, n'était pas nécessairement tragique. *Tu vois*, avait-elle ajouté en les regardant évoluer au soleil parmi les pâquerettes du jardin, *ils ont une vie formidable*. Alice chérissait ce souvenir.

Sorties au deuxième étage, elles parcoururent un long couloir moquetté et franchirent une double porte dépourvue de toute indication écrite avant de

142

s'arrêter. La femme désigna du bras les battants qui se refermaient automatiquement derrière elles.

— L'unité de soins spécialisés est fermée en permanence, on ne peut pas franchir ces portes si on ne possède pas le code.

Alice regarda le clavier numérique fixé au mur. Les chiffres, tête-bêche, se succédaient de droite à gauche.

— Pourquoi les touches sont-elles disposées ainsi ?

— Pour empêcher les pensionnaires d'apprendre le code et de le mémoriser.

Précaution bien inutile. *S'ils se souviennent du code, ils n'ont sans doute pas besoin d'être ici, vous ne croyez pas ?*

— Je ne sais pas si vous avez déjà constaté ce symptôme chez votre proche, mais nos patients atteints d'Alzheimer sont sujets aux crises d'errance ou d'agitation nocturne. Le fait que les portes soient fermées permet aux pensionnaires de déambuler à n'importe quelle heure dans l'unité de soins, mais en toute sécurité, sans risque de se perdre. Nous ne leur donnons pas de tranquillisants pour la nuit, nous ne les enfermons pas dans leur chambre. Nous nous efforçons de les aider à rester aussi libres et aussi autonomes que possible. Ça compte beaucoup pour eux et pour leur famille, nous en sommes conscients.

Une petite femme en peignoir à fleurs rose et vert lança d'un ton accusateur à Alice :

— Tu n'es pas ma fille.

— Non, désolée.

— Rends-moi mon argent.

— Madame n'a pas pris votre argent, Evelyn. Votre billet est dans votre chambre. Allez vérifiez dans le tiroir du haut de la commode, je crois que c'est là que vous l'avez rangé.

La femme commença par dévisager Alice avec un air de doute mêlé de dégoût, pour finir par se plier à ce conseil plein d'autorité : elle repartit à petits pas traînants vers sa chambre dans ses chaussons blanc cassé en éponge.

— Elle garde dans sa chambre un billet de vingt dollars qu'elle ne cesse de cacher parce qu'elle craint qu'on ne le lui vole. Evidemment, elle oublie chaque fois où elle l'a rangé et elle accuse tout le monde de l'avoir pris. Nous avons essayé de le lui faire dépenser ou de la convaincre de le déposer sur son compte en banque, mais elle refuse. Un jour, elle finira par oublier qu'elle l'a eu, et ce sera terminé.

Délivrées des interrogations paranoïaques d'Evelyn, elles avancèrent jusqu'à la salle commune située au bout du couloir. Elle était pleine de personnes âgées déjeunant à des tables rondes. A bien y regarder, il n'y avait presque que des femmes.

— Je ne vois que trois hommes.

— Eh bien, nous n'en avons que deux parmi nos trente-deux pensionnaires. Harold que vous voyez là vient chaque jour prendre ses repas avec son épouse.

Les deux hommes atteints d'Alzheimer, ayant peut-être régressé jusqu'à la guerre des sexes qui caractérise la petite enfance, avaient pris place à l'écart des femmes. Plusieurs déambulateurs encombraient l'espace entre les tables. La plupart des patientes occupaient des fauteuils roulants. Des cheveux blancs clairsemés, des yeux encaissés grossis par les verres épais de leurs lunettes. Pratiquement toutes mangeaient avec des gestes lents. Il n'y avait aucun échange, aucune conversation, pas même entre Harold et son épouse. Hormis les bruits de mastication, les seuls sons provenaient d'une femme qui chantait en mangeant, et dont le disque rayé revenait sans arrêt sur le même couplet d'Irving Berlin. Nul ne protestait ni n'applaudissait.

> *C'est un air de nos vingt ans, chérie,*
> *Un refrain des temps heureux...*
> *Quand ensemble nous l'avons appris,*
> *Nous étions deux amoureux...*

— Comme vous l'aurez peut-être deviné, il s'agit de notre salle à manger, qui fait aussi office de salon. Les pensionnaires y prennent leurs trois repas de la journée, chaque jour à la même heure. Il est très important d'établir des routines prévisibles. Les activités communes ont également lieu ici : bowling, lancer de balle lestée, jeux de réflexion, danse, musique, travaux manuels... Ce matin, ils ont fabriqué de très jolis nichoirs à oiseaux. Et quelqu'un vient chaque jour leur lire le journal pour les tenir informés de l'actualité.

> *C'est un air de nos vingt ans, chérie,*
> *Un refrain des temps heureux...*

— Nos pensionnaires ont toutes les occasions possibles de s'occuper l'esprit, ainsi que le corps.

Quand ensemble nous l'avons appris,
Nous étions deux amoureux...

— Nous encourageons aussi les membres de la famille et les amis à participer aux activités de leurs proches, ou à se joindre à eux pour les repas.

En dehors de Harold, il n'y avait personne d'extérieur à l'établissement. Aucun autre mari, aucune épouse, pas d'enfants ni de petits-enfants. Pas d'amis.

— Nous disposons également d'un personnel médical hautement qualifié, au cas où l'état de santé de l'un ou l'autre de nos patients nécessiterait des soins particuliers.

C'est un air de nos vingt ans, chérie...

— En avez-vous de moins de soixante ans ?

— Oh, non, la plus jeune en a soixante-dix, je crois. L'âge moyen se situe autour de quatre-vingt-deux. Les patients atteints d'Alzheimer avant soixante ans sont une exception.

Vous parlez avec l'une de ces exceptions, chère madame.

Un refrain des temps heureux...

— A combien revient le séjour ?

— Je peux vous donner un dossier d'information détaillé en ressortant, mais pour l'unité de soins fermée, le tarif est de deux cent quatre-vingt-cinq dollars par jour.

Alice fit le calcul de tête. Cent mille dollars sur douze mois, en gros. A multiplier par cinq, dix ou vingt ans.

— Avez-vous d'autres questions pour l'instant ? demanda la femme.

C'est un air de nos vingt ans, chérie...

— Non, merci.

Alice suivit sa guide jusqu'aux portes fermées, la regarda taper le code.

0791925

Elle n'avait pas sa place ici.

Le temps, exceptionnel en cette période de l'année, évoquait celui, mythique, dont rêvaient chaque printemps les habitants de la Nouvelle-Angleterre : une journée ensoleillée où le thermomètre grimpait jusqu'à 21 °C, un ciel bleu pastel à ranger les manteaux au grenier – et à ne pas vouloir rester assis dans un bureau, surtout lorsqu'on était atteint d'Alzheimer.

Parcourue du frisson vertigineux d'une adolescente qui sèche les cours, Alice prit sur la gauche du Yard, s'en écartant de plusieurs rues pour entrer dans un Ben & Jerry's.

— Je voudrais un triple cornet chocolat/beurre de cacahuètes, s'il vous plaît.

Au diable le régime ! De toute manière, je prends des statines.

Ayant accueilli son cône géant comme s'il s'agissait d'un oscar, elle régla avec un billet de cinq dollars puis déposa la monnaie dans le pot marqué « Pourboires pour la fac » avant de continuer son trajet vers le fleuve Charles.

Il y avait des années qu'elle s'était convertie à la glace au yaourt, théoriquement meilleure pour la santé. Elle avait oublié l'onctuosité, le velouté, le pur plaisir que procurait la crème glacée. Léchant son cornet, elle repensa en marchant à sa visite au Centre de Mount Auburn. Elle devait trouver une meilleure solution, qui n'implique pas de jouer à la balle lestée avec Evelyn à l'intérieur d'une unité de soins psychogériatriques fermée, et qui ne coûte pas une fortune à John lorsqu'il serait soucieux de préserver et de protéger cette épouse qui ne le reconnaîtrait plus – et que lui-même, pour l'essentiel, ne reconnaîtrait pas non plus. Alice refusait d'être une charge pour lui, quand le simple fait de rester en vie, tant sur le plan émotionnel que financier, tiendrait plus du fardeau que de la chance.

Certes, elle commettait des erreurs, qu'elle compensait à grands renforts d'énergie, mais elle avait la certitude que son QI demeurait largement au-dessus de la moyenne. Les gens moyennement intelligents ne se suicidaient pas. Enfin, si, certains, mais pas pour des raisons liées à leurs performances intellectuelles.

Malgré l'érosion grandissante que subissait sa mémoire, son cerveau lui rendait encore de fiers services. Par exemple, en ce moment précis, grâce à une technique de léchage latéral transformée en automatisme depuis son enfance, et sans doute stockée tout près des données sur la façon de rouler à vélo et de lacer ses chaussures, elle mangeait sa glace sans en laisser tomber une goutte sur le cornet ni sur sa main. Pendant ce temps, son cortex moteur et son cervelet résolvaient les équations complexes indispensables au déplacement de son corps, pour lui éviter de tomber en descendant du trottoir, de se faire heurter par une voiture en traversant la rue. Elle reconnaissait au passage une odeur suave de narcisses ainsi qu'un bref fumet de curry émanant du restaurant indien situé au carrefour. Et, à chaque coup de langue, signe que les circuits du plaisir de son cerveau, ceux-là mêmes qui s'activaient lors de la jouissance sexuelle ou lorsqu'on se régalait d'une bonne bouteille de vin, étaient restés intacts, elle savourait le goût délicieux du chocolat mêlé de beurre de cacahuètes.

Mais viendrait un temps où elle oublierait comment manger sa glace, comment lacer ses chaussures et comment marcher. Un temps où l'assaut des plaques amyloïdes altérerait ses neurones du plaisir, où elle ne serait plus en mesure de jouir de ce qu'elle aimait. Un temps où elle n'aurait plus le temps.

Elle se prit à regretter de n'avoir pas plutôt un cancer. Elle aurait échangé un baril d'Alzheimer contre deux barils de crabe sans hésiter une seconde. Tout en s'en voulant d'une telle pensée – vaine, qui plus est –, elle caressa un moment ce fantasme. Là, elle affronterait un adversaire à sa mesure. On pouvait recourir à la chirurgie, aux rayons, à la chimiothérapie. Elle aurait une chance de s'en sortir. Sa famille et ses amis de Harvard se rallieraient derrière son étendard, son petit ruban bleu ou rose. Ils tiendraient sa bataille pour noble. Et même si elle finissait par succomber, ce serait en les regardant droit dans les yeux pour leur faire ses adieux.

La maladie d'Alzheimer était d'une tout autre trempe. Aucune arme ne pouvait l'abattre. Se traiter au donépézil et à la mémantine revenait à affronter un brasier avec un pistolet à eau percé. John continuait d'étudier les molécules en phase de développement clinique, mais il y avait peu de chances pour qu'aucune d'entre elles soit prête à temps et offre des perspectives d'amélioration notable, sinon il aurait déjà appelé le Dr Davis afin qu'on les lui procure. A ce jour, un sort identique attendait tous les malades concernés, qu'ils aient quatre-vingt-deux ans ou cinquante, qu'ils soient pensionnaires à Mount Auburn ou professeurs titulaires de psychologie à Harvard : l'incendie les consumait tous. Nul n'en sortirait vivant.

Or, à l'inverse des crânes chauves et des petits rubans, symboles de courage et d'espoir, le vocabulaire récalcitrant d'Alice et ses souvenirs en déroute étaient le signe d'une instabilité mentale, d'une démence imminente. Un cancéreux pouvait s'attendre à ce que son entourage le soutienne, alors qu'Alice serait sûrement mise au ban par ses pairs. Avec les malades mentaux, même les gens les mieux intentionnés et les plus cultivés tendaient à conserver leurs distances. Alice ne voulait pas devenir quelqu'un qu'on évite et qu'on craint.

Atteinte d'Alzheimer, ne pouvant compter que sur deux produits scandaleusement inefficaces pour traiter cette maladie inguérissable et impossible à troquer contre une autre, que désirait-elle pour elle-même ? A supposer que la fécondation in vitro d'Anna fonctionne, elle voulait tenir le bébé dans ses bras et savoir qu'il s'agissait de son petit-fils ou de sa petite-fille. Elle voulait voir Lydia jouer dans une pièce ou un film dont elle serait fière. Elle voulait voir Tom tomber amoureux. Une seconde année sabbatique avec John. Et lire tous les livres imaginables avant de ne plus pouvoir.

Elle laissa échapper un petit rire, étonnée de la révélation qui venait de la frapper : rien dans cette liste ne concernait la linguistique, l'enseignement ou Harvard. Elle croqua le restant de son cornet. Elle voulait d'autres journées ensoleillées à 20 °C, et d'autres crèmes glacées.

Puis, le jour où le fardeau de sa maladie l'emporterait sur le plaisir procuré par ces glaces, elle souhaitait mourir. Mais aurait-elle la présence d'esprit nécessaire pour voir que les courbes s'inversaient ? La future Alice risquait de ne pas pouvoir se remémorer ce genre de projet – encore moins de l'exécuter. Il était hors de question de demander à John ou à l'un de ses enfants de l'aider à se donner la mort. Elle refusait de les mettre dans une telle position.

Il fallait imaginer une méthode qui incite la future Alice à commettre un suicide organisé – par ses soins.

Il suffisait de créer un questionnaire simple, auquel elle s'astreindrait à répondre chaque jour. Elle songea aux questions que le Dr Davis lui avait posées, celles dont la réponse lui échappait déjà en décembre. Puis elle songea aux envies qui l'animaient encore. Aucune n'impliquait des performances intellectuelles. Elle se débrouillerait de ses lacunes en matière de mémoire immédiate.

Elle pêcha son Blackberry dans la pochette bleu layette que Lydia lui avait offerte pour son anniversaire. Elle la calait chaque jour contre sa hanche droite. Un accessoire indispensable, désormais, comme son alliance et sa montre podomètre. Elle se mariait parfaitement avec le collier papillon. Elle contenait son portable, son Blackberry et son trousseau de clés. Elle ne l'ôtait que pour aller se coucher.

Elle tapa :

Alice, réponds aux questions suivantes :

> *Quel mois de l'année est-on ?*
> *Où habites-tu ?*
> *Où se trouve ton bureau ?*
> *Quelle est la date d'anniversaire d'Anna ?*
> *Combien d'enfants as-tu ?*

Si tu éprouves des difficultés à répondre à l'une ou l'autre de ces questions, va à ton ordinateur, ouvre le fichier intitulé « Papillon » et suis aussitôt les instructions qu'il te donne.

Elle programma l'appareil pour que le message apparaisse chaque matin à huit heures sur l'écran, sans limite de temps. Ce dispositif n'avait rien d'infaillible, il comportait sans doute de nombreuses failles. Elle espérait juste ouvrir le fichier « Papillon » avant d'en présenter trop elle-même.

Persuadée d'être en retard, elle courut presque pour se rendre à l'amphi, mais rien n'avait commencé quand elle arriva. Elle choisit un fauteuil situé sur le côté, à quatre rangées du fond à gauche. Quelques étudiants se présentèrent encore au compte-gouttes par les portes situées à l'arrière de la salle, mais, pour l'essentiel, la classe se trouvait déjà là, fin prête. Alice consulta sa montre. Dix heures cinq. L'horloge murale était d'accord. Très inhabituel. Elle se tint occupée. Parcourut le programme, feuilleta ses notes sur le cours précédent. Prépara sa liste pour le restant de la journée :

Labo
Séminaire
Course à pied
Réviser pour l'examen de fin d'année

Dix heures dix. Elle battit du stylo en mesure sur l'air de *My Sharona*.
Les étudiants s'agitaient. Ils vérifiaient leurs agendas et l'horloge, feuilletaient leurs manuels puis les refermaient, démarraient leurs ordinateurs portables et se mettaient à taper. Ils terminaient leur café, froissaient

les emballages des barres chocolatées, des chips et des divers autres en-cas qu'ils grignotaient. Ils mordillaient leurs capuchons de stylo, se rongeaient les ongles, se dévissaient le cou pour scruter le fond de la salle, se penchaient pour converser avec leurs amis installés dans d'autres travées, haussaient les sourcils, les épaules. Ils murmuraient, riaient.

— C'est peut-être un intervenant extérieur, suggéra une fille assise à quelques rangs derrière Alice.

Alice rouvrit son programme : « Motivation et Emotion. Mardi 4 mai : Stress, impuissance et autorité (chapitres 12 & 14). » Rien sur un intervenant extérieur. L'énergie qui vibrait dans la salle vira à un brouhaha gêné. On aurait dit des épis de maïs sur un gril brûlant. Dès que le premier grain aurait éclaté, les autres suivraient, mais personne ne savait qui commencerait, ni quand. La règle en vigueur à Harvard voulait qu'on attende vingt minutes le professeur en retard avant que le cours ne soit officiellement annulé. Ne redoutant pas de lancer le mouvement, Alice referma son bloc, reboucha son stylo et glissa toutes ses affaires dans sa sacoche. Dix heures vingt et une. Assez attendu.

Alors qu'elle se retournait pour partir, elle détailla les quatre jeunes filles assises derrière elle. Chacune lui rendit son regard avec un sourire, sans doute reconnaissante pour son aide à relâcher ainsi la pression collective. Alice leva son poignet en montrant l'heure, donnée irréfutable.

— Je ne sais pas ce que vous en pensez, mais moi, j'ai mieux à faire qu'attendre.

Mai 2004

Grimpant l'escalier, elle sortit de l'amphi par les portes du fond sans regarder une seule fois derrière elle.

Assise dans son bureau, elle contemplait la circulation des heures de pointe qui se traînait sur Memorial Drive. Une vibration à sa hanche. Il était huit heures du matin. Elle tira son Blackberry de sa pochette bleu layette, cadeau d'anniversaire de Lydia.

Alice, réponds aux questions suivantes :

> *Quel mois de l'année est-on ?*
> *Où habites-tu ?*
> *Où se trouve ton bureau ?*
> *Quelle est la date d'anniversaire d'Anna ?*
> *Combien d'enfants as-tu ?*

Si tu éprouves des difficultés à répondre à l'une ou l'autre de ces questions, va à ton ordinateur, ouvre le fichier intitulé « Papillon » et suis aussitôt les instructions qu'il te donne.

Mai
34 Poplar Street, 02138 Cambridge, Massachusetts
Bâtiment William James, pièce 1002
14 septembre 1977
Trois

Juin 2004

Une femme âgée, au vernis à ongles rose vif et au rouge à lèvres assorti, chatouillait une enfant d'environ cinq ans, sans doute sa petite-fille. Elles avaient l'air de drôlement s'amuser toutes les deux. L'encart annonçait :

LA CHAMPIONNE DES CHATOUILLES
prend la spécialité la plus prescrite contre la maladie d'Alzheimer.

Alice, occupée à feuilleter *Boston Magazine*, fut incapable d'aller plus loin. L'aversion envers cette femme et cette publicité l'inonda tel un liquide brûlant. Elle étudia la photo et la légende, attendant que son cerveau se mette au diapason de son intuition, mais le Dr Moyer ouvrit la porte de son cabinet avant qu'elle ait eu le temps de comprendre pourquoi elle se sentait mise en cause.

— Bien, Alice, je lis ici que vous avez connu des difficultés d'endormissement. Racontez-moi ce qui se passe.

156

— Je mets près d'une heure à trouver le sommeil. Ensuite, je me réveille en général deux heures après et je recommence à tourner dans le lit.

— Eprouvez-vous des bouffées de chaleur ou une autre forme d'inconfort au moment du coucher ?

— Non.

— Quel traitement suivez-vous ?

— Donépézil, mémantine, statines, vitamines C et E, et aspirine.

— L'insomnie figure parmi les effets indésirables possibles du donépézil, malheureusement.

— D'accord, mais il est hors de question que j'arrête.

— Dites-moi ce que vous faites quand vous n'arrivez pas à vous rendormir.

— La plupart du temps, je reste allongée à m'inquiéter. Je sais que mon état va empirer, mais j'ignore quand, et je crains de m'endormir pour me réveiller le lendemain en ignorant où je me trouve, qui je suis, ou quel est mon métier. Je me suis mis en tête que l'Alzheimer détruit seulement mes neurones quand je dors et qu'aussi longtemps que je veille, je resterai la même. Irrationnel, je sais, mais toutes ces angoisses me tiennent éveillée, je n'arrive pas à faire autrement. Dès que cette pensée me vient, l'inquiétude monte, et ensuite, impossible de m'endormir. Ça m'épuise rien que d'en parler.

Vrai pour partie seulement. De fait, elle s'inquiétait. Toutefois, elle dormait comme un bébé.

— Eprouvez-vous ces angoisses à d'autres heures de la journée ? demanda le Dr Moyen

— Non.

— Je peux vous prescrire un ISRS.

— Je ne veux pas d'antidépresseurs. Je ne suis pas en dépression.

En réalité, si, peut-être un peu. On lui avait diagnostiqué une maladie mortelle, incurable. Sa fille se révélait touchée elle aussi. Alice avait presque cessé de voyager, ses cours autrefois animés étaient devenus irrémédiablement barbants, et, même dans les rares occasions où il se trouvait à la maison, John semblait à des milliers de kilomètres d'elle. Alors oui, une certaine tristesse l'habitait. Réaction qui paraissait de circonstance étant donné la situation, mais insuffisante pour lui faire ajouter un énième médicament, et son cortège d'effets secondaires, à son cocktail journalier. Et puis, ce n'était pas ce qu'elle avait eu en tête en venant ici.

— On pourrait essayer les benzodiazépines, un comprimé chaque soir au coucher. Ça accélérera l'endormissement, en vous garantissant autour de six heures de sommeil, sans que vous vous sentiez groggy le matin.

— Je préférerais quelque chose de plus costaud.

Un long silence s'ensuivit.

— Eh bien, j'aimerais que vous reveniez avec votre mari, nous discuterons ensemble d'un traitement plus fort.

— Mon mari n'a pas à être mêlé à tout ça. Je ne suis ni en dépression ni au désespoir, Tamara. Je suis consciente de ce que je vous demande.

Le Dr Moyer la scruta avec soin. Alice l'imita. Deux femmes actives, au niveau d'études élevé, qui avaient chacune dépassé la quarantaine. Elles étaient encore jeunes, et mariées. Alice n'avait aucune idée des opinions politiques et religieuses de sa généraliste. Elle était prête à en consulter une autre si nécessaire. Sa démence allait s'aggraver. Elle ne pouvait pas courir le risque d'attendre plus longtemps. Elle risquait d'oublier.

Elle avait préparé d'autres arguments, mais elle n'eut pas besoin d'y recourir. Le Dr Moyer ouvrit son bloc d'ordonnances et se mit à écrire.

Elle était de retour dans la minuscule pièce destinée aux tests, en compagnie de Sarah Machinchose, la neuropsychologue. Cette dernière s'était présentée à nouveau quelques instants plus tôt, mais Alice avait aussitôt oublié son nom de famille. Mauvais signe. La pièce, en revanche, était conforme à son souvenir du mois de décembre : exiguë, stérile, impersonnelle. Elle contenait un unique bureau équipé d'un iMac, deux chaises de cafétéria, ainsi qu'un classeur à dossiers en métal. Rien d'autre. Aucune fenêtre, aucune plante, aucune photo, aucun calendrier au mur ou sur le bureau. Pas de distraction, d'indice, de possibilité d'effectuer des associations fortuites.

Sarah Machinchose commença par un rapide examen de l'état mental d'Alice.

— Alice, quel jour sommes-nous ?

— Le 7 juin 2007.

— En quelle saison ?

— Au printemps, mais on se croirait déjà en été.

— Je sais, il fait très chaud dehors aujourd'hui. Et où nous trouvons-nous en ce moment ?

— Au Centre de la mémoire du CHR de Boston, dans le Massachussets.

— Pouvez-vous me dire quelles sont les quatre choses qui figurent sur cette image ?

— Un livre, un téléphone, un cheval, une voiture.

— Et ce que je tiens dans la main ?

— Un crayon.

— Et ce que j'ai au poignet ?

— Une montre.

— Pouvez-vous m'épeler « Monde » à l'envers ?

— E, D, N, O, M.

— Maintenant, répétez après moi : « Pas de si, ni de et ni de ou ».

Elle s'exécuta.

— Alice, quelles étaient les quatre choses dont je vous ai demandé le nom tout à l'heure sur les dessins ?

— Un cheval, un téléphone, un livre, une voiture.

— Parfait. Maintenant, écrivez-moi une phrase ici, sur cette feuille.

Je n'arrive pas à croire que je serai un jour incapable d'écrire.

— Parfait, et maintenant, vous avez une minute pour m'énumérer autant de mots que possible qui commencent par S.

160

— Sarah, savoir, stupide, son. Survivre, souffrante. Sexe. Sérieux. Savoir. Zut, je l'ai déjà dit. Suivi. Soucieux.

— Maintenant, énumérez autant de mots que possible qui commencent par M.

— Mental. Malade. Marrant. Mer, mère, mort, mordre. Merde...

Elle rit, s'étonnant elle-même.

— Mes excuses pour le dernier.

Mes excuses. Ça commence par M.

Alice se demanda combien de mots elle aurait été capable d'aligner ainsi dans le même temps un an plus tôt, et combien de mots constituaient la norme.

— A présent, énumérez-moi autant de légumes que possible.

— Asperge, brocoli, chou-fleur. Oignon, poireau. Poivron. Poivron... je ne sais pas, aucun autre ne me vient.

— Et enfin, énumérez autant d'animaux à quatre pattes que vous pouvez.

— Chat, chien, lion, tigre, ours. Zèbre, girafe. Gazelle.

— A présent, lisez-moi cette phrase à haute voix.

Sarah Machinchose lui tendit une feuille de papier.

— Le mardi 2 juillet à Santa Ana, en Californie, un incendie a entièrement détruit l'aéroport John Wayne, lut Alice. Trente personnes, dont six enfants et deux pompiers, étaient restées bloquées à l'intérieur.

C'était un texte de l'Université de New York, destiné à tester les performances en matière de mémoire déclarative.

— A présent, redonnez-moi autant de détails que possible sur l'information que vous venez de lire.

— Le mardi 2 juillet à Santa Ana, en Californie, un incendie a piégé trente personnes dans un aéroport, parmi lesquelles six enfants et deux pompiers.

— Parfait. A présent, je vais vous montrer une série d'images représentées sur des fiches. Vous me direz simplement ce qu'elles représentent.

Le test de dénomination de Boston.

— Mallette, moulinet, télescope, igloo, sablier, rhinocéros...

Un animal à quatre pattes.

— ... Raquette. Oh, attendez, je sais ce que c'est, c'est une échelle à plantes... Un espalier ? Non, un treillis ! Accordéon, bretzel, hochet. Oh, là, une minute... Nous en avons un dans notre jardin, au Cap. Ça se met entre les arbres, on se couche dessus... Non, pas hangar. Hammam ? Mince, ça commence par H mais ça ne me revient pas.

Sarah Machinchose annota sa feuille de test. Alice aurait voulu faire valoir que son oubli pouvait relever tout autant d'un blocage ordinaire que d'un symptôme d'Alzheimer. Même les étudiants les plus concentrés perdaient leurs mots une ou deux fois par semaine.

— Tout va bien, continuons.

Alice décrivit le restant des images sans plus de difficulté, tout en demeurant incapable d'activer le neurone codant le nom de ce filet dans lequel on dormait. Le leur était suspendu entre deux épicéas, dans leur jardin, au Cap. Elle se souvenait des nombreuses siestes qu'elle y avait faites, du plaisir de l'ombre et de la brise, du torse et de l'épaule de John qui lui servaient d'oreiller, de l'odeur familière de l'adoucissant sur sa chemise en coton mêlée à celle, estivale, de sa peau hâlée, salée par la baignade. Elle la humait, s'en enivrait... Tout cela lui revenait très clairement, mais pas le nom de ce satané truc commençant par H dans lequel on se couchait.

Elle réussit haut la main les tests d'arrangement d'images de Wechsler, des matrices progressives de Raven, de rotation mentale de Luria ainsi que le Stroop, puis recopia et mémorisa ensuite sans se tromper plusieurs figures géométriques. Elle finit par vérifier l'heure à sa montre. Un peu plus d'une heure qu'elle se trouvait dans ce réduit.

— Bien, Alice, à présent, j'aimerais que vous repensiez à ce texte court que vous avez lu tout à l'heure. Que pouvez-vous m'en dire ?

Elle ravala son angoisse, qui vint se loger, pesante, énorme, juste au-dessus de son diaphragme, gênant sa respiration. Soit les voies mentales menant aux détails de l'article étaient impénétrables, soit elle manquait de la force électrochimique nécessaire pour cogner assez fort à la porte des neurones hébergeant l'information. En dehors de ce cagibi, elle pouvait rechercher sur son Blackberry la moindre donnée perdue. Elle avait le recours de relire ses mails, de se rédiger des rappels sur des Post-it. Elle pouvait compter sur le respect qu'inspirait fatalement son poste à Harvard. En dehors de ce cagibi, elle pouvait dissimuler la défection de ses signaux neuronaux. Et elle avait beau savoir que ces tests étaient destinés à révéler ses souvenirs inaccessibles, ils la prenaient de court, l'embarrassaient.

— Je ne me rappelle pas grand-chose.

Et voilà, il était là, son Alzheimer, mis à nu sous la lumière crue du néon, exposé au regard de Sarah Machinchose, à son examen, son jugement.

— Pas de problème, dites-moi ce qui vous revient.

— Eh bien, il me semble qu'il s'agissait d'un aéroport.

— L'événement a-t-il eu lieu un dimanche, un lundi, un mardi ou un mercredi ?

— Aucune idée.

— Essayez de deviner, dans ce cas.

— Un lundi.

— Y a-t-il eu un ouragan, une tornade, un incendie ou une avalanche ?

— Un incendie.

— L'événement s'est-il produit en avril, mai, juin ou juillet ?

— En juillet.

— Quel aéroport a été détruit : John Wayne, Dulles ou LAX ?

— LAX ?

— Combien de personnes sont restées bloquées à l'intérieur ? Trente, quarante, cinquante ou soixante ?

— Je ne sais pas... Soixante.

— Combien d'enfants parmi elles : deux, quatre, six ou huit ?

— Huit.

164

— Qui d'autre ? Deux pompiers, deux policiers, deux hommes d'affaires ou deux professeurs ?

— Deux pompiers.

— Parfait, vous avez terminé tous les tests. Je vous mène jusqu'au cabinet du Dr Davis.

Parfait ? Etait-il possible qu'elle se soit remémoré toute l'histoire sans en avoir conscience ?

Elle entra dans le cabinet du Dr Davis, étonnée de découvrir que John s'y trouvait déjà, dans le fauteuil demeuré ostensiblement vide les deux dernières fois. Ils étaient tous réunis, à présent : John, le médecin, Alice. Alice, qui ne parvenait pas à croire que tout cela était vraiment en train de se passer, qu'il s'agissait de sa vie, qu'elle était une malade en visite chez le neurologue avec son mari. Elle se sentait presque comme un personnage de théâtre : la femme à l'Alzheimer. Le mari tenait son texte sur les genoux. Seulement ce n'étaient pas les répliques d'une pièce, mais le questionnaire sur les activités de la vie quotidienne. (Intérieur d'un cabinet de médecin : le neurologue est assis en face du mari de la patiente. Qui entre.)

— Asseyez-vous, Alice. Je viens de m'entretenir quelques instants avec John.

Ce dernier triturait son alliance tout en battant du pied droit. Leurs fauteuils se touchant, il faisait vibrer celui d'Alice. De quoi les deux hommes avaient-ils parlé en son absence ? Elle aurait aimé discuter en aparté avant de commencer la consultation, pour savoir ce qui s'était déroulé entre ces murs, pour accorder sa version à celle de John. Et elle aurait voulu lui dire d'arrêter de secouer ainsi son fauteuil.

— Comment allez-vous ? demanda le Dr Davis.

— Bien.

Le spécialiste lui sourit. Un sourire plein de douceur, qui vint émousser le tranchant de l'appréhension qu'elle ressentait.

— Et côté mémoire, avez-vous eu de nouveaux sujets d'inquiétude ou constaté de nouveaux changements depuis votre dernière visite ?

— Eh bien, je dirais que j'ai de plus en plus de mal à me conformer à mon emploi du temps. Je dois me reporter à mon Blackberry et à des pense-bêtes toute la journée. Et c'est devenu très déplaisant de parler au téléphone. J'ai beaucoup de mal à comprendre la totalité de la conversation si je ne vois pas mon interlocuteur. Le temps de rechercher les mots, je perds généralement le fil de ce qu'il dit.

— Et côté désorientation ? De nouveaux épisodes de cet ordre, ou de divagation ?

— Non. Enfin, si, certaines fois, j'ai du mal à savoir quel est le moment de la journée, même en regardant ma montre, mais je finis toujours par m'en rendre compte. Un jour, je suis allée à mon bureau en croyant qu'on était le matin, et ce n'est qu'en rentrant chez moi que j'ai compris qu'il s'agissait du milieu de la nuit.

— Ah bon ? dit John. Quand ça ?

— Je ne sais pas. Le mois dernier, je crois.

— J'étais où ?

— Au lit.

— Pourquoi je ne l'apprends que maintenant, Ali ?

— Je ne sais pas, j'ai oublié de t'en parler.

Elle sourit, ce qui ne parut pas le rassurer, au contraire.

— Ce genre de confusion et de divagation nocturne est très fréquent, il y a des chances que cela se reproduise. Vous seriez bien inspirés de fixer une clochette au-dessus de la porte d'entrée, ou quelque chose qui réveillera John si le battant vient à s'ouvrir en plein milieu de la nuit. Et je vous conseille de vous inscrire à la Société Alzheimer pour bénéficier de leur système Sécu-Retour. Ça coûte dans les quarante dollars, je crois. On vous fournit un bracelet d'identité comportant un code personnel.

— Le numéro de John est programmé dans le portable que je transporte partout avec moi, dans cette pochette.

— D'accord, mais que se passera-t-il si vous vous perdez et que la batterie flanche ou que le téléphone de John est éteint ?

— Et si je mettais dans ma pochette une fiche mentionnant mon nom, celui de John, notre adresse et nos numéros de téléphone ?

— Ça ne fonctionnera que si vous l'avez toujours sur vous. Vous risquez d'oublier d'emporter la pochette. Alors qu'avec le bracelet, vous n'auriez plus à vous en préoccuper.

— Bonne idée, dit John. On va lui en procurer un.

— Et votre traitement, ça donne quoi ? Prenez-vous les doses prescrites ?

— Oui.

— Des effets secondaires, nausées, étourdissements ?

— Non.

— En dehors de cette fameuse nuit où vous vous êtes rendue au bureau, connaissez-vous des troubles du sommeil ?

— Non.

— Faites-vous toujours du sport régulièrement ?

— Oui, je cours environ huit kilomètres par jour.

— John, pratiquez-vous le jogging ?

— Non, je vais et je reviens du travail à pied, sans plus.

— A mon avis, ce serait une bonne idée de vous y mettre avec Alice. Les études sur les animaux démontrent clairement que l'exercice physique ralentit la formation des plaques amyloïdes ainsi que le déclin cognitif.

— J'ai vu passer ces études, affirma Alice.

— Bien, alors continuez la course à pied. Mais il faudrait que vous trouviez un partenaire régulier, comme ça nous ne craindrons pas que vous ne vous égariez ou que vous ne manquiez une séance à cause d'un oubli.

— Je vais m'y mettre.

John détestait courir. Il jouait au squash, au tennis et parfois au golf mais ne pratiquait jamais le jogging. Sans doute distançait-il Alice sur le plan mental, à présent, mais sur le plan physique, elle avait encore une bonne longueur d'avance sur lui. Elle adorait la perspective de courir avec lui, pourtant elle le voyait mal tenir cet engagement.

— Comment qualifieriez-vous votre humeur, vous sentez-vous en forme ?

— Globalement, oui. Il est clair que je m'énerve beaucoup, que je m'épuise à tenter de rester au niveau dans tous les domaines. Et l'avenir m'angoisse. Mais pour le reste, je me sens pareille qu'avant – mieux, en réalité, par certains côtés, depuis que j'ai prévenu John et les enfants.

— Avez-vous informé vos collègues de travail ?

— Non, personne. Pas encore.

— Avez-vous pu assurer tous vos cours et remplir vos obligations professionnelles ce semestre ?

— Oui, encore que ça m'ait demandé beaucoup plus d'efforts que lors du précédent.

— Vous êtes-vous rendue seule à des séminaires ou des conférences ?

— Non, j'ai quasiment arrêté. J'ai annulé deux interventions dans d'autres facs, j'ai manqué une grande conférence en avril et je vais rater celle qui a lieu en France ce mois-ci. En général, à la belle saison, je voyage beaucoup – nous voyageons beaucoup tous les deux –, mais nous resterons dans notre résidence secondaire de Chatham, cette année. Nous partons la semaine prochaine.

— Bon, tout ça me paraît excellent. Apparemment, vous serez bien entourée cet été. Je ne saurais trop vous conseiller de prévoir un plan d'action pour la rentrée afin d'annoncer à vos collègues de Harvard de quoi il retourne, ce qui vous permettra peut-être de vous dégager de vos obligations professionnelles en douceur. A ce stade-là, voyager sera sans doute hors de question.

Elle hocha la tête. Elle redoutait la rentrée.

— Il y a également des aspects légaux à envisager dès maintenant, comme une délégation d'autorité anticipée et une déclaration refusant l'acharnement thérapeutique... Avez-vous réfléchi à la possibilité de léguer votre cerveau à la science pour des recherches ?

Elle y avait songé. Imaginé son encéphale couleur mastic baignant dans le formaldéhyde, ridicule entre les mains d'un étudiant en médecine. L'enseignant désignerait les diverses scissures et circonvolutions, l'emplacement du cortex somato-sensoriel, de l'aire auditive et du cortex visuel. L'odeur de l'océan, les voix de ses enfants, les mains et le visage de John... Ou alors, son cerveau finirait comme un jambon blanc, découpé en fines tranches collées à des lamelles de verre. Des ventricules agrandis saisissants, espaces vides où elle résidait autrefois.

— Oui, ça me va.

John recula sur son siège.

— Bien, je vais vous faire remplir les documents avant que vous partiez. John, puis-je avoir ce questionnaire que vous tenez ?

Qu'a-t-il écrit ? Ils n'en discuteraient jamais.

— Quand Alice vous a-t-elle averti du diagnostic ?

— Juste après que vous le lui avez signalé.

— Bien, comment qualifieriez-vous son état actuel ?

— Elle va très bien, je trouve. C'est vrai, cette histoire de téléphone. Elle refuse de répondre, maintenant. Soit c'est moi qui décroche, soit elle laisse le répondeur se mettre en marche. Elle est tellement scotchée à son Blackberry qu'on dirait une compulsion. Elle le consulte parfois toutes les deux minutes avant de partir le matin. C'est un peu dur à voir.

Il semblait avoir de plus en plus de mal à la regarder. Quand il le faisait, c'était d'un œil clinique, à croire qu'elle était un de ses rats de laboratoire.

— Rien d'autre ? Quelque chose qu'Alice n'aurait pas mentionné, surtout ?

— Non, je ne crois pas.

— Avez-vous remarqué des changements dans son humeur ou sa personnalité ?

— Non, elle est toujours la même. Un peu sur la défensive, peut-être. Et elle parle moins qu'avant, elle ne lance plus aussi souvent la conversation.

— Et vous, comment allez-vous ?

— Moi ? Bien.

— J'ai là des informations que vous pourrez emporter sur notre groupe de soutien aux aidants. Il est animé par une assistante sociale, Denise Daddario. Vous devriez prendre rendez-vous avec elle.

— Rendez-vous pour moi ?

— Oui.

— Je n'en ai vraiment pas besoin, je vais bien.

— Bon, en tout cas, si vous recherchez un soutien moral, le groupe et Denise sont là. A présent, j'ai quelques questions pour Alice.

— Hum, avant ça, j'aimerais que nous discutions des autres thérapies et des essais cliniques.

— D'accord, mais finissons-en d'abord avec l'examen. Alice, quel jour de la semaine sommes-nous ?

— Lundi.

— Et quelle est votre date de naissance ?

— Le 11 octobre 1953.

— Qui est vice-président des Etats-Unis ?

— Dick Cheney.

— Bien, je vais vous énoncer un nom et une adresse que vous allez me répéter. Je vous demanderai de me les rappeler par la suite. Prête ? John Black, 42, West Street, Brighton.

— La même que la dernière fois.

— Exact, très bien. Pouvez-vous me la répéter, maintenant ?

— John Black, 42, West Street, Brighton.

John ne porte jamais de noir, Lydia habite à l'ouest du pays, Tom à Brighton, il y a huit ans j'en avais quarante-deux.

John Black, 42, West Street, Brighton.

— Bien, pouvez-vous compter de un jusqu'à vingt puis à rebours jusqu'à un ?

Elle le fit.

— Maintenant, veuillez lever le nombre de doigts correspondant à la place dans l'alphabet de l'initiale de la ville dans laquelle nous sommes.

Elle se répéta mentalement l'instruction, puis fit le signe de la victoire avec son index et son majeur.

— Bien. Maintenant, comment appelle-t-on cette chose sur mon bracelet-montre ?

— Une boucle.

— Bien, à présent, décrivez en une phrase sur cette feuille de papier le temps qu'il fait aujourd'hui.

Le temps est brumeux, chaud et humide.

172

— Au verso de cette feuille, dessinez une horloge qui indique quatre heures moins le quart.

Elle traça un grand cercle, qu'elle remplit de chiffres, en démarrant par le haut – midi.

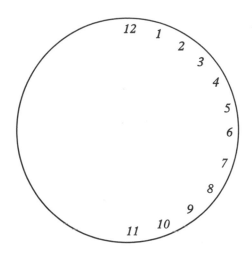

— Zut, j'ai fait un trop grand cercle.

Elle le ratura.

15 h 45

— Non, pas une horloge numérique, précisa le Dr Davis. C'est un cadran analogique que je veux.

— Dites, vous cherchez à savoir si je suis douée en dessin ou si je sais encore lire l'heure ? Dessinez-moi un cadran, je vous montrerai ce que vous me demandez. J'ai toujours été nulle en arts graphiques.

173

A trois ans, Anna adorait les chevaux. Elle avait souvent supplié Alice de lui en dessiner. Les esquisses de sa mère, qui ressemblaient au mieux à des chiens-dragons, ne réussissaient jamais à satisfaire l'imagination pourtant généreuse et débordante de son bout de chou. *Nan, maman, pas ça, dessine-moi un cheval.*

— En fait, Alice, ce sont les deux aspects qui m'intéressent. L'Alzheimer affecte très tôt les lobes pariétaux, dans lesquels nous stockons notre représentation interne de l'espace extrapersonnel. C'est pour cela que je tiens à ce que vous couriez avec votre épouse, John.

John hocha la tête. Ils se liguaient contre elle.

— Voyons, mon chéri, tu sais bien que je suis nulle en dessin.

— Alice, c'est une horloge qu'on te demande, pas un cheval.

Suffoquée qu'il ne prenne pas sa défense, elle le foudroya du regard – tout en haussant les sourcils pour lui accorder une seconde chance d'approuver son refus parfaitement justifié. John se contenta de soutenir son regard en faisant tourner son alliance.

— Si vous me dessinez une horloge, je vous montrerai quatre heures moins le quart.

Le Dr Davis traça un cadran sur une feuille de papier vierge, puis Alice dessina les aiguilles dans la position demandée.

— Bien, maintenant, je voudrais que vous me répétiez le nom et l'adresse que je vous ai demandé de mémoriser tout à l'heure.

174

— John Black, quelque part sur West Street, à Brighton.

— Bien, était-ce au 42, au 44, au 46 ou au 48 ?

— 48.

Le Dr Davis écrivit longuement sur la feuille de papier où il avait dessiné l'horloge.

— John, arrête, s'il te plaît, tu secoues mon fauteuil.

— Bien, à présent, nous pouvons discuter des choix possibles en termes d'essais cliniques. Plusieurs études sont en cours ici même, ainsi qu'au Brigham Hospital. Celle qui me paraît la plus appropriée dans votre cas commence à recruter des patients ce mois-ci. Ce sont des essais de phase III pour un médicament appelé Amylex. Il semble qu'il fixe les protéines amyloïdes solubles et prévienne leur accrétion. A la différence des molécules que vous prenez pour l'instant, on espère qu'il bloquera l'évolution de la maladie. La phase II s'est révélée très encourageante. Le produit est bien toléré, et le fonctionnement cognitif des patients semble avoir cessé de décliner au bout d'un an de traitement, quand il ne s'est pas carrément amélioré.

— J'imagine qu'il existe un groupe témoin à qui l'on administre un placebo ? demanda John.

— Oui, c'est une étude en double aveugle randomisée, un placebo ou une ou deux doses.

Il se peut donc qu'on me donne de simples comprimés de sucre. Les protéines amyloïdes se fichaient probablement comme de l'an quarante des pouvoirs de l'auto-persuasion et de l'effet placebo.

— Que pensez-vous des inhibiteurs de secrétase ? s'enquit John.

Cette idée-là avait sa préférence. Les secrétases étaient des enzymes produites naturellement par le corps, qui généraient des taux normaux, inoffensifs, de bêta-amyloïde. Dans le cas d'Alice, la mutation de la préséniline 1 empêchait cette régulation et entraînait une augmentation du dépôt des protéines amyloïdes. Dans ce trop-plein résidait le danger. Comme quand on ouvre un robinet impossible à refermer : le lavabo débordait rapidement.

— Pour l'instant, les inhibiteurs de secrétase sont soit trop toxiques pour des essais cliniques, soit...

— Et le Flurizan ?

Un anti-inflammatoire du même type que l'Advil. Myriad Pharmaceutics assurait qu'il diminuait la production de bêta-amyloïde 42. Moins d'eau dans le lavabo.

— Oui, nous suivons ce produit très attentivement. Une étude de phase II est en cours, mais seulement au Canada et au Royaume-Uni.

— Que diriez-vous de prescrire du flurbiprofène à Alice ?

— Nous ne disposons pas encore de données suffisantes pour déterminer si cette spécialité est efficace contre l'Alzheimer. Si votre épouse décide de ne pas participer à des essais cliniques, je dirais que le flurbiprofène ne pourra pas lui faire de mal. A l'inverse, si Alice veut s'inscrire dans un groupe d'essais, il sera alors considéré comme une thérapie expérimentale, ce qui l'exclura des études.

— D'accord, dit John, alors quid des anticorps monoclonaux d'Elan ?

— Je les trouve prometteurs, mais les essais n'en sont encore qu'à la phase I et les inscriptions sont closes. A supposer que ces molécules ne révèlent aucune toxicité, le laboratoire n'entamera pas la phase II avant le printemps prochain au mieux, or j'aimerais qu'Alice participe à des essais aussitôt que possible.

— Avez-vous déjà testé les Ig IV sur vos patients ? demanda John.

Cette idée-là aussi le tentait. Extraite du plasma sanguin de donneurs sains et administrée en intraveineuse, l'immunoglobuline constituait déjà une thérapie sûre et autorisée pour plusieurs formes d'immunodéficience innée, ainsi que pour certaines maladies neuromusculaires auto-immunes. Le traitement serait cher, pas remboursé par leur mutuelle, l'Alzheimer ne figurant pas encore parmi ses indications, mais le jeu en valait la chandelle, à n'importe quel prix.

— Pas jusqu'ici. Je n'ai rien contre a priori, mais comme on ignore encore le dosage approprié, ça reste pour l'instant une méthode très peu ciblée et rudimentaire. A mon avis, ça ne donnera que des effets modestes, au mieux.

— Ça nous suffit, dit John.

— D'accord, mais vous devez comprendre à quoi vous devrez renoncer pour pouvoir en bénéficier. Si Alice opte pour les Ig IV, elle ne remplira plus les conditions requises pour participer aux essais cliniques dont nous parlions, qui portent eux sur des traitements potentiellement plus spécifiques et plus efficaces contre la maladie.

— Mais, au moins, elle sera sûre qu'on ne lui administre pas un placebo.

— C'est vrai. Chacune de ces décisions comporte des risques.

— Devrai-je arrêter la mémantine et le donépézil pour participer aux essais cliniques ?

— Non, vous continuerez à les prendre.

— Pourrai-je suivre un traitement hormonal substitutif ?

— Oui. Je suis tout à fait disposé à vous prescrire Combipatch. Malgré tout, là aussi, ce serait considéré comme une thérapie expérimentale, ce qui vous empêcherait de participer aux essais sur l'Amylex.

— Combien de temps dureraient les essais ?

— L'étude court sur quinze mois.

— Comment s'appelle votre épouse ? demanda Alice.

— Lucy.

— Si Lucy était atteinte d'Alzheimer, que voudriez-vous qu'elle choisisse ?

— Les essais sur l'Amylex.

— Donc, c'est la seule possibilité que vous recommandez ? demanda John.

— Oui.

— Je pense que nous devrions choisir les Ig IV et le flurbiprofène, dit-il.

Silence et immobilité s'abattirent sur la pièce. Une énorme quantité d'informations venait de circuler de part et d'autre du bureau. Alice se masqua les yeux pour tenter de réfléchir aux choix qui s'offraient à elle. Elle tâcha de dresser un tableau imaginaire comparant les mérites de chaque médicament, mais il ne lui fut d'aucune utilité. Elle le jeta donc à la corbeille. Optant pour une approche plus conceptuelle, elle parvint à une image unique, parlante, cohérente : un fusil chargé d'une unique cartouche.

— Vous n'êtes pas forcée de vous décider aujourd'hui. Vous pouvez rentrer chez vous, peser le pour et le contre et me rappeler ensuite.

Mais Alice n'avait nul besoin de pousser plus loin ses réflexions. C'était une chercheuse. Elle savait que lorsqu'on tentait de mettre au jour de nouvelles vérités, on prenait tous les risques sans garantie aucune. Par conséquent, elle réagit ainsi qu'elle l'avait fait un nombre incalculable de fois au fil des ans, lors de ses propres expériences.

— Je veux me porter volontaire pour les essais cliniques.

— Ali, dit John, je crois que tu devrais me faire confiance sur ce point.

— Je suis encore en état de tirer mes propres conclusions. Je veux faire ces essais.

— D'accord, je vais vous préparer les formulaires, vous n'aurez plus qu'à signer.

(Intérieur du cabinet de médecin. Le neurologue a quitté la pièce. Le mari triture son alliance. La femme espère un remède.)

Juillet 2004

— John ? John ? Tu es rentré ?

Elle aurait juré le contraire, mais ses certitudes étaient pleines de trous, désormais. John était parti quelque part, seulement elle ne se rappelait pas quand, ni où. Un aller-retour express à l'épicerie en quête de lait ou de café ? Une expédition au guichet vidéo ? Dans un cas comme dans l'autre, il ne tarderait pas à revenir. A moins qu'il n'ait eu besoin de se rendre à Boston, auquel cas elle ne le reverrait pas avant plusieurs heures, voire pas du tout de la soirée. Et s'il avait filé pour ne plus jamais revenir, ayant enfin décidé qu'il n'était pas de taille à affronter ce qui les guettait ? Non, il ne ferait jamais une telle chose. Ça, c'était une certitude.

Leur maison en bois de Chatham, construite en 1990, semblait plus grande, plus ouverte et moins compartimentée que celle de Cambridge. Alice entra dans la cuisine, très différente, elle aussi. Les plans de travail en stéatite et les quelques éclats bleu cobalt provenant des divers récipients en porcelaine ou en verre étaient les seules notes de couleur parmi la blancheur éclatante des murs, du carrelage, des placards, des appareils et des tabourets de bar. On aurait dit une planche de coloriage vierge à peine ponctuée de traces de crayon bleu.

Les deux assiettes posées sur l'îlot de cuisine montraient les vestiges d'un dîner : salade et spaghettis à la sauce tomate. L'un des verres contenait encore une gorgée de vin. Avec la curiosité détachée d'un expert en criminalistique, Alice leva le verre à ses lèvres pour tester la température du contenu. Encore un peu frais. Elle n'avait pas faim. Elle regarda l'horloge. Neuf heures et quelques.

Ils se trouvaient à Chatham depuis une semaine. En temps ordinaire, au bout de sept jours passés loin de ses préoccupations quotidiennes, elle aurait déjà adopté la décontraction de mise au Cap, et lu deux ou trois livres. Mais, malgré son côté prenant, la routine universitaire lui avait fourni durant l'année un cadre familier et réconfortant. Réunions, symposiums, horaires de cours et rendez-vous semaient autant de miettes susceptibles de la guider dans la forêt de ses journées.

Ici, à Chatham, elle n'avait plus d'emploi du temps. Elle faisait la grasse matinée, ne mangeait pas chaque jour à la même heure et ne prévoyait rien à l'avance. Son temps était rythmé par les prises de médicaments, elle répondait chaque matin aux questions du test Papillon et courait tous les jours avec John, pourtant elle ressentait un manque de repères.

Elle ignorait souvent l'heure, voire le jour de la semaine. En plus d'une occasion, elle s'était attablée sans savoir à quel type de repas s'attendre. La veille, quand la serveuse du Sand Bar avait posé son assiette de clams farcis devant elle, Alice aurait tout aussi volontiers attaqué une gaufre.

Les fenêtres de la cuisine étaient ouvertes. Elle regarda dans l'allée. Pas de voiture. L'air extérieur, encore imprégné par la canicule de la journée, charriait le chant des crapauds, mêlé à des rires féminins et au bruit du ressac sur la plage de Hardings. Alice laissa un mot à John à côté des assiettes sales :

Je pars me promener sur la plage. Bises, A.

Minuit. Elle huma la pureté de l'air. Le ciel était percé d'étoiles à l'éclat vif et d'un croissant de lune digne d'un dessin animé. L'obscurité n'était pas aussi complète qu'elle le deviendrait par la suite, mais il faisait déjà plus sombre qu'à Boston par n'importe quelle nuit. A cette distance de la grand-rue, seule la lueur des terrasses, des fenêtres illuminées, de quelques rares pinceaux de phares et de la lune venait éclairer les environs de la plage. L'absence de lumière aurait mis Alice mal à l'aise en ville, elle ne se serait pas promenée seule, mais ici, dans cette microsociété balnéaire vouée aux loisirs, elle se sentait tout à fait en sûreté.

Aucune voiture sur le parking, pas un chat sur la plage. La police municipale y décourageait toute activité après le coucher du soleil. Rien ne rompait la paix ambiante : plus d'enfants ni de mouettes pour hurler, plus de conversations téléphoniques envahissantes, plus d'inquiétude teintée d'agressivité à l'idée de devoir repartir et passer à la tâche suivante.

Alice s'avança au bord de l'eau, laissant l'océan noyer ses pieds. Les vagues tièdes vinrent lui lécher les jambes. Les eaux protégées de la plage de Hardings, face au détroit de Nantucket, étaient plus chaudes d'au moins cinq degrés que celles des autres sites de baignade du Cap donnant directement sur l'Atlantique.

Alice commença par ôter son chemisier et son soutien-gorge. Elle fit glisser sa jupe et sa culotte d'un unique mouvement, puis elle entra dans l'eau. La mer, débarrassée des algues que le ressac roulait ailleurs, caressait la peau avec un velouté de lait. Alice se mit à respirer au rythme des vagues. Elle bascula en arrière pour faire du sur-place, s'émerveillant devant les perles phosphorescentes qui s'étiraient au bout de ses doigts, de ses talons. On aurait dit le sillage d'une fée.

Un reflet de lune à son poignet droit. Le bracelet plat en acier de cinq centimètres de large indiquait SÉCU-RETOUR. Le verso annonçant *personne amnésique* comportait un numéro d'appel gratuit ainsi que son code d'identification. Après cela, les pensées d'Alice ondulèrent au fil d'une série de vagues, passant de cette parure non désirée au collier papillon de sa mère, puis à son dispositif pour le suicide et aux livres qu'elle avait prévu de lire, avant de dériver vers le destin de Virginia Woolf. Ce serait tellement facile...

Elle n'avait qu'à nager en direction de Nantucket jusqu'à ce que la fatigue prenne le dessus.

Elle scruta l'eau noire. Son corps ferme, en bonne santé, la maintenait à flot, le moindre de ses instincts luttait pour la survie. D'accord, elle ne se rappelait pas avoir dîné avec John, ni où celui-ci était parti. Et, le lendemain matin, il se pouvait très bien qu'elle ne conserve aucun souvenir de cette soirée. Malgré tout, pour l'instant, elle n'était pas démoralisée. Au contraire, elle se sentait heureuse, en vie.

Elle tourna la tête vers la plage située derrière elle, vers le paysage faiblement éclairé. Une silhouette s'approchait. A sa démarche bondissante et à ses enjambées, elle sut qu'il s'agissait de John avant même d'avoir vu son visage. Elle ne lui demanda pas où il était parti, ni depuis quand. Elle ne le remercia pas d'être revenu. Il ne la gronda pas d'être partie seule sans son téléphone, ne lui demanda pas de sortir de l'eau pour regagner la maison. Sans qu'un mot ne soit échangé, il se dévêtit pour la rejoindre dans l'océan.

— John ?

Elle le trouva occupé à repeindre l'encadrement des portes du cabanon extérieur qui leur servait de garage.

— Je n'ai pas arrêté de t'appeler, dit-elle.

— J'étais là. Je ne t'ai pas entendue.

— Quand pars-tu pour la conférence ?

— Lundi.

Il allait passer une semaine à Philadelphie pour la neuvième Conférence internationale sur la maladie d'Alzheimer.

— Lydia arrive avant ça, j'espère ?

— Oui, dimanche.

— Ah, exact.

La troupe du Monomoy Theater l'avait invitée à se joindre à eux pour l'été.

— Prête pour le jogging ? s'enquit John.

La brume matinale ne s'était pas encore levée. Il faisait encore trop frais pour les vêtements qu'elle portait.

— Il faut juste que je me couvre un peu plus.

Passé le seuil de la maison, elle ouvrit la penderie. S'habiller confortablement à Cape Cod constituait un défi constant, en cette période où les températures de 5 °C le matin grimpaient jusqu'à 25 °C dans l'après-midi, avant de chuter brutalement à nouveau dans la soirée. Sans compter la brise marine. On devait faire preuve d'imagination vestimentaire, se préparer à ajouter puis à retrancher plusieurs couches de vêtements. Alice caressa les manches de chacun des manteaux suspendus. A ce moment de la journée, plusieurs auraient été parfaits pour s'asseoir sur la plage, ou s'y promener, mais tous paraissaient trop chauds pour courir.

Grimpant l'escalier quatre à quatre, elle se rendit dans leur chambre. Elle fouilla dans plusieurs tiroirs et trouva une polaire légère, qu'elle enfila. Son regard avait été attiré par son livre de chevet posé à la tête du lit. Elle le prit, descendit l'escalier jusqu'à la cuisine et sortit sur la terrasse de derrière en emportant un verre de thé glacé. La brume matinale ne s'était pas encore levée, il faisait plus frais qu'elle ne l'aurait cru. Elle posa ce qu'elle portait sur la table basse, entre les deux fauteuils Adirondack, puis elle retourna chercher un plaid dans la maison.

De retour sur la terrasse, elle s'emmitoufla, prit place dans un fauteuil puis ouvrit son livre à la page cornée la fois précédente. Lire constituait désormais une corvée désespérante. Pour conserver une idée du récit ou de la thèse développée par l'auteur, elle était forcée de parcourir plusieurs fois le texte. Dès qu'elle s'interrompait, il lui fallait revenir en arrière, parfois jusqu'au début du chapitre, afin de retrouver le fil. Devoir donner la priorité à un livre plutôt qu'à un autre lui causait une souffrance supplémentaire, en lui rappelant que le compte à rebours était enclenché. Et si en fin de compte, il ne lui restait plus assez de temps pour lire tous les livres qu'elle avait mis de côté ?

Elle venait de se lancer dans *Le Roi Lear*. Elle qui adorait les tragédies de Shakespeare, elle n'avait jamais lu celle-là. Malheureusement, suivant une routine désormais familière, elle se retrouva bloquée au bout de quelques minutes à peine. Elle relut la page précédente, suivant de l'index une ligne imaginaire qui courait sous les mots. Ayant fini son thé, elle se mit à observer les oiseaux dans les arbres.

— Ah, te voilà, dit John. Alors, on ne va plus courir ?

— Si, si, bonne idée. Ce bouquin me rend dingue.

— Allons-y.

— C'est aujourd'hui que tu pars à cette conférence ?

— Non, lundi.

— Quel jour sommes-nous ?

— Jeudi.

— Ah. Et quand Lydia arrive-t-elle ?

— Dimanche.

— Avant ton départ ?

— Oui. Ali, je viens de te le dire. Tu devrais le noter dans ton Blackberry, à mon avis, ça te rassurera.

— Tu as raison, excuse-moi.

— Prête ?

— Oui. Attends, je dois faire un tour aux toilettes.

— D'accord, tu me trouveras à côté du garage.

Ayant posé son verre vide sur le plan de travail à côté de l'évier, elle laissa son plaid et son livre sur la liseuse du séjour. Elle se tint là, prête à esquisser un mouvement, mais ses jambes avaient besoin d'ordres supplémentaires. Qu'est-ce qui l'amenait ici ? Elle refit mentalement le chemin à l'envers : plaid et livre, verre sur le plan de travail, terrasse avec John. Il partait bientôt pour la Conférence internationale sur la maladie d'Alzheimer. Dimanche, peut-être ? Il faudrait le lui demander pour en être sûre. Ils s'apprêtaient à aller courir. Il faisait un peu frais dehors. Elle était rentrée chercher une polaire ! Non, pas ça. Elle en portait déjà une. *Et zut, tant pis.*

Alors même qu'elle parvenait à la porte d'entrée, sa vessie se rappela à elle. Se hâtant de parcourir le couloir en sens inverse, elle ouvrit la porte. Pour découvrir, à sa grande stupeur, que ce n'était pas celle des toilettes. Un balai, une serpillière, un aspirateur, un tabouret, une boîte à outils, des ampoules, des lampes torches, de l'eau de Javel : le cagibi.

Elle regarda au fond du couloir. La cuisine à gauche, le salon à droite, rien d'autre. Il y avait bien une salle d'eau au rez-de-chaussée, pourtant ? Oui, forcément. Ici. Sauf que non. Elle se dirigea vers la cuisine, où elle ne découvrit qu'une porte donnant sur la terrasse. Elle se précipita de nouveau dans le salon, seulement les toilettes ne donnaient pas dedans, bien entendu. Elle repartit en courant vers le couloir, agrippa le bouton de porte.

— Mon Dieu, je vous en prie !

Elle ouvrit la porte à la volée, tel un illusionniste qui lève le rideau sur son tour le plus confondant, mais les toilettes n'étaient pas réapparues comme par magie.

Comment peut-on se perdre sous son propre toit ?

Elle songea bien à courir jusqu'à la salle de bains située à l'étage, mais dans cette quatrième dimension dénuée de toilettes au rez-de-chaussée, une hébétude singulière l'avait gagnée. Elle fondit en larmes dans le couloir sans pouvoir s'en empêcher, avec l'impression floue de s'observer de loin, de contempler une inconnue. Ses sanglots n'avaient rien à voir avec les larmes contenues d'une adulte. C'étaient ceux, craintifs, désespérés, effrénés, d'une enfant.

Les larmes ne furent pas seules à la déborder. Au moment où John apparut sur le seuil de la maison, l'urine coulait le long de la jambe droite d'Alice, trempant son survêtement, sa chaussette et sa basket.

— Ne regarde pas !

— Ne pleure pas, Ali, tout va bien.

— Je ne sais plus où j'habite.

— Tout va bien, tu es à la maison.

— Je suis déboussolée.

— Tu n'es pas perdue, Ali, tu es avec moi.

Il la prit dans ses bras pour la bercer en douceur, l'apaisant ainsi qu'il l'avait fait tant de fois pour leurs enfants après une blessure ou une injustice subie.

— Je n'arrivais plus à trouver les toilettes.

— Tout va bien.

— Excuse-moi.

— Ne t'excuse pas, tout va bien. Viens, allons te changer. De toute façon, le soleil commence à taper, il te faut des vêtements moins chauds.

Avant de partir pour la conférence, John avait transmis à Lydia des instructions détaillées sur le traitement d'Alice, son jogging quotidien, son téléphone portable et le programme Sécu-Retour. Il lui avait aussi laissé le numéro du neurologue, juste au cas où. Son discours n'était pas sans rappeler ceux qu'ils servaient autrefois à leurs baby-sitters, avant de partir en week-end à la campagne sans leurs enfants, songea Alice en se repassant mentalement ses propos. A présent, c'était elle qui avait besoin qu'on la surveille. Que sa propre fille la surveille.

Lydia et elle descendaient la grand-rue de Chatham en silence après leur premier dîner ensemble au

Squire. Les voitures et les 4 × 4 de luxe garés le long
du trottoir, hérissés de porte-vélos et surmontés de
kayaks, chargés de poussettes, de fauteuils de plage
et de parasols, étaient immatriculés dans le Connec-
ticut, le New Jersey ou l'Etat de New York : la saison
estivale battait son plein. Des familles entières flâ-
naient le long des trottoirs, sortant des zones réser-
vées aux piétons pour s'arrêter sur la chaussée,
revenir sur leurs pas et s'agglutiner devant les
vitrines. A croire qu'ils avaient tout le temps du
monde.

Au bout de dix minutes, elles échappèrent à la
foule. Elles s'arrêtèrent devant le phare pour s'imprégner de la vision panoramique de la plage en
contrebas, puis descendirent les trente marches
menant au sable. Quelques paires de tongs et de san-
dales attendaient au pied de l'escalier, où leurs pro-
priétaires les avaient abandonnées plus tôt dans la
journée. Alice et Lydia y ajoutèrent leurs chaussures
puis reprirent leur marche. Devant elles, un panneau :

ATTENTION, COURANTS VIOLENTS, déferlantes inattendues, lames de fond. Le secteur est dangereux
pour toutes les activités individuelles : natation, baignade, plongée, ski nautique, planche à voile, canots,
matelas pneumatiques, kayaks. Plage non surveillée.

Alice scruta les vagues qui venaient inlassablement
frapper le rivage. Sans la digue colossale construite en
bordure des riches propriétés de Shore Drive, l'eau
aurait pris les maisons d'assaut, les dévorant toutes

190

sans se poser de questions. L'Alzheimer était comme l'océan sur cette plage : irrésistible, féroce, destructeur. Et elle n'avait aucune digue dans le cerveau pour protéger ses souvenirs et son esprit du massacre.

— Je regrette de ne pas avoir pu assister à ta pièce, dit-elle.

— Pas de problème. Cette fois-ci, je sais que c'était à cause de papa.

— J'ai très hâte de voir celle que tu répètes.

— Je note.

Le soleil prêt à plonger dans l'Atlantique paraissait énorme dans le ciel rose et bleu. Elles dépassèrent un homme agenouillé sur le sable qui visait l'horizon avec son appareil photo, tâchant de fixer cette beauté évanescente avant qu'elle ne s'enfuie.

— La conférence à laquelle papa se rend, c'est sur la maladie d'Alzheimer ?

— Oui.

— Il espère t'y trouver un meilleur traitement ?

— C'est ça.

— Tu crois qu'il y arrivera ?

Alice regarda la marée montante. Elle effaçait les traces de pas, démolissait un château de sable complexe orné de coquillages, venait remplir la douve creusée plus tôt par des pelles en plastique, débarrassant le rivage de son vécu quotidien. Alice envia les belles demeures protégées par la digue.

— Non.

Ramassant un coquillage, elle le frotta pour en ôter le sable, révélant une opalescence laiteuse striée d'élégantes bandes roses. Sa douceur était agréable au toucher, mais la nacre était brisée à une des extrémités. Elle songea d'abord à le jeter à l'eau, puis décida de le garder.

— Je suis sûre qu'il ne prendrait pas le temps d'y aller s'il ne pensait pas trouver quelque chose, dit Lydia.

Deux filles portant des sweat-shirts de l'université du Massachussetts s'avançaient vers elles en gloussant. Alice leur sourit et leur dit bonjour alors qu'elles passaient.

— Je regrette que tu n'ailles pas à la fac, dit-elle.

— Maman, arrête, s'il te plaît.

Ne voulant pas commencer par une dispute la semaine qu'elles avaient à passer ensemble, Alice repensa au passé sans rien dire. Les professeurs qu'elle avait admirés et craints, devant lesquels elle s'était ridiculisée, les garçons qu'elle avait eux aussi aimés et craints et devant lesquels elle s'était encore plus ridiculisée, les nuits de révision juste avant l'examen, les cours, les fêtes, les amitiés, sa rencontre avec John : ces souvenirs étaient nets, facilement accessibles. Ils lui venaient avec une forme d'effronterie, à croire qu'ils n'avaient pas la moindre idée de la guerre qui se déroulait à quelques centimètres sur leur gauche.

Chaque fois qu'elle songeait à l'université, son esprit finissait par revenir au mois de janvier de sa première année d'études. Un peu plus de trois heures après la visite de sa famille, Alice avait entendu des coups timides frappés à la porte de sa chambre. Elle se rappelait encore le moindre détail de cette scène :

le doyen campé sur le seuil, un pli creusé entre les sourcils, les mèches folles dans ses cheveux poivre et sel, les bouloches parsemant son pull vert sapin, sa voix rauque, son phrasé prudent.

La voiture du père d'Alice avait quitté la route et était rentrée dans un arbre. Peut-être s'était-il endormi au volant. A moins qu'il n'ait bu plus que de raison lors du dîner. *Il buvait toujours trop au dîner.* Il était hospitalisé à Manchester. La mère et la sœur d'Alice étaient mortes.

— John ? C'est toi ?

— Non, ce n'est que moi, maman, je rentre les serviettes, dit Lydia. Il va y avoir une grosse averse d'une seconde à l'autre.

L'atmosphère était lourde, électrique. La pluie couvait. La météo avait été clémente toute la semaine : des journées ensoleillées de carte postale, et la nuit, des températures idéales pour dormir. Le cerveau d'Alice s'était bien comporté lui aussi. Elle savait à présent prévoir les journées difficiles, celles où elle ne retrouvait ni ses souvenirs, ni ses mots, ni les toilettes, et celles où la maladie se tenait tranquille. Dans ces moments-là, elle était de nouveau elle-même : l'Alice qu'elle comprenait, en qui elle avait confiance. Elle en arrivait presque à se persuader que le Dr Davis et la conseillère génétique s'étaient trompés, ou que ces six derniers mois n'avaient été qu'un horrible cauchemar : en définitive, le monstre caché sous son lit pour lacérer ses draps n'était pas réel.

193

Depuis le salon, elle regarda Lydia. Sa fille, en débardeur bleu ciel et jupe noire, pliait des serviettes pour les empiler sur un des tabourets de la cuisine. Elle semblait sortir de la douche. Alice, quant à elle, n'avait pas ôté son maillot de bain et portait toujours sa robe de plage fanée à motifs de poissons.

— Faut-il que je me change ? demanda-t-elle.

— Si tu veux.

Lydia rangea des tasses propres dans un placard, consulta sa montre. Puis elle entra dans le salon, rassembla les revues et les catalogues posés par terre et sur le canapé avant de les empiler avec soin sur la table basse. Elle consulta sa montre. Ayant tiré un exemplaire de *Cape Cod Magazine* du haut de la pile, elle se mit à le feuilleter. Elles tuaient le temps, apparemment, mais Alice ne comprenait pas pourquoi. Quelque chose clochait.

— Où est John ? demanda-t-elle.

Lydia leva la tête de son magazine, soit amusée, soit gênée, soit les deux – Alice n'aurait su le dire.

— Il devrait rentrer d'une minute à l'autre.

— Donc, on l'attend.

— Oui.

— Où est Anne ?

— Anna est à Boston, avec Charlie.

— Non, Anne, ma sœur. Où est-elle ?

Lydia la fixa sans plus aucune trace de légèreté.

— Maman, Anne est morte. Elle a été tuée dans un accident de voiture avec ta mère.

Alice eut le souffle coupé, son cœur se serra comme un poing. Son cerveau puis ses doigts s'engourdirent, et le monde s'assombrit, se rétrécit autour d'elle. Elle prit une profonde inspiration. Son cœur palpitait de fureur et de chagrin. Elle se mit à trembler, à pleurer.

— Non, maman, ça remonte à très longtemps, rappelle-toi.

Lydia lui parlait, mais Alice n'entendait pas ce qu'elle disait. Elle ne sentait que son cœur douloureux, ses larmes brûlantes, la colère et le chagrin qui parcouraient la moindre de ses fibres. Elle n'entendait que sa propre voix dans sa tête, sa voix qui appelait Anne et sa mère en hurlant.

John se tenait campé au-dessus d'elles, trempé comme une soupe.

— Que s'est-il passé ?

— Elle a demandé des nouvelles d'Anne. Elle croit qu'elle vient de mourir.

Il prit la tête d'Alice dans ses mains. Il lui parla, en tâchant de la calmer. *Pourquoi ça ne le met pas dans tous ses états, lui aussi ? Il est au courant depuis un moment et il me l'a caché.* On ne pouvait pas se fier à John.

Août 2004

La mère et la sœur d'Alice étaient mortes pendant sa première année d'université. Il n'y avait aucune photo d'elles dans les albums de famille, aucune trace d'elles à ses remises de diplômes ni à son mariage, pas plus qu'avec John, les enfants et elle au cours des week-ends, des vacances et des fêtes d'anniversaire. Alice ne parvenait pas à se représenter sa mère sous les traits d'une femme âgée, ce qu'elle aurait forcément été aujourd'hui ; dans sa tête, Anne demeurait une adolescente. Pourtant, un peu plus tôt, elle aurait juré qu'elles s'apprêtaient à franchir le seuil de la maison, non comme des fantômes mais comme des êtres de chair et de sang, pour passer l'été avec eux dans leur maison du Cap. Ce genre de délire avait de quoi faire peur : pleinement réveillée, et sans avoir bu une goutte d'alcool, on pouvait piaffer d'impatience à la perspective de voir arriver des proches disparus depuis des années. Mais le plus effrayant, c'était que sa méprise ne la terrifiait pas tant que ça.

John, Lydia et elle prenaient le petit déjeuner sur la terrasse. Lydia leur parlait de la troupe à laquelle elle s'était jointe pour l'été et des répétitions – mais, pour l'essentiel, elle s'adressait surtout à John.

— J'étais intimidée avant d'arriver, tu sais ? Il faut voir leurs CV, à tous : Beaux-Arts, Actor's Studio, Yale, expérience à Broadway...

— On dirait qu'ils sont blanchis sous le harnais, remarqua John. Quelle est la moyenne d'âge ?

— Oh, je suis la plus jeune, et de loin. La plupart ont la trentaine ou la quarantaine... Il y a aussi un homme et une femme de votre génération.

— Ah oui, si vieux que ça ?

— Tu comprends ce que je veux dire. En tout cas, je craignais d'être larguée, mais grâce aux ateliers que j'ai suivis et aux rôles que j'ai joués, j'ai vraiment les outils qu'il faut. Je tiens le bon bout.

Alice fut ramenée à ses premiers mois à Harvard : elle-même avait éprouvé des doutes identiques, pour aboutir finalement à la même conclusion que sa fille.

— D'accord, ils sont plus rodés que moi, mais aucun n'a étudié la technique de Meisner. Ils ont tous suivi des cours dérivés de la Méthode Stanislavski, seulement, pour arriver à une vraie spontanéité, je trouve l'approche de Meisner meilleure. Donc même si j'ai moins l'expérience de la scène qu'eux, j'apporte quelque chose d'unique à la troupe.

— Formidable, ma chérie. Ils t'ont sûrement choisie pour ça, entre autres, dit John. Ça signifie quoi, exactement, une vraie spontanéité, pour un acteur ?

Alice s'était posé la même question mais ses mots, englués dans la vase amyloïde, restaient à la traîne derrière ceux de John, ce qui devenait de plus en plus fréquent lors des conversations en temps réel. Elle écoutait donc son mari et sa fille bavarder sans effort, les observant comme on regarde deux comédiens sur scène depuis la salle.

Elle fendit en deux son bagel au sésame et mordit dedans. Elle avait le choix pour le garnir : la table devant elle offrait de la confiture d'airelles du Maine, du beurre de cacahuètes, une plaque de beurre sur une assiette ainsi qu'un pot de crème blanche. Non, pas crème blanche. Ça s'appelait comment ? Crème fraîche ? Non plus. C'était trop épais, comme du beurre. Quel était le terme ? Elle désigna le pot du bout de son couteau.

— John, tu peux me passer ça ?

John lui tendit le pot de « crème blanche ». Alice en étala une couche épaisse sur l'une des moitiés du bagel, qu'elle contempla. Elle en connaissait le goût et savait que ça lui plairait, mais elle ne se décidait pas à mordre dedans tant qu'elle n'aurait pas retrouvé le nom. Lydia s'en aperçut.

— Fromage à tartiner, maman.

— Ah, oui. Fromage à tartiner. Merci, Lydia.

Le téléphone sonna. John rentra dans la maison afin de répondre. La première pensée d'Alice fut qu'il s'agissait de sa mère, appelant pour les avertir qu'elle serait en retard. Cette idée en apparence réaliste et teintée d'immédiateté lui semblait aussi raisonnable que celle du retour imminent de John à la table du petit déjeuner. Elle corrigea son impulsion, la censura, la rejeta. Sa mère et sa sœur étaient mortes pendant sa première année de fac. Comme il était rageant de devoir se répéter de telles choses !

Seule avec sa fille – pour l'instant, du moins –, elle saisit cette occasion d'aborder certain sujet.

— Lydia, et si tu t'inscrivais en fac pour préparer un diplôme de théâtre ?

— Maman, tu n'as donc pas entendu un mot de ce que je viens de dire ? Je n'ai aucun besoin de diplôme.

— J'ai parfaitement entendu, et j'ai tout compris. Je raisonne à plus grande échelle. Je suis sûre qu'il reste des aspects de ton art que tu n'as pas encore explorés, des choses que tu pourrais apprendre, la direction d'acteurs, peut-être... Tout ça pour dire qu'un diplôme t'ouvrirait plus de portes, si jamais tu en avais besoin.

— Ah oui, et lesquelles ?

— Eh bien, déjà, ça te donnerait la crédibilité nécessaire pour enseigner si tu en avais envie.

— Maman, je veux être comédienne. Prof, c'est ta vocation à toi, pas la mienne.

— Je sais bien, Lydia, tu as été très claire sur ce point. Je ne pensais pas forcément à un poste dans une université ou une grande école, encore que ce serait possible... Non, je me dis que tu pourrais un jour diriger des ateliers comme ceux auxquels tu as participé et que tu aimes tant.

— Maman, désolée, mais je ne vais pas gaspiller mon énergie à songer à ce que je pourrais faire si je n'étais pas assez douée pour réussir. La dernière chose dont j'ai besoin, c'est de douter de moi.

— Je ne remets pas en cause une seule seconde tes capacités à réussir comme actrice. Mais que se passera-t-il si tu décides d'avoir des enfants, et si tu veux ralentir un peu la cadence sans abandonner ton métier ? Tu apprécierais sans doute de pouvoir donner des cours sous forme d'ateliers, y compris loin de chez toi. Sans compter que dans la vie, tout ne se résume pas aux acquis. N'oublie pas le réseau que représenteraient tes condisciples, tes professeurs, les amicales d'anciens élèves... Je suis sûre qu'il existe un premier cercle auquel on n'accède pas tant qu'on n'a pas un diplôme, ou un CV déjà bien rempli.

Alice se tut, attendant les objections de Lydia, mais sa fille ne fit aucun commentaire.

— Je te demande juste d'y réfléchir. Plus on avance dans la vie, moins on a le temps de faire des études. Tu pourrais peut-être en discuter avec certains membres de ta troupe, leur demander ce que ça signifie de jouer la comédie une fois qu'on atteint trente ou quarante ans... D'accord ?

— D'accord.

Chacune avait fait un pas, mais ça n'irait pas plus loin. Alice tenta de trouver un autre sujet de discussion, sans y parvenir. Elles revenaient systématiquement sur cette pierre d'achoppement. Le silence s'éternisa.

— Maman, ça fait quel effet ?

— Quoi ?

— D'avoir l'Alzheimer. Tu ressens la maladie en ce moment, pendant qu'on parle ?

— Eh bien, je sais que j'ai les idées claires pour l'instant et que je ne me répète pas, mais il y a à peine quelques minutes, un mot m'échappait, et j'avais du mal à participer à la conversation. J'ai conscience que ce genre de problème se reproduira, et que les intervalles entre chaque trou de mémoire s'amenuisent. Sans compter que leur durée s'allonge. Alors, même quand je me sens tout à fait normale, je sais que c'est faux. C'est juste un instant de répit. Je n'ai plus confiance en moi.

A peine eut-elle terminé sa phrase qu'elle s'inquiéta d'en avoir trop dit. Elle ne voulait pas effrayer sa fille. Mais cette dernière demeura imperturbable, attentive, si bien qu'Alice se détendit.

— Donc, quand ça arrive, tu en es consciente.

— La plupart du temps, oui.

— Comme quand tu n'arrivais pas à nommer le fromage frais tout à l'heure ?

— Je sais ce que je cherche, seulement mon cerveau n'arrive pas à l'atteindre. Un peu comme si tu voulais attraper ce verre d'eau et que ta main refusait de le soulever. Tu le lui demandes gentiment, tu la menaces, mais elle refuse d'agir. Même si tu réussis à la forcer à faire un geste, elle va attraper la salière, ou renverser le verre et répandre de l'eau partout sur la table. Ou sinon, le temps que tu obtiennes qu'elle prenne le verre et le porte à tes lèvres, tu n'as plus envie de boire.

— Décrit comme ça, on dirait de la torture.

— C'en est une.

— Je compatis, tu sais.

— Merci.

La main de Lydia se tendit au-dessus de la table, par-delà les années de distance qui les séparaient. Alice la serra et sourit. Elles avaient enfin trouvé un sujet de discussion.

Elle se réveilla sur le canapé. Elle s'adonnait souvent à la sieste ces derniers temps, parfois jusqu'à deux fois par jour. Ce repos supplémentaire renforçait sa concentration, son énergie, mais le retour à la réalité se révélait déstabilisant. Elle regarda l'horloge murale. Quatre heures et quart. Elle ne se rappelait pas à quelle heure elle s'était assoupie. Elle se souvenait d'avoir déjeuné. Un sandwich, d'une sorte ou d'une autre, préparé par John. Ça remontait sans doute à midi. Le coin d'un objet dur lui entrait dans la hanche. Son livre de chevet. Celui qu'elle lisait avant de s'endormir, sûrement.

Quatre heures vingt. Lydia était en répétition jusqu'à sept. Alice s'assit, tendit l'oreille. Les mouettes criaillaient sur la plage de Hardings. Elle imagina leur quête folle, leur course effrénée pour trouver puis dévorer la moindre miette que laissaient derrière eux tous ces humains négligents, brûlés par le soleil. Elle se leva et se mit à chercher à son tour, quoique moins fébrilement que les mouettes. Où était John ? Elle vérifia dans leur chambre, dans le bureau. Regarda au-dehors, dans l'allée. Pas de voiture. Alors qu'elle s'apprêtait à le maudire pour n'avoir pas laissé de mot, elle en trouva un, aimanté sur la porte du frigo.

ALI : JE SUIS PARTI FAIRE UN TOUR EN VOITURE, JE NE SERAI PAS LONG. JOHN.

S'étant rassise sur le canapé, elle saisit son livre, *Raison et Sentiments*, de Jane Austen, sans l'ouvrir pour autant. Elle n'avait pas très envie de le lire. Elle avait égaré *Moby Dick* alors qu'elle était parvenue à la moitié. John et elle avaient retourné la maison de fond en comble, sans succès. Ils avaient même regardé dans les endroits les plus improbables : frigo et congélateur, arrière-cuisine, tiroirs de commode, placard à linge, cheminée, sans plus de succès. Elle l'avait sans doute laissé sur la plage. Espérons. Au moins le genre d'oubli qui lui rappelait sa vie d'avant l'Alzheimer.

John avait proposé d'aller en acheter un nouvel exemplaire. Peut-être était-il justement parti à la librairie ? Alice l'espérait, là aussi. Si l'attente se prolongeait trop longtemps, elle risquait de tout oublier et de devoir recommencer du début. Tout ce travail pour rien. Ça l'épuisait rien que d'y songer. En attendant, elle avait entamé la lecture du Jane Austen – un auteur qu'elle avait toujours apprécié, mais ce titre-là ne la captivait pas.

Elle monta à l'étage, jusqu'à la chambre de Lydia. Celle de ses trois enfants qu'elle connaissait le moins. Posés sur la coiffeuse, des bagues en argent ornées de turquoises, un collier de cuir, ainsi qu'un autre en perles colorées, étalé sur une boîte en carton ouverte qui voisinait avec un tas de pinces à cheveux et un brûle-encens. Lydia était un peu hippie.

Ses vêtements traînaient par terre, certains pliés, la plupart froissés. Il ne devait pas y avoir grand-chose dans les tiroirs, de toute façon. Le lit n'était pas fait. Lydia était un peu désordonnée.

Recueils de poésie et pièces de théâtre s'alignaient sur les étagères de sa bibliothèque : *Bonsoir, maman. Dîner entre amis. La Preuve. Délicate Balance. Des Voix sous les pierres (Les Epitaphes de Spoon River). Agnès de Dieu. Angels in America. Oleanna.* Lydia était actrice.

Alice prit plusieurs pièces et les feuilleta. Chaque fascicule comportait quatre-vingts à quatre-vingt-dix pages au texte aéré. *Ce serait sans doute beaucoup plus facile et beaucoup plus agréable de lire du théâtre. Et je pourrais discuter de tout ça avec Lydia.* Elle conserva *La Preuve.*

Le journal intime et l'iPod de sa fille reposaient sur la table de chevet à côté d'un livre sur Sanford Meisner et d'une photo encadrée. Alice prit le journal intime. Avec une hésitation, très brève : elle ne pouvait plus se permettre de perdre du temps. Assise sur le lit, elle dévora page après page les rêves et les aveux de Lydia. Blocages, progrès, craintes et espoirs avant les auditions, déceptions et joies. On y découvrait toute la passion et toute la ténacité d'une jeune femme.

Elle en apprit plus sur Malcolm. Lydia était tombée amoureuse de lui pendant un atelier, alors qu'ils jouaient une scène dramatique à deux. Une fois, elle s'était crue enceinte, mais non. Un soulagement pour elle : elle n'était pas prête à se marier ni à avoir des enfants. Elle voulait avant tout trouver sa place dans le monde.

Alice étudia le portrait encadré de Lydia et d'un jeune homme, sans doute Malcolm. Leurs visages souriants se touchaient. Ils étaient heureux, l'homme et la femme du cliché. Lydia était une femme.

— Ali, tu es là ? fit la voix de John.

— Oui, en haut !

Rangeant journal et photo sur la table de chevet, elle regagna discrètement le rez-de-chaussée.

— Où étais-tu ? s'enquit-elle.

— Parti faire un tour.

Il tenait deux sacs en plastique blanc, un dans chaque main.

— Tu m'as acheté un nouvel exemplaire de *Moby Dick* ?

— Si on peut dire.

Il lui tendit l'un des sacs. Il contenait des DVD : *Moby Dick* avec Gregory Peck et Orson Welles, *Le Roi Lear*, avec Laurence Olivier, *Casablanca*, *Vol au-dessus d'un nid de coucou*, ainsi que *La Mélodie du bonheur*, son film préféré.

— Je me suis dit que ce serait plus pratique. Et puis, on pourra les regarder ensemble.

Elle sourit.

— Qu'y a-t-il dans l'autre sac ?

Elle se sentit prise de vertige, comme un enfant la veille de Noël. Il montra un sachet de pop-corn spécial micro-ondes et une boîte de caramels enrobés de chocolat.

— On peut commencer par *La Mélodie du bonheur ?* demanda-t-elle.

— D'accord.

— Je t'aime, John.

Elle l'enlaça.

— Moi aussi, je t'aime, Ali.

Les mains plaquées sur le haut du dos de John, elle écrasa son visage contre sa poitrine pour s'imprégner de son odeur. Elle voulait lui en dire davantage, lui exprimer tout ce qu'il signifiait pour elle, mais les mots la fuyaient. Il la serra un peu plus fort. Il avait compris. Ils restèrent longtemps immobiles dans la cuisine, se raccrochant l'un à l'autre sans prononcer un mot.

— Vas-y, fais griller le pop-corn, dit John. Je vais mettre le film, on se retrouve sur le canapé.

— D'accord.

S'étant approchée du micro-ondes, elle en ouvrit la porte, puis s'esclaffa. Autant en rire.

— J'ai retrouvé *Moby Dick !*

Elle était levée depuis deux heures. Dans la solitude du petit matin, elle but un thé vert, lut un peu, puis sortit faire du yoga sur la pelouse. Adoptant la posture du chien tête en bas, elle emplit ses poumons de l'air délicieux de l'océan en s'abandonnant au plaisir paradoxal, quasi douloureux, d'étirer tendons et fessiers. Du coin de l'œil, elle scruta son triceps gauche, occupé à maintenir son corps dans cette position. Ferme, sculpté, beau. Tout son corps avait l'air fort et beau.

Elle n'avait jamais été en meilleure forme physique. Ses triceps fléchis, la souplesse de ses hanches, la puissance de ses mollets et son souffle égal sur dix kilomètres s'expliquaient par une alimentation saine et par un exercice quotidien. Seulement, bien sûr, il y avait son cerveau. Léthargique, rétif, faiblissant.

Elle prenait du donépézil et de la mémantine, ainsi que le comprimé mystérieux de l'essai Amylex, sans compter des statines, de la vitamine C, de la vitamine E et de l'aspirine faiblement dosée. Elle consommait des antioxydants sous forme d'airelles, de vin rouge et de chocolat noir. Elle buvait du thé vert. Elle tâtait du gingko. Elle pratiquait la méditation et jouait au Numero[1]. Elle se brossait les dents de la main gauche, celle qui n'était pas dominante. Elle dormait quand elle en éprouvait le besoin. Pourtant, aucun de ces efforts ne semblait donner de résultats quantifiables. Peut-être ses capacités cognitives péricliteraient-elles à vue d'œil si elle supprimait le sport, le donépézil ou les airelles. Peut-être la démence déferlerait-elle en l'absence de ces barrages. Possible. Mais peut-être que rien de tout cela n'avait d'effet. A moins d'arrêter son traitement, d'éliminer chocolat et vin et de rester à ne rien faire durant tout un mois, elle n'avait aucun

---

1. Jeu de cartes chiffrées à plusieurs niveaux de difficulté inventé en 1986 par un Australien atteint de la maladie d'Alzheimer. Le Numero connaît une large diffusion dans les pays anglo-saxons mais il n'en existe pas de version française à ce jour. (*N.d.T.*)

moyen de le savoir. Et elle n'était pas prête à tenter l'expérience.

Elle se plaça dans la posture du guerrier sur une expiration, acceptant son inconfort et ce défi supplémentaire à sa concentration et à son énergie, bien déterminée à maintenir sa position. A demeurer une guerrière.

John émergea de la cuisine, ébouriffé et ensommeillé. Il avait l'air d'un zombie mais portait sa tenue de jogging.

— Tu ne veux pas boire ton café d'abord ? demanda-t-elle.

— Non, allons-y tout de suite, je le prendrai au retour.

Tous les matins, ils suivaient la grand-rue sur les trois kilomètres qui les séparaient du bourg et retour. John s'était aminci, musclé. Il parvenait aisément à couvrir cette distance, à présent, alors qu'il n'y prenait pas le moindre plaisir. Il courait avec elle sans se plaindre, résigné, mais avec le même enthousiasme et le même élan qu'il mettait à payer les factures ou à faire une lessive. Et Alice l'aimait pour cela.

Elle courut derrière lui, le laissant donner la cadence, le regardant et l'écoutant comme s'il était un superbe instrument de musique – le mouvement de pendule de ses coudes, ses expirations régulières, l'impact de ses baskets sur le trottoir sablonneux. Il cracha, et elle rit. Il ne lui demanda pas pourquoi.

Ils retournaient vers la maison lorsqu'elle se porta à sa hauteur. Sur un coup de tête, par commisération, elle s'apprêtait à lui dire qu'il n'avait plus besoin de courir avec elle s'il n'en avait pas envie, qu'elle pouvait se débrouiller seule sur ce trajet. C'est alors qu'à un croisement où elle aurait pris à gauche, il tourna à droite, vers Mill Road, pour rentrer chez eux. L'Alzheimer ne permettait pas qu'on l'oublie.

A la maison, elle remercia John, embrassa sa joue en sueur, puis, sans se doucher, elle se dirigea droit vers Lydia qui buvait son café en pyjama sur la terrasse. Chaque matin, devant leur bol de céréales complètes agrémentées d'airelles, ou devant un bagel au sésame couvert de *fromage à tartiner*, toutes deux discutaient d'une pièce. L'instinct d'Alice ne l'avait pas trompée. Elle éprouvait infiniment plus de plaisir à lire du théâtre que des romans ou des biographies. Evoquer avec Lydia ce qu'elle venait de lire, qu'il s'agisse de la scène 1 de l'acte II ou de la pièce tout entière, contribuait merveilleusement à le lui faire mémoriser. Et tandis qu'elles analysaient des scènes, les personnages ou l'intrigue, elle pouvait constater la profondeur intellectuelle de sa fille, sa compréhension aiguë des besoins, des émotions et des combats humains. Elle découvrait Lydia. Et elle l'aimait.

Ce jour-là, elles discutèrent d'une scène *d'Angels in America*. Les questions et les réponses fusèrent au cours d'un échange équilibré, égalitaire, gai. Et, n'ayant pas à se caler sur le rythme de John, Alice put prendre le temps d'exposer ses idées sans craindre de rester à la traîne.

— C'était comment de jouer cette scène avec Malcolm ? s'enquit-elle.

Lydia la considéra d'un air stupéfait.

— Hein ?

— Vous avez bien répété cette scène ensemble en atelier ?

— Tu as lu mon journal ?

Alice sentit son ventre se nouer. Elle avait cru que Lydia lui avait parlé de Malcolm.

— Oh, chérie, excuse-moi...

— C'est intolérable ! Tu n'as pas le droit !

Repoussant violemment sa chaise, Lydia partit comme une furie, laissant Alice seule à la table, abasourdie, l'estomac retourné. Quelques minutes plus tard, la porte d'entrée claquait.

— Ne t'inquiète pas, dit John. Elle va se calmer.

Alice passa la matinée à tenter de s'occuper. S'essaya au ménage, au jardinage, à la lecture, sans parvenir à chasser son angoisse. Avait-elle commis l'impardonnable ? Perdu le respect, la confiance et l'amour de la fille qu'elle commençait à peine à connaître ?

Après le déjeuner, John et elle allèrent se promener jusqu'à la plage de Hardings. Alice nagea jusqu'à l'épuisement. Enfin détendue, elle regagna son fauteuil de plage, inclina le dossier à l'horizontale, ferma les yeux et entreprit de méditer.

Elle avait lu quelque part que cet exercice pouvait augmenter l'épaisseur du cortex cérébral et ralentir les effets du vieillissement. Lydia méditait chaque jour. Quand Alice avait manifesté de l'intérêt pour cette pratique, elle la lui avait enseignée. Alice n'aurait su en mesurer les effets sur son cortex cérébral, mais elle aimait ces périodes de concentration silencieuse, qui parvenaient à chasser de son esprit les bruits de fond et les soucis. Elle atteignait littéralement la paix intérieure.

Au bout d'une vingtaine de minutes, ragaillardie, elle revint à plus de vigilance. Elle repartit barboter dans la baie, piquant juste une tête, cette fois. Ayant troqué sueur et chaleur contre le sel et la fraîcheur de l'eau, elle regagna son fauteuil, d'où elle surprit la conversation de leur voisine de plage, qui vantait la pièce de théâtre à laquelle elle venait d'assister au Monomoy Theater. L'estomac d'Alice se noua de nouveau.

Ce soir-là, John fit griller des cheeseburgers et Alice prépara une salade. Lydia ne rentra pas pour dîner.

— Sa répétition se sera prolongée, hasarda John.

— Elle me déteste, maintenant.

— Mais non.

Après le dîner, elle but deux verres de vin de plus qu'à l'ordinaire. John se resservit trois scotchs on the rocks. Toujours pas de Lydia. Alice avala sa dose du soir de médicaments, puis elle prit place près de John pour regarder *Le Roi Lear*, un saladier de pop-corn et une boîte de caramels à portée de main.

Quand John la réveilla, elle s'était endormie sur le canapé. La télévision était éteinte, la maison plongée dans le noir. Elle avait dû s'assoupir avant le générique. En tout cas, elle ne se souvenait pas de la fin. John l'aida à monter l'escalier pour se rendre dans leur chambre.

La main plaquée sur la bouche, les larmes aux yeux, Alice se campa près du lit, toute inquiétude dissipée. Le journal intime de Lydia était posé sur son oreiller.

— Pardon d'être en retard, lança Tom en entrant dans la pièce.

— Bon, écoutez-moi, vous tous, dit Anna. Maintenant que Tom est arrivé, Charlie et moi avons quelque chose à vous annoncer. Je suis enceinte de cinq semaines et j'attends des jumeaux !

Après les accolades, les embrassades et les félicitations, des questions enfiévrées fusèrent, suivies de réponses et d'autres questions. A mesure qu'Alice perdait la capacité de suivre les conversations impliquant plusieurs interlocuteurs, sa perception de tout ce qui ne passait pas par les mots – le langage du corps, les sentiments que l'on taisait – se renforçait. Elle avait expliqué ce phénomène à Lydia deux semaines plus tôt, pour s'entendre répondre qu'un comédien aurait pu lui envier ce don. Dans sa profession, on devait faire de gros efforts de concentration pour se dissocier du langage parlé, se laisser affecter au plus profond de soi par les gestes et les sentiments de ses partenaires. Alice avait beau ne se trouver aucun mérite, elle avait adoré que Lydia qualifie son handicap de don.

John paraissait heureux et enthousiaste, mais il ne montrait qu'une partie de ce qu'il ressentait, sans doute pour se conformer à l'avertissement d'Anna : « Ne nous emballons pas, ça ne fait qu'un peu plus d'un mois. » De toute manière, comme la plupart des biologistes, il était superstitieux. Son penchant naturel le poussait à ne pas vendre la peau des oursons avant qu'ils soient nés. Malgré tout, il trépignait déjà d'impatience au fond de lui. Il voulait des petits-enfants.

Quant à Charlie, son bonheur et son enthousiasme de surface dissimulaient mal une bonne dose de nervosité mêlée de terreur. Du moins, cela sautait aux yeux d'Alice, alors qu'Anna y semblait imperméable et que personne ne semblait l'avoir relevé. La simple inquiétude d'un futur père devant la première grossesse de sa femme ? La responsabilité d'avoir deux bouches à nourrir, deux parcours universitaires à financer au lieu d'un seul ? Ça expliquait seulement la nervosité. N'était-il pas plutôt terrifié par la perspective d'avoir à la fois deux enfants à la fac et une épouse démente ?

Lydia et Tom, debout côte à côte, discutaient avec Anna. Alice avait des enfants magnifiques – des enfants qui n'en étaient plus. Lydia paraissait radieuse. Elle savourait la bonne nouvelle, en plus du plaisir que lui procurait sa famille en venant au Cap spécialement pour la voir jouer.

Tom arborait un sourire sincère, mais Alice décelait en lui un malaise subtil : ses joues et ses yeux s'étaient creusés, il avait perdu du poids. Etait-ce la fac ? Une petite amie ? Il s'aperçut qu'elle l'observait.

— Maman, comment tu te sens ? demanda-t-il.
— Plutôt bien.
— C'est sûr ?
— Oui, vraiment. Je suis en forme.
— Tu ne dis rien.

— On est trop nombreux et on parle trop vite, expliqua Lydia.

Le sourire de Tom s'évanouit. Il semblait au bord des larmes. Le Blackberry d'Alice se mit à vibrer dans la pochette bleu layette appuyée contre sa hanche, lui signalant qu'il était l'heure de prendre ses médicaments du soir. Elle attendrait quelques minutes. Elle ne voulait pas avaler ses comprimés devant Tom.

— Lydia, à quelle heure est le spectacle, demain ? demanda-t-elle, son Blackberry à la main.

— Vingt heures.

— Maman, tu n'as pas besoin de le programmer, dit Tom. On est tous là. On ne risque pas d'oublier de t'emmener.

— Quel est le titre de la pièce qu'on va voir ? demanda Anna.

— *La Preuve*, dit Lydia.

— Tu as le trac ? demanda Tom.

— Un peu, parce que c'est la première et que vous serez tous présents. Mais une fois sur scène, j'oublierai votre existence.

— Lydia, à quelle heure est le spectacle ? demanda Alice.

— Maman, tu viens juste de poser la question. Ne t'inquiète pas pour ça, dit Tom.

— Huit heures, répondit Lydia. Tom, mets-y un peu du tien.

— Non, c'est toi qui dois y mettre du tien. Pourquoi devrait-elle craindre d'oublier une info qu'elle n'a pas besoin de retenir ?

— Laisse-la faire, dit Lydia. Si elle l'inscrit dans son Blackberry, ça ne l'inquiétera plus.

— Justement, elle ne devrait pas se reposer autant sur ce truc, dit Anna. Elle devrait saisir toutes les occasions d'exercer sa mémoire.

— Qu'est-ce qui est le mieux ? dit Lydia. Qu'elle mémorise l'heure de mon spectacle ou qu'elle se repose entièrement sur nous ?

— Tu ferais mieux de l'inciter à se concentrer sur ce qu'on raconte. Qu'elle exerce sa mémoire, au lieu de choisir la facilité.

— Elle a des trous de mémoire, dit Lydia.

— Vous l'y encouragez, avec ce Blackberry. Maman, à quelle heure est le spectacle de Lydia demain ?

— Je ne sais pas, dit Alice, c'est pour ça que je lui pose la question.

— Elle t'a déjà répondu deux fois, maman. Tu pourrais essayer de t'en souvenir.

— Anna, arrête, tu la troubles, dit Tom.

— J'allais l'inscrire dans mon Blackberry mais tu m'as interrompue.

— Je ne te demande pas de l'inscrire dans ton Blackberry, je te demande de te souvenir de l'heure qu'elle t'a indiquée.

— Eh bien, je n'ai pas essayé, puisque je m'apprêtais à la saisir dans l'agenda.

— Maman, réfléchis une seconde. A quelle heure est le spectacle demain ?

Alice ignorait la réponse. En revanche, ce qu'elle savait, c'était que cette petite Anna avait besoin d'être remise à sa place.

— Lydia, demanda-t-elle, à quelle heure est ton spectacle demain ?

— Huit heures.

— C'est à huit heures, Anna.

A huit heures moins cinq, ils prirent place dans leurs fauteuils, au milieu du deuxième rang. La salle du Monomoy Theater était intimiste : une centaine de places seulement, et une scène située à un mètre à peine du premier rang.

Alice avait hâte que le noir se fasse. Elle avait lu la pièce et en avait longuement discuté avec Lydia, l'aidant même à répéter certaines scènes. Elle jouait Catherine, la fille d'un mathématicien de génie qui avait sombré dans la démence à la fin de sa vie. Alice brûlait de voir les personnages prendre corps devant ses yeux.

Dès la toute première scène, l'interprétation se révéla nuancée, fidèle et complexe. Sans effort, Alice s'absorba tout entière dans l'univers imaginaire créé par les acteurs. Catherine prétendait être l'auteur d'une démonstration mathématique révolutionnaire, pourtant ni son amoureux ni sa sœur, avec laquelle elle était brouillée, ne la croyaient. Tous deux émettaient des doutes sur sa santé mentale. Elle-même était torturée par la crainte de devenir folle, à l'instar de son génie de père. Sa souffrance, son sentiment d'être trahie et sa peur trouvaient un écho profond en Alice. Le personnage était captivant de bout en bout.

Après les rappels, les comédiens vinrent se mêler au public. Catherine rayonnait. John lui donna un bouquet ainsi qu'une énorme accolade.

— Tu étais merveilleuse, absolument incroyable ! dit-il.

— Merci beaucoup ! Quelle pièce formidable, non ?

Les autres la serrèrent dans leurs bras, l'embrassèrent et la félicitèrent eux aussi.

— C'était superbe, magnifique, dit Alice.

— Merci.

— Jouerez-vous dans une autre pièce au Cap ?

Avant de répondre, la jeune femme regarda si longtemps Alice que cette dernière finit par en concevoir de la gêne.

— Non, c'est mon unique rôle cette saison.

— Vous repartez à la fin de l'été ?

Cette question parut chagriner l'actrice tandis qu'elle y réfléchissait. Ses yeux s'emplirent de larmes.

— Oui, je rentre à Los Angeles fin août, mais je reviendrai souvent dans la région pour rendre visite à ma famille.

— Maman, dit Anna, c'est Lydia, ta fille.

La bonne santé d'un neurone dépend de sa capacité à communiquer avec ses pairs. Plusieurs études scientifiques ont montré que la stimulation électrique et chimique que déclenchent à la fois ses cellules sources et cibles entretient chez lui des processus vitaux. Un neurone incapable de se relier efficacement aux autres s'atrophie. Inutilisé, abandonné, il meurt.

Septembre 2004

Bien qu'on fût en théorie au début du trimestre d'automne, le temps respectait strictement le calendrier romain. Quand Alice entama son trajet journalier vers Harvard Yard, le thermomètre, en cette matinée moite de septembre, affichait 27 °C. Elle s'amusait chaque année, au cours des journées qui précédaient et suivaient les inscriptions, à voir arriver les nouveaux étudiants étrangers à la région. L'automne, en Nouvelle-Angleterre, évoquait en général des images de frondaisons flamboyantes, de cueillettes de pommes, de matchs de football américain, de pulls et d'écharpes en laine assortis. Or, s'il n'était pas inhabituel de s'éveiller devant le spectacle d'une gelée blanche à la fin du mois de septembre, les journées y résonnaient encore – surtout pendant la première quinzaine – du grondement fiévreux des climatiseurs aux fenêtres et de discussions d'un optimisme pathologique sur les Red Sox. Pourtant, alourdis de couches de vêtements superflus, de sacs remplis de fournitures scolaires ou de sweat-shirts aux couleurs de l'université, les étudiants nouvellement transplantés arpentaient chaque année les trottoirs de Harvard Square avec la gaucherie de touristes néophytes. Pauvres petits jeunes en sueur !

Malgré son tee-shirt en coton sans manches et son ample jupe en rayonne noire, Alice elle-même se sentit désagréablement poisseuse le temps de parvenir au bureau d'Eric Wellman. Situé directement au-dessus du sien, doté d'une surface et d'un mobilier identiques, donnant sur le même panorama du fleuve, celui-ci lui semblait pourtant chaque fois plus imposant. Elle se faisait toujours l'effet d'une étudiante lorsqu'elle y mettait les pieds, impression encore renforcée ce jour-là par une invitation « à discuter d'un ou deux détails ».

— Tu as passé un bon été au Cap ? demanda Eric.

— Oui, très relaxant. Et toi ?

— Excellent, mais trop court. Nous avons tous regretté ton absence à la conférence en juin.

— Je sais, moi aussi, ça m'a manqué de ne pas y aller.

— Bon, Alice, avant le début des cours, je voulais que nous discutions des évaluations fournies par tes élèves lors du dernier semestre.

— Oh, je n'ai pas encore eu le temps de les regarder.

Une pile de questionnaires traînait quelque part sur son bureau, encore entourée d'un élastique. Les réponses des étudiants, entièrement anonymes, n'étaient lues que par l'enseignant concerné et par son président de section. Jusque-là, Alice ne les avait parcourues que par acquit de conscience. Elle savait être un excellent professeur, ce que les évaluations de ses élèves lui avaient toujours confirmé. D'un autre côté, Eric ne lui avait jamais demandé de les revoir ensemble. Pour la première fois de sa carrière, elle craignait de ne pas aimer l'image d'elle-même qui s'en dégageait.

— Tiens, jettes-y un coup d'œil.

Il lui tendait les copies des questionnaires, avec un récapitulatif sur le dessus de la pile.

Sur une échelle de un (pas du tout d'accord) à cinq (tout à fait d'accord), notez les affirmations suivantes :

L'enseignant met la barre très haut pour ses étudiants.

Des quatre et des cinq.

Les travaux dirigés vous ont aidé à mieux comprendre les textes.

Des quatre, des trois, des deux.

L'enseignant vous a aidé à comprendre des concepts difficiles et des idées complexes.

Là aussi, des quatre, des trois, des deux.

L'enseignant a encouragé les questions et l'expression de points de vue divergents.

Deux étudiants lui attribuaient la note minimale.

Sur une échelle de un (mauvais) à cinq (excellent), donnez une évaluation globale de l'enseignant.

Une majorité de trois. Si ses souvenirs étaient exacts, elle n'avait jamais obtenu moins de quatre dans cette catégorie.

La page entière était parsemée de trois, de deux et de un. Ces notes ne faisaient que représenter le jugement mûrement réfléchi de ses étudiants – et ceux-ci n'avaient aucune dent contre elle, inutile de se convaincre du contraire : les talents de pédagogue d'Alice étaient plus atteints qu'elle ne l'avait cru. Cela dit, elle aurait mis sa main à couper qu'elle n'était pas la prof la plus mal notée de la section – et de loin. Sans doute son déclin s'accélérait-il, mais elle n'avait pas encore touché le fond.

Elle leva la tête vers Eric, prête à affronter le verdict qu'elle n'avait certes pas envie d'entendre, mais qui n'aurait certainement rien de terrible.

— Si je n'avais pas vu ton nom sur ce relevé, ça ne m'aurait pas interpellé. Les notes sont globalement correctes. Rien à voir avec celles auxquelles tu m'as habitué, mais on est loin du désastre. Ce sont les commentaires que je trouve particulièrement inquiétants, et qui m'ont incité à te demander de passer.

Alice n'avait pas regardé la suite du dossier. Eric lut à haute voix :

— Elle fait l'impasse sur d'énormes parties du programme, alors nous les sautons nous aussi, seulement elle s'attend à ce qu'on les ait apprises pour l'examen.

» Elle ne semble pas maîtriser ce qu'elle enseigne.

» Ce cours a été une perte de temps. J'aurais pu me contenter de potasser le manuel.

» J'ai eu du mal à suivre ses cours magistraux. Même elle, elle s'y perd. Ce séminaire n'a pas du tout été à la hauteur du cours d'introduction.

» Un jour, elle est entrée dans l'amphi, mais sans monter sur l'estrade. Elle est restée assise quelques minutes dans la salle et puis elle est partie. Une autre fois, elle nous a servi exactement le même cours que la fois d'avant. Il ne me viendrait pas à l'idée de faire perdre son temps au professeur Howland, et je trouve qu'elle ne devrait pas me faire perdre le mien non plus.

Dur à avaler. C'était pire, bien pire qu'elle ne l'avait cru.

— Alice, on se connaît depuis longtemps, toi et moi ?

— Oui.

— Je ne prendrai donc pas de gants. Tout va bien dans ton couple ?

— Oui.

— Et toi, alors, est-il possible que tu sois stressée, ou déprimée ?

— Non, rien à voir.

— C'est un peu gênant d'avoir à te poser cette question, mais crois-tu avoir un problème de drogue ou d'alcool ?

C'en était trop. *Je ne peux pas traîner une réputation de dépressive, d'alcoolique ou de droguée. Etre atteinte de dégénérescence mentale sera forcément moins stigmatisant.*

— J'ai la maladie d'Alzheimer, Eric.

Eric devint livide. Il s'était préparé à l'entendre avouer une infidélité de John. Il avait noté le nom d'un bon psychiatre. Il était disposé à organiser une médiation, ou à faire admettre Alice à l'hôpital pour une cure de désintoxication. Mais il ne s'attendait pas à une telle annonce.

— Les médecins l'ont détectée en janvier. J'ai eu du mal à enseigner le trimestre dernier, mais je n'avais pas conscience que ça se remarquait autant.

— Je suis désolé, Alice.

— Moi aussi.

— Ça me prend de court.

— Moi aussi.

— Je croyais à un problème temporaire, que tu finirais par surmonter. Il n'en est rien.

— Non. Non, effectivement.

Alice le regarda penser. Il était comme un père pour tous ses collègues : protecteur, généreux, mais strict, et pragmatique, aussi.

— Les parents de nos étudiants paient quarante mille dollars par an. Ils auraient du mal à avaler ça.

Aucun doute là-dessus. Ces gens ne déboursaient pas des sommes astronomiques pour apprendre que leurs fils et leurs filles suivaient les cours d'une démente. Alice entendait d'ici la tempête de protestations, les témoignages indignés au journal du soir.

— Sans compter que deux de tes étudiants contestent leurs notes. Ça ne fera qu'empirer, malheureusement.

En vingt-cinq années d'enseignement, personne n'avait contesté aucune de ses notes. Jamais.

— Tu devrais arrêter les cours, mais je préférerais m'en tenir à ce que tu as prévu. As-tu établi un calendrier ?

— J'espérais rester ici cette année encore et prendre un congé sabbatique ensuite, mais j'avais sous-estimé l'importance de mes symptômes et la façon dont ils perturbaient mes cours. Je ne veux pas être une mauvaise prof, Eric. Ce n'est pas mon style.

— Je le sais bien. Que penses-tu d'un congé maladie qui t'amènerait jusqu'à ton année sabbatique ?

Il voulait la renvoyer dans ses foyers tout de suite. Elle avait un parcours exemplaire et, surtout, elle détenait une chaire. Légalement, on ne pouvait pas la démettre. Malgré tout, ce n'était pas ainsi qu'elle entendait gérer la situation. Certes, elle refusait de renoncer à sa carrière, seulement son adversaire était la maladie, pas Eric, ni l'université.

— Je ne suis pas prête à faire mes adieux, mais je suis d'accord avec toi. Ça a beau me briser le cœur, je ferais mieux d'arrêter d'enseigner. Cela dit, j'aimerais rester la tutrice de Dan, et continuer d'assister aux réunions et aux séminaires.

Je ne suis plus prof.

— Je pense que c'est faisable. Enfin, j'aimerais quand même que tu en discutes avec Dan. Explique-lui ce qui se passe et laisse-le décider. Je suis disposé à codiriger sa thèse si ça vous facilite les choses. Dernier point, il est évident que tu ne peux plus engager de nouveaux étudiants chercheurs. Dan sera le dernier.

Je ne suis plus chercheuse.

— Tu serais sans doute bien inspirée de refuser les propositions d'interventions extérieures. Ce ne serait pas une bonne idée de représenter Harvard dans ton état. Tu es peut-être déjà parvenue à la même conclusion ? J'ai remarqué que tu as pratiquement cessé de voyager...

— Oui, je suis d'accord.

— Comment comptes-tu prévenir l'administration et les collègues de la section ? Là aussi, à toi de voir, je respecterai ton choix.

Elle arrêterait d'enseigner, de mener des recherches, de voyager et de donner des conférences. Tout le monde s'en apercevrait. Les spéculations, les messes basses et les ragots iraient bon train. On la prendrait pour une droguée ou pour une ivrogne dépressive et stressée. C'était peut-être déjà le cas.

— Je vais le leur annoncer. Il faut que ça vienne de moi.

17 septembre 2004

Chers amis, chers collègues,

Après mûre réflexion et à mon plus grand regret, j'ai décidé de mettre un terme à mon enseignement, à mes recherches et à mes voyages en tant que représentante de l'université. En janvier de cette année, on a décelé chez moi un Alzheimer précoce. Je me trouve encore au stade léger à modéré de la maladie, mais je souffre de défaillances cognitives imprévisibles qui m'empêchent de me montrer à la hauteur de ma tâche et de remplir les critères d'excellence qui m'ont toujours guidée, ceux que l'on attend d'un enseignant de Harvard.

Vous ne me verrez plus sur l'estrade du grand amphi, ni rédiger de nouvelles demandes de bourse, mais je demeure la directrice de thèse de Dan Maloney et je continuerai d'assister aux réunions et séminaires, auxquels je compte participer activement. J'espère y recevoir bon accueil.

Avec toute mon affection et tout mon respect,
Alice Howland

La première semaine du semestre d'automne, Marty reprit les cours d'Alice. Lorsqu'elle le rencontra afin de lui remettre les documents nécessaires, il la serra dans ses bras en lui exprimant sa compassion. Il lui demanda comment elle se sentait et s'il pouvait faire quelque chose. Elle le remercia, lui dit qu'elle allait bien. Et, dès qu'il eut obtenu tout ce dont il avait besoin pour enseigner à sa place, il quitta le bureau sans demander son reste.

Le même scénario se reproduisit peu ou prou avec toutes les personnes de la section.

— Désolé de ce qui t'arrive, Alice.

— Je n'arrive pas à le croire.

— Je ne me doutais de rien.

— Je peux faire quelque chose pour toi ?

— Tu es sûre ? On ne dirait pas que tu as changé.

— Désolé.

— Désolé.

— Désolé.

Sur quoi ils l'abandonnaient aussi vite que possible. Ils se montraient aimables et polis lorsqu'ils la croisaient, ce qui n'arrivait pas souvent. A cause de leur emploi du temps chargé, et du vide de celui d'Alice, surtout. Mais pas seulement : ils l'évitaient. Sa fragilité mentale les ramenait à la leur. Ils pouvaient connaître le même sort en un rien de temps. Sa seule vue les effrayait. Si bien que, pour l'essentiel, ils ne se frottaient pas à elle, hormis lors des réunions et des séminaires.

Ce jour-là se tenait le premier séminaire de psychologie du semestre. Leslie, l'une des étudiantes chercheuses d'Eric, se tenait fin prête au bout de la table de réunion, sa diapositive de titre déjà projetée sur l'écran : « Comment notre attention affecte notre capacité à identifier ce que nous voyons : quelques pistes de réponse ». Alice, assise en face d'Eric sur la chaise la plus proche de celle de la jeune femme, se sentait fin prête elle aussi. Elle attaqua son casse-croûte, une pizza calzone accompagnée d'une salade verte, tandis qu'Eric et Leslie discutaient et que la pièce commençait à se remplir.

Au bout de quelques minutes, elle constata que toutes les chaises autour de la table étaient occupées, sauf celle qui se trouvait à sa gauche. L'assistance avait commencé à s'adosser aux murs. La moindre place assise était objet de toutes les convoitises, pas seulement parce qu'elle permettait de mieux voir la présentation, mais parce que cela évitait d'avoir à jongler entre assiette, couverts, boissons, stylo et cahier de notes. Mais apparemment, il était moins gênant de rester debout que de se retrouver assis à côté d'elle. Alice détailla tous ces gens qui ne la regardaient pas. Une cinquantaine de personnes, qu'elle connaissait depuis de nombreuses années, qu'elle avait prises pour une sorte de grande famille, se pressaient dans la salle.

Dan entra d'un pas précipité, le cheveu fou, la chemise à demi sortie du pantalon et le nez chaussé de lunettes, lui qui portait ordinairement des lentilles. Après un instant d'arrêt, il se dirigea droit vers la chaise libre, qu'il s'arrogea en déposant son cahier sur la table.

— J'ai passé toute la nuit sur ma thèse. Je dois encore aller chercher à manger, je reviens tout de suite.

L'intervention de Leslie dura toute une heure. Alice suivit l'exposé jusqu'au bout, malgré l'effort que cela exigeait d'elle. Sitôt après la dernière diapo, Leslie ouvrit les débats. Alice se lança.

— Oui, professeur Howland ?

— A mon avis, il vous manque un groupe témoin qui mesure la distractibilité de vos distracteurs. On pourrait faire valoir que certains d'entre eux ne sont tout bonnement pas visibles pour une raison ou une autre, et que leur simple présence ne suffit pas à distraire le sujet. On pourrait tester la capacité du sujet à remarquer le distracteur et à lui prêter attention, ou sinon, intervertir les rôles distracteur-distrait au cours d'une batterie de tests.

Quantité de gens assis à la table approuvèrent de la tête. Dan fit *ouais* entre deux bouchées de pizza. Avant même qu'Alice n'ait terminé sa phrase, Leslie avait saisi son stylo pour prendre des notes.

— Exact, dit Eric. Leslie, revenez à la diapo du protocole.

Alice balaya la salle des yeux. Tous les regards étaient rivés à l'écran. Chacun écoutait avec attention les développements d'Eric sur la base du commentaire qu'elle venait de faire. De nombreux participants continuaient de hocher la tête. Victorieuse, elle se rengorgea. Ce n'était pas parce qu'elle avait un Alzheimer qu'elle n'était plus apte au raisonnement analytique. Qu'elle n'avait plus sa place dans cette pièce. Qu'elle ne méritait plus qu'on l'écoute.

La séance de questions-réponses dura plusieurs minutes encore. Alice termina sa pizza et sa salade. Dan se leva pour revenir quelques instants plus tard. Leslie était aux prises avec l'un des nouveaux enseignants-chercheurs de Marty. Sa diapo du schéma d'expérience était projetée sur l'écran. Alice la lut, puis leva la main.

— Oui, professeur Howland ? dit Leslie.

— A mon avis, il manque un groupe témoin qui permette de mesurer l'efficacité réelle de vos distracteurs. Il est possible que certains d'entre eux passent tout bonnement inaperçus. Vous pourriez tester leur distractibilité de façon simultanée, ou intervertir le distracteur et le sujet.

Un problème réel qu'elle soulevait là. C'était en fait la bonne manière de procéder dans cette expérience, et l'article resterait impubliable tant que cette condition n'aurait pas été remplie. Alice le savait pertinemment, pourtant personne d'autre qu'elle ne parut s'en apercevoir. Les gens l'évitaient du regard. Leur attitude corporelle dénotait l'embarras et la crainte. Elle relut les données projetées sur l'écran. Il manquait un dispositif de contrôle supplémentaire dans cette expérience. Ce n'était pas parce qu'elle avait un Alzheimer qu'elle n'était plus apte au raisonnement analytique. Ni qu'elle ne connaissait plus son sujet.

— Hum, d'accord, merci, dit Leslie.

Mais elle n'avait pris aucune note, ne la regardait pas dans les yeux, et ne semblait pas le moins du monde reconnaissante.

Alice n'avait plus de cours à donner, plus de demandes de bourses à rédiger, plus de nouvelles recherches à diriger, plus de communications à préparer. Elle n'en aurait plus jamais. La part la plus importante de son être, celle qu'elle avait portée au pinacle, astiquée régulièrement sur son piédestal de marbre, lui semblait morte. Et les autres parts – de minuscules parcelles – se lamentaient, s'apitoyant sur leur sort, se demandant comment obtenir un peu de considération.

Alice regarda par l'immense fenêtre de son bureau les joggeurs qui suivaient les abords sinueux du fleuve Charles.

— Tu auras le temps d'aller courir aujourd'hui ? demanda-t-elle.

— Peut-être, répondit John.

Lui aussi regardait par la fenêtre en buvant son café. Elle se demanda ce qu'il voyait, si son attention se portait vers ces mêmes coureurs ou si le spectacle était entièrement différent à ses yeux.

— J'aimerais qu'on passe plus de temps ensemble, dit-elle.

— Que veux-tu dire ? On a passé tout l'été au Cap.

— Non, pas l'été, toute la vie. J'y ai réfléchi ces derniers jours et j'aimerais qu'on se voie davantage.

— Ali, on vit en couple, on travaille dans la même fac, on a passé notre vie entière côte à côte.

Au début, oui. Ils avaient vécu en symbiose. Mais au fil des ans, les choses avaient changé. Elle songea à leurs congés sabbatiques respectifs, à la division des tâches par rapport aux enfants, à leurs voyages en solitaire, leur acharnement particulier au travail. Ça faisait longtemps qu'ils se côtoyaient sans jamais se rejoindre.

— Je trouve qu'on s'est détachés trop longtemps l'un de l'autre.

— Je ne me sens pas seul, Ali, ni détaché de toi. J'aime notre existence. Je trouve qu'on a atteint un bon équilibre entre notre vie de couple et l'indépendance indispensable à nos passions respectives.

Elle songea à la façon dont il s'était voué à ses recherches, avec encore plus d'acharnement qu'elle. Même quand ses expériences le décevaient, quand les données n'étaient pas cohérentes, quand ses hypothèses se révélaient fausses, il ne cessait d'en redemander. Malgré les imperfections, les nuits blanches passées à s'arracher les cheveux. Le temps, la minutie, l'attention et l'énergie qu'il consacrait à son travail l'avaient toujours motivée à travailler plus dur de son côté.

— Je ne t'abandonne pas, Ali. Je suis ici avec toi.

Il consulta sa montre, puis termina son café.

— Je dois filer en cours.

Il ramassa sa sacoche, jeta sa tasse à la poubelle puis s'approcha d'Alice. Se penchant en avant, il prit sa tête dans ses mains pour embrasser avec douceur ses cheveux noirs frisés. Elle leva les yeux vers lui, un mince sourire aux lèvres, et retint ses larmes jusqu'à ce qu'il ait quitté la pièce.

Elle aurait tant aimé être l'unique objet de sa passion...

Assise dans son bureau à l'heure où sa classe retrouvait Marty pour le cours sur la cognition, elle observait les voitures qui se traînaient le long de Memorial Drive. Elle prit une gorgée de thé. Elle avait toute une journée devant elle, à se tourner les pouces. Une vibration résonna à sa hanche. Il était huit heures du matin. Elle sortit son Blackberry de la pochette bleu layette.

L'envol du papillon

Alice, réponds aux questions suivantes :

> *Quel mois de l'année est-on ?*
> *Où habites-tu ?*
> *Où se trouve ton bureau ?*
> *Quelle est la date d'anniversaire d'Anna ?*
> *Combien d'enfants as-tu ?*

Si tu éprouves des difficultés à répondre à l'une ou l'autre de ces questions, va à ton ordinateur, ouvre le fichier intitulé « Papillon » et suis aussitôt les instructions qu'il te donne.

Septembre
34 Poplar Street, Cambridge
Bâtiment William James, pièce 1002
14 septembre
Trois

Elle prit une gorgée de thé en observant les voitures qui se traînaient sur Memorial Drive.

Octobre 2004

Redressée sur son lit, elle se demandait que faire. L'obscurité régnait, on était encore au milieu de la nuit. Elle avait les idées claires, elle savait qu'elle aurait dû dormir. John ronflait sur le dos, allongé à son côté, mais elle ne parvenait pas à trouver le sommeil. Elle avait beaucoup de mal à dormir toute la nuit d'une traite ces derniers temps, sans doute à cause des sommes qu'elle s'octroyait pendant la journée. A moins qu'elle n'ait fait la sieste parce qu'elle ne se reposait pas bien la nuit ? Elle était prise dans un cercle vicieux, une boucle de rétroaction positive, un manège étourdissant dont elle ignorait comment s'extraire. En combattant son besoin impérieux de dormir la journée, peut-être ? Mais chaque fin d'après-midi, elle se sentait si épuisée qu'elle succombait au besoin de s'allonger sur le canapé. Besoin qui débouchait immanquablement sur une sieste.

Elle se souvint avoir été confrontée au même dilemme à l'époque où ses enfants avaient environ deux ans. Sans leur petit dodo de l'après-midi, ils se montraient grognons et rétifs le soir venu. Avec, ils restaient éveillés bien plus tard que l'heure théorique du coucher. Quelle avait été la solution, déjà ? Ça ne lui revenait pas.

Avec tous les comprimés que je prends, c'est incroyable qu'il n'y en ait aucun qui ait des effets secondaires du type somnolence... Ah, minute, j'ai une ordonnance pour des barbituriques.

Sortant du lit, elle descendit au rez-de-chaussée. Bien que certaine de ne pas y trouver ce qu'elle cherchait, elle commença par vider la pochette. Son portefeuille, son Blackberry, son portable, son trousseau de clés... Elle ouvrit le portefeuille. Carte de crédit, carte bancaire, permis de conduire, badge de Harvard, carte de mutuelle, vingt dollars, une poignée de petite monnaie.

Elle farfouilla dans le compotier qui leur servait de porte-courrier. Factures d'électricité, de gaz, de téléphone, relevé de crédit, un truc de Harvard, divers reçus.

Elle ouvrit et vida les tiroirs du secrétaire, puis du meuble de classement du bureau bibliothèque ; sortit magazines et catalogues des porte-revues du salon ; lut deux pages d'un hebdomadaire culturel et corna la page d'un catalogue de vêtements montrant un joli pull. La version bleu canard lui plaisait.

Elle ouvrit le tiroir qui faisait office de fourre-tout. Des piles, un tournevis, du ruban adhésif, du scotch repositionnable, plusieurs chargeurs, des allumettes et quantité d'autres choses, sans doute pas triées depuis des années. Ayant retiré le tiroir de ses glissières, elle en renversa le contenu sur la table de la cuisine.

— Ali, qu'est-ce que tu fabriques ? demanda la voix de John.

Elle sursauta. En levant la tête, elle découvrit ses cheveux en désordre, ses paupières plissées.

— Je cherche...

Elle baissa les yeux vers le fouillis posé devant elle. Des piles, un nécessaire de couture, de la colle, un mètre ruban, plusieurs chargeurs, un tournevis.

— J'ai perdu quelque chose.

— Il est trois heures du matin. Tu fais un sacré raffut. Tu veux bien remettre ça à demain matin ?

Il y avait de l'impatience dans sa voix. Il n'aimait pas qu'on le réveille en pleine nuit.

— D'accord.

Allongée sur le lit, elle tâcha de se rappeler ce qu'elle était partie chercher. L'obscurité régnait encore, on était au milieu de la nuit. Elle aurait dû dormir, elle le savait bien. John avait basculé dans le sommeil sans plus de cérémonie. Il ronflait déjà. Il s'endormait très vite. Elle aussi, avant. Mais là, impossible. Elle avait beaucoup de mal à dormir toute la nuit d'une traite ces derniers temps, sans doute à cause des sommes qu'elle faisait pendant la journée. A moins qu'elle n'ait fait la sieste parce qu'elle ne se reposait pas bien la nuit ? Elle était prise dans un cercle vicieux, une boucle de rétroaction positive, un manège étourdissant dont elle ignorait comment s'extraire.

Oh, minute ! J'ai la solution. Ce somnifère que m'a prescrit le Dr Moyer. Où l'ai-je mis ?
Sortant du lit, elle descendit au rez-de-chaussée.

Elle n'avait pas de réunion ni de séminaire ce jour-là. Rien dans ses manuels, dans son courrier ni dans les périodiques qu'elle recevait n'avait retenu son attention. Dan n'avait encore aucun texte à lui soumettre, il n'y avait aucun nouveau message dans sa boîte de réception, le mail quotidien de Lydia n'arriverait pas avant le milieu de journée. Alice regarda par la fenêtre du bureau. Des voitures filaient sur les berges sinueuses de Memorial Drive, des joggeurs couraient le long du fleuve. Les pins s'agitaient dans le vent.

Elle sortit tous les dossiers du carton d'archives étiqueté TIRÉS À PART HOWLAND de son meuble de classement. Elle avait publié plus d'une centaine d'articles. Elle tint à bout de bras cet amoncellement d'analyses, de commentaires et de comptes rendus – les idées et les opinions de toute une carrière. C'était lourd. Ses idées et ses opinions avaient du poids. Ses recherches lui manquaient : la réflexion, les discussions, ses concepts et ses intuitions propres, l'art raffiné de sa discipline scientifique.

Elle reposa la pile de dossiers pour sortir son livre de la bibliothèque : *Des particules à la pensée*. Lui aussi, il avait du poids. Ses formulations, ses concepts, mêlés à ceux de John, avaient donné naissance à une somme de savoir unique en ce monde, laquelle avait à son tour influencé et alimenté les concepts et les formulations d'autres personnes. Alice avait toujours pensé qu'ils écriraient un jour un deuxième livre. Elle feuilleta celui-là sans être tentée de le lire.

Elle vérifia l'heure. Elle était censée faire un jogging avec John en fin de journée. Beaucoup trop longtemps à attendre. Elle décida de rentrer seule en courant.

La maison n'était qu'à un kilomètre du bureau. Elle y parvint vite, sans difficulté. Et maintenant ? Elle entra dans la cuisine pour se préparer du thé. Ayant rempli la bouilloire au robinet, elle la posa sur la cuisinière et cala le bouton sur 10. Elle alla chercher un sachet de thé. La boîte en métal dans laquelle elle conservait ses sachets ne se trouvait pas sur le comptoir. Elle ouvrit le placard où elle rangeait les tasses à café, pour découvrir à la place trois rangées d'assiettes. Le placard situé plus à droite, où auraient dû se trouver les verres, contenait des bols et des tasses.

Elle plaça bols et tasses sur le plan de travail, puis elle sortit les assiettes qu'elle posa à côté. Placard suivant : rien non plus. Le comptoir fut bientôt couvert d'assiettes, de bols, de tasses, de verres à orangeade, à eau, à vin, de casseroles, de poêles, de boîtes en plastique, de maniques, de torchons et de couverts. La cuisine se retrouvait sens dessus dessous. *Bon, où est-ce que je rangeais tout ça avant ?* La bouilloire s'étant mise à siffler, il n'était plus possible de se concentrer. Alice éteignit la plaque électrique.

La porte d'entrée s'ouvrit. *Ah, excellent, John rentre tôt !*

— John, pourquoi as-tu changé les rangements dans la cuisine ? cria-t-elle.

— Alice ? Que faites-vous ?

La voix de femme la fit sursauter.

— Ah, Lauren ! Vous m'avez fait peur.

C'était sa voisine d'en face. Elle ne disait rien.

— Pardon, prenez une chaise. J'allais justement préparer du thé.

— Alice, ce n'est pas votre cuisine.

Quoi ? Elle balaya la pièce du regard : plans de travail en granit noir, placards en bouleau, sol blanc carrelé, fenêtre au-dessus de l'évier, lave-vaisselle à droite, double four. Minute, le sien n'était pas double. C'est alors que pour la première fois, elle remarqua les photos collées au réfrigérateur par des aimants. Elles représentaient Lauren, son mari, son chat, et des bébés qu'Alice ne reconnut pas.

— Oh, Lauren, dans quel état j'ai mis votre cuisine... Je vais vous aider à ranger tout ça.

— Ne vous inquiétez pas, Alice. Ça va ?

— Non, pas vraiment.

Elle avait envie de fuir en courant, pour retrouver sa propre cuisine. Peut-être pouvait-on oublier cet épisode ? Devait-elle vraiment s'en expliquer tout de suite et passer aux aveux ? Elle détestait ça.

Elle s'efforça de déchiffrer l'expression de Lauren. Cette dernière avait l'air hébétée, apeurée. Son visage disait : « Alice fait une crise de folie. » Alice ferma les yeux, inspira profondément.

— J'ai la maladie d'Alzheimer.

Elle rouvrit les yeux. L'expression de Lauren n'avait pas changé.

A présent, chaque fois qu'elle entrait dans sa cuisine, elle jetait un coup d'œil aux photos sur le réfrigérateur, juste pour vérifier qu'elle se trouvait dans la bonne maison. Au cas où cela n'aurait pas suffi à lui ôter ses doutes, John avait rédigé un message en grandes lettres noires, qu'il avait fixé sur la porte :

ALICE,
NE PARS PAS COURIR SANS MOI.

MON PORTABLE : 617 555 1122
CELUI D'ANNA : 617 555 1123
CELUI DE TOM : 617 555 1124

Il lui avait fait promettre de ne pas faire de jogging hors de sa présence. La main sur le cœur, elle avait juré de s'y tenir. Il se pouvait qu'elle oublie sa promesse, bien entendu.

Cela étant, sa cheville avait bien besoin d'un peu de repos. Elle se l'était foulée en descendant du trottoir une semaine plus tôt. Elle avait une perception un peu décalée de l'espace. Les objets lui paraissaient parfois plus proches, ou plus éloignés – en tout cas, globalement ailleurs – qu'ils ne l'étaient en réalité. Elle avait consulté un ophtalmo. Sa vision était bonne. Elle avait les yeux d'une jeune femme. Le problème ne résidait pas dans sa cornée, son cristallin, ni sa rétine. Il se situait quelque part dans le traitement des informations visuelles, c'est-à-dire dans son cortex occipital, selon John. Elle avait les yeux d'une étudiante et le cerveau d'une octogénaire, apparemment.

Pas de jogging sans John. Elle risquait de se perdre, de se blesser. Sauf que ces derniers temps, il n'y avait pas non plus de jogging avec lui. Il voyageait beaucoup, et le reste du temps, il se rendait tôt le matin à Harvard pour en revenir tard. Quand il rentrait enfin, il était trop fatigué pour courir. C'était rageant de devoir se reposer sur lui pour faire du sport. Il n'était pas fiable.

Alice décrocha le téléphone et appela le numéro affiché sur le réfrigérateur.

— Allô ?

— On va courir, aujourd'hui ?

— Je ne sais pas, dit John. Peut-être. Je suis en réunion. Je te rappelle tout à l'heure.

— J'ai vraiment besoin de me dépenser.

— Je te rappelle.

— Quand ?

— Quand je pourrai.

— D'accord.

Elle raccrocha, regarda par la fenêtre, puis baissa les yeux vers les baskets qu'elle avait déjà enfilées. Elle les ôta et les balança contre le mur.

Elle tâchait de se montrer compréhensive. Il avait du travail. Mais pourquoi ne pouvait-il se mettre en tête qu'elle avait besoin de courir ? Si une chose aussi simple qu'une activité sportive régulière ralentissait la progression de la maladie, elle devait s'y adonner aussi souvent que possible. Chaque fois que John lui répondait « pas aujourd'hui », elle perdait sans doute plus de neurones qu'elle n'aurait pu en sauver. Son cerveau mourait plus vite, inutilement. John la tuait.

Elle décrocha de nouveau le téléphone.

— Oui ? demanda une voix à la fois étouffée et agacée.

— Je veux que tu me promettes qu'on ira courir aujourd'hui.

— Excusez-moi une seconde, lança-t-il à quelqu'un. Je t'en prie, Alice, je te rappelle dès que je sors de réunion.

— J'ai besoin d'aller courir.

— Je ne sais pas encore à quelle heure j'en aurai terminé.

— Et... ?

— Voilà pourquoi je trouve qu'on devrait t'acheter un tapis.

— Oh, et puis merde !

Elle raccrocha.

D'accord, ce n'était pas très compréhensif de sa part. Elle poussait souvent des coups de gueule ces derniers temps. Réactions justifiées ou symptômes de la progression de sa maladie ? Elle n'aurait su le dire. Mais elle ne voulait pas de tapis de course. Elle le voulait, lui, John. Elle aurait sans doute dû se montrer moins insistante. Elle se tuait peut-être toute seule, à réagir ainsi.

Elle avait toujours la possibilité de partir en balade. Dans un endroit « sûr », bien entendu. De se rendre à pied à son bureau. Mais ça ne lui disait rien. Elle s'ennuyait là-bas. S'y sentait ignorée, aliénée, grotesque. Sa place n'était plus à Harvard. En dépit de son immensité, le campus ne pouvait accueillir une prof de psychologie cognitive à la pensée défaillante.

Elle prit place dans son fauteuil au salon et réfléchit à une occupation. Il ne lui vint rien d'intéressant. Elle tenta d'imaginer le lendemain, la semaine à venir, l'hiver prochain. Il ne lui vint rien d'intéressant. Elle s'ennuyait dans son fauteuil, au salon. Elle se sentait ignorée, aliénée. La lumière de fin d'après-midi faisait danser des ombres grotesques, à la Tim Burton, sur le plancher et sur les murs. Alice les regarda se dissoudre dans la pièce qui s'obscurcissait peu à peu. Elle ferma les yeux, puis s'endormit.

Debout dans leur chambre, nue comme un ver à l'exception de ses jambières et de son bracelet Sécu-Retour, elle se débattait en grognant contre le sous-vêtement qui s'étirait autour de son crâne. Sa lutte contre l'élasthanne avait pris l'allure d'une manifestation d'angoisse aussi physique que poétique qui n'était pas sans rappeler les chorégraphies de Martha Graham. Elle laissa échapper un hurlement prolongé.

— Qu'est-ce qui se passe ? demanda John, accourant.

Elle lui décocha un regard paniqué à travers un trou rond dans le sous-vêtement entortillé.

— Je suis coincée ! Je n'arrive pas à enfiler cette connerie de soutien-gorge de sport. Je ne sais plus comment on met un soutien-gorge, John !

Il s'approcha pour examiner sa tête.

— Ce n'est pas un soutien-gorge, Ali, c'est un slip.

Elle éclata de rire.

— Ce n'est pas drôle, dit John.

Elle rit de plus belle.

— Arrête, ce n'est pas drôle, je te dis. Ecoute, si tu tiens à ce qu'on coure, dépêche-toi de t'habiller. Je n'ai pas beaucoup de temps.

Il quitta la pièce, incapable de la regarder nue, un slip sur la tête, hilare devant l'absurdité de sa maladie.

Déstabilisant. Alice avait beau avoir conscience que la jeune femme assise à table en face d'elle était sa fille, elle ne se fiait pas à cette donnée. Elle savait qu'elle avait une fille prénommée Lydia, mais lorsqu'elle regardait la jeune femme, la conviction qu'il s'agissait du fruit de ses entrailles relevait plus du savoir scientifique que d'une compréhension implicite. C'était un fait qu'elle acceptait, une information qu'on lui avait fournie et qu'elle tenait pour vraie.

Lorsqu'elle considérait Anna et Tom, assis à cette même table, elle n'avait aucun mal à les relier aux souvenirs qu'elle conservait de ses deux aînés. Elle revoyait Anna en robe de mariée, en toge pour la remise de sa licence ou de son doctorat, et dans la chemise de nuit Blanche-Neige qu'elle avait tenu à porter tous les jours l'année de ses trois ans. Elle se rappelait Tom en toge noire et en toque, avec son plâtre et ses béquilles après son accident de ski, dans son uniforme de scout, et bébé, au creux de ses bras.

Rappel gênant et douloureux à la réalité de son déclin, si elle revoyait également le parcours de Lydia, la personne assise en face d'elle n'était pas inextricablement liée à ses souvenirs de sa cadette. Le passé se détachait du présent. Alors que, curieusement, Alice n'avait aucun mal à identifier l'homme assis à côté d'Anna : Charlie, le mari de cette dernière, qui n'était pourtant entré dans leurs vies que deux ans plus tôt. La maladie évoquait un démon inepte et sans-gêne qui semait la destruction dans son esprit en arrachant les circuits qui menaient de « Lydia maintenant » à « Lydia avant » tout en laissant intacts ceux qui concernaient Charlie.

Le restaurant était bondé, bruyant. Les voix venues des autres tables rivalisaient pour capter l'attention d'Alice, la musique de fond semblait se rapprocher et s'éloigner tour à tour. Les voix de Lydia et d'Anna paraissaient identiques. Tous ces gens utilisaient énormément de pronoms. Alice s'efforça d'identifier qui parlait à sa table pour suivre la conversation.

— Ça va, ma chérie ? demandait Charlie.

— J'ai du mal avec les odeurs, expliqua Anna.

— Tu veux aller prendre l'air dehors une minute ?

— Je sors avec toi, dit Alice.

Alice sentit son dos se contracter dès qu'elles eurent quitté la tiédeur douillette du restaurant. Elles avaient omis de prendre leurs manteaux l'une comme l'autre. Anna saisit Alice par la main pour l'éloigner du cercle de jeunes fumeurs regroupés près de la porte.

— Ah, de l'air frais, dit-elle, respirant à pleins poumons.

— Et du silence, ajouta Alice.

— Comment tu te sens, maman ?

— Bien.

Anna frotta la main qu'elle tenait toujours dans la sienne.

— J'ai connu de meilleurs jours, reconnut Alice.

— Pareil pour moi, dit Anna. Tu as eu des nausées quand tu étais enceinte de moi ?

— Oh, que oui.

— Comment tu as fait ?

— Tiens bon. Ça s'arrêtera bientôt.

— Et les bébés arriveront avant qu'on ait eu le temps de dire ouf.

— J'ai très hâte qu'ils naissent.

— Moi aussi.

Pourtant, sa voix ne trahissait pas le même enthousiasme que celle d'Alice. Soudain, les larmes lui montèrent aux yeux.

— Maman, j'ai tout le temps envie de vomir, je suis sur les rotules, et chaque fois que j'oublie quelque chose, je me dis que c'est un symptôme d'Alzheimer.

— Oh, ma chérie, ne t'inquiète pas, c'est juste la fatigue.

— Je sais, je sais, simplement, quand je pense que tu ne donnes plus de cours... et quand je vois tout ce que tu perds...

— N'y songe pas. Ça devrait être une période exaltante pour toi. S'il te plaît, pense seulement à tout ce qu'on aura gagné avec ces bébés.

Alice serra sa main dans la sienne, puis posa l'autre avec douceur sur le ventre d'Anna. Sa fille sourit, mais son regard était encore noyé de larmes.

— Je ne sais vraiment pas comment je vais me débrouiller de tout ça. Mon boulot, deux bébés, et...

— Et Charlie. N'oublie pas ton couple. Veille à préserver l'équilibre entre toi, ton mari, ton métier, tes enfants, tout ce que tu aimes... Ne considère jamais aucune des choses que tu apprécies dans la vie comme acquise, et tu y arriveras. Avec l'aide de Charlie.

— Il y a intérêt !

Alice éclata de rire. Anna se tamponna les yeux, puis elle laissa échapper un long soupir qui n'était pas sans rappeler un exercice d'accouchement sans douleur.

— Merci, maman. Je me sens mieux.

Bien.

De retour dans le restaurant, elles reprirent leurs places. La jeune femme assise en face d'Alice, sa fille cadette, Lydia, frappa son verre avec un couteau.

— Maman, nous voulons te donner ton cadeau tout de suite.

Lydia lui tendait un petit paquet rectangulaire emballé dans du papier doré. Il devait avoir une signification importante. Alice défit le papier. A l'intérieur, trois DVD : *Les Enfants Howland*, *John et Alice*, et *Alice Howland*.

— Dans *Les Enfants Howland*, il y a toute une série de conversations entre Anna, Tom et moi. Je les ai filmées cet été. Ce sont les souvenirs que nous gardons de toi, de nos enfances, de notre adolescence. La vidéo avec papa évoque la façon dont vous vous êtes rencontrés, dont vous vous êtes fréquentés, votre mariage, vos vacances et plein d'autres choses. Il y a deux anecdotes absolument géniales qu'on ne connaissait pas du tout, nous, les enfants. Je n'ai pas encore filmé la troisième vidéo. Ce sera une interview de toi, avec ton histoire, si tu veux bien te prêter au jeu.

— Oh oui, évidemment. J'adore cette idée. Merci, j'ai hâte de regarder tout ça.

La serveuse leur apporta cafés et thés, ainsi qu'un gâteau au chocolat surmonté d'une bougie. Ils entonnèrent tous « Joyeux anniversaire ». Alice souffla la bougie en faisant un vœu.

Novembre 2004

Les films achetés par John au cours de l'été entraient maintenant dans la même catégorie funeste que les livres abandonnés qu'ils avaient remplacés. Alice ne parvenait plus à suivre le fil de l'intrigue ni à se souvenir des personnages qui n'apparaissaient pas dans chaque scène. Elle était en mesure d'apprécier des bribes de l'histoire mais n'en conservait plus qu'une idée générale après le générique de fin. *C'était une bonne comédie.* Lorsqu'elle regardait un DVD en compagnie de John ou d'Anna, tous deux riaient à gorge déployée, sursautaient de peur ou pinçaient les lèvres de dégoût, des réactions viscérales, incompréhensibles pour Alice. Elle se joignait à eux, feignant d'avoir compris, tâchant de les préserver de son sentiment d'égarement. Qui lui devenait alors d'autant plus flagrant.

Les vidéos de Lydia arrivèrent pile au bon moment. Les anecdotes relatées par John et les enfants ne duraient que quelques minutes chacune, pour permettre à Alice de s'en imprégner. Elle n'avait besoin d'en retenir aucune pour passer au récit suivant. Elle les regarda encore et encore. Elle ne se rappelait pas tous les faits qu'évoquaient ses proches mais cela paraissait tout à fait normal, puisque ni John ni les enfants n'en conservaient toutes les subtilités en mémoire. Et quand Lydia leur avait demandé de relater le même événement, chacun d'entre eux avait rapporté un souvenir assez différent des autres, omettant des épisodes, en exagérant d'autres, mettant l'accent sur son point de vue personnel. Les biographies non filtrées par la maladie étaient elles-mêmes sujettes aux lacunes et aux distorsions.

Quant à la vidéo étiquetée *Alice Howland,* Alice n'avait pas eu le courage de la regarder plus d'une fois. Elle tellement à l'aise autrefois, tellement éloquente quand il s'agissait de prendre la parole en public – n'importe quel public – abusait à présent du mot « machin » et se répétait au point que c'en était gênant. Elle éprouvait quand même un certain soulagement à savoir qu'elle tenait là ses souvenirs, ses réflexions et ses conseils, à l'abri du chaos moléculaire déclenché par la maladie d'Alzheimer. Ses petits-enfants regarderaient un jour ce DVD en disant : « C'est grand-mère à l'époque où elle arrivait encore à parler et où elle se rappelait des trucs. »

Elle venait de visionner *John et Alice*. Quand l'écran de la télévision eut viré au noir, elle demeura sur le canapé, un plaid sur les genoux, tendant l'oreille. Le silence était plaisant. Elle resta plusieurs minutes à respirer sans penser à rien, sauf au tic-tac de la pendule sur la cheminée. Puis soudain, ce bruit prit un sens et elle rouvrit les yeux.

Elle regarda les aiguilles. Dix heures moins dix. *Oh, zut, mais qu'est-ce que je fabrique ici ?* Jetant le plaid par terre, elle se hâta d'enfiler ses chaussures, puis se précipita dans le bureau pour fermer sa sacoche d'ordinateur. *Où est ma pochette bleue ?* Pas sur le fauteuil, pas sur le secrétaire ni dans les tiroirs, pas davantage dans la sacoche. Elle courut vers la chambre. Rien sur le lit, sur la table de chevet, sur la commode, rien dans le placard ni sur le bureau. Plantée dans le couloir, Alice tentait de rebrousser chemin par la pensée quand elle vit la pochette, pendue à la poignée de la porte de la salle de bains.

Elle ouvrit la fermeture Eclair. Téléphone portable, Blackberry, pas de clés. Elle y rangeait systématiquement son trousseau. Enfin, pas toujours. Elle essayait. Certaines fois, elle le mettait dans son secrétaire, ou dans le tiroir à couverts, ou celui à sous-vêtements, quand ce n'était pas dans sa boîte à bijoux. C'était agaçant de perdre chaque jour plusieurs minutes à rechercher des affaires rangées en dépit du bon sens.

Elle redescendit au rez-de-chaussée, gagna le salon. Pas de trousseau. Puis elle trouva son manteau sur la bergère à oreilles. Elle l'enfila, plongea les mains dans les poches. Les clés !

Elle se précipitait vers le vestibule quand elle s'arrêta à distance de la porte d'entrée. Il y avait un trou dans le sol, large comme le couloir et long de plus de deux mètres, qui laissait apercevoir l'obscurité de la cave.

Le plancher du vestibule était gauchi et plusieurs lattes grinçaient. Récemment, John et elle avaient envisagé de le remplacer. Avaient-ils engagé un artisan ? Quelqu'un était-il venu entamer les travaux dans la journée ? Impossible de s'en souvenir. Peu importe, la porte était inutilisable tant que ce trou n'aurait pas été rebouché.

Alors qu'elle traversait la cuisine pour sortir par-derrière, le téléphone se mit à sonner.

— Salut, maman. J'arriverai vers sept heures, j'apporte le dîner.

— D'accord, dit Alice d'une voix un peu trop haut perchée.

— C'est Anna.

— Je sais.

— Papa est à New York jusqu'à demain, tu te rappelles ? Je dors chez vous ce soir mais je ne peux pas quitter le boulot avant six heures et demie, alors attends-moi pour manger... Tu ferais peut-être bien de noter tout ça sur le tableau effaçable du frigo.

Alice tourna la tête vers ledit tableau. NE PARS PAS COURIR SANS MOI. Poussée à bout, elle eut envie de hurler qu'elle n'avait pas besoin de baby-sitter et qu'elle se débrouillait parfaitement toute seule chez elle – au lieu de quoi elle prit une grande inspiration.

— D'accord, à tout à l'heure.

Ce serait bon de voir Anna et de ne plus être seule. Elle raccrocha en se félicitant d'avoir gardé la capacité de contrôler ses émotions primitives. Un jour viendrait où elle ne le pourrait plus.

Elle avait enfilé son manteau, passé sa sacoche d'ordinateur et sa pochette à son épaule. Elle regarda par la fenêtre de la cuisine. Vent, humidité, grisaille. Le matin, peut-être ? Elle n'avait pas envie de sortir, ni d'aller à Harvard. Elle s'y ennuyait. Elle s'y sentait ignorée, aliénée, ridicule. Elle n'y avait plus sa place.

Elle posa sacs et manteau pour se diriger vers son bureau, mais un choc étouffé suivi d'un tintement métallique lui fit rebrousser chemin jusqu'au vestibule. Le courrier venait d'arriver, glissé par la fente dans la porte. Curieusement, il surnageait au-dessus du trou. Il devait reposer sur une poutre ou une latte impossible à distinguer de là où elle se tenait. *Des lettres qui flottent. J'ai le cerveau en compote !* Réfugiée dans le bureau, elle tâcha d'oublier ce trou défiant les lois de la gravité. Ce qui se révéla singulièrement difficile.

Assise dans son bureau, les bras autour de ses genoux, elle contemplait le ciel sombre par la fenêtre tout en attendant l'arrivée d'Anna. Elle attendait que John revienne de New York pour aller courir avec lui. Elle attendait, assise. Attendait que son état empire. Elle en avait plus qu'assez de ronger son frein.

Elle ne connaissait personne qui soit atteint de démence présénile à Harvard. Ni ailleurs, du reste, sauf qu'elle ne pouvait pas être la seule dans ce cas. Elle devait trouver des collègues en maladie. Elle avait besoin d'habiter ce nouveau monde dans lequel elle se trouvait projetée, cet univers de la démence.

Elle tapa « ALZHEIMER PRÉCOCE » sur Google. Le moteur de recherche lui rapporta de nombreuses données et statistiques.

Aux Etats-Unis, environ cinq cent mille personnes sont atteintes de la forme précoce de la maladie d'Alzheimer. Par « forme précoce », on entend un déclenchement avant l'âge de soixante-cinq ans.
Les premiers symptômes peuvent apparaître dès la trentaine ou la quarantaine.

La page affichait des sites énumérant des listes de symptômes, de facteurs de risque génétiques, de facteurs déclenchants, de traitements ; elle renvoyait vers des articles sur des études cliniques ou des découvertes. Rien de nouveau là-dedans.

Alice ajouta SOUTIEN aux termes de sa recherche puis appuya sur Entrée.

Elle découvrit des forums, des liens, des bibliographies, des listes de discussion, des chat rooms. Pour les aidants. Les sujets traités allaient des visites aux centres psychogériatriques aux traitements, en passant par la gestion du stress, des hallucinations, de l'errance, du déni, de la dépression. Les aidants postaient questions et réponses, exprimaient leur compassion et fournissaient des pistes pour résoudre les problèmes posés par leurs vieilles mamans, leurs maris septuagénaires et leurs grand-mères de quatre-vingt-cinq ans atteints d'Alzheimer.

Mais où sont les groupes de soutien pour les malades eux-mêmes ? Les autres quinquagénaires atteints de démence, comme moi ? *Les gens qui menaient une brillante carrière quand ce diagnostic est venu saper toute leur vie ?* Bien sûr, à tout âge, la démence était un drame. Bien sûr, les aidants avaient besoin de soutien. Bien sûr, ils souffraient. John souffrait. *Mais moi, je suis où ?*

Elle se rappela la carte de visite de l'assistante sociale du CHR. L'ayant retrouvée, elle appela le numéro.

— Denise Daddario.

— Bonjour, madame Daddario, je m'appelle Alice Howland. Je suis une patiente du Dr Davis, c'est lui qui m'a donné votre numéro. J'ai cinquante et un ans et il y a environ dix mois, on m'a diagnostiqué un Alzheimer précoce. Je me demandais si votre hôpital proposait des groupes de soutien aux patients ?

— Non, malheureusement. Le seul que nous ayons n'est destiné qu'aux aidants. La plupart de nos malades ne seraient pas en mesure de participer à ce genre d'activité.

— Certains, si.

— C'est vrai, mais pas en assez grand nombre pour justifier la mise en œuvre des moyens nécessaires à la constitution et au fonctionnement d'un tel groupe, hélas.

— Quels moyens ?

— Eh bien, dans le cas des aidants, les réunions de douze à quinze personnes durent deux heures par semaine. On doit leur affecter une salle, ainsi que deux animateurs. Il faut prévoir les cafés, les pâtisseries et un intervenant extérieur chaque mois.

— Et si je vous demandais juste une salle vide, pour que les patients atteints de démence présénile puissent se retrouver et discuter de ce qu'ils vivent ?

Je peux apporter le café et les beignets, bon sang !

— Nous serions forcés de détacher un membre du personnel pour superviser ces réunions, ce que nos effectifs actuels ne permettent malheureusement pas.

Et pourquoi pas un des deux animateurs de vos groupes de soutien ?

— Pouvez-vous me donner les coordonnées des autres patients atteints d'Alzheimer précoce, afin que j'organise quelque chose de mon côté ?

— Je n'ai hélas pas le droit de divulguer ces informations. Voulez-vous prendre rendez-vous avec moi pour que nous en discutions toutes les deux ? Je peux vous recevoir le vendredi 17 décembre dans la matinée.

— Non, merci.

Un bruit en provenance du vestibule tira Alice de son somme sur le canapé. La maison était froide et obscure. La porte grinça en s'ouvrant.

— Pardon pour le retard !

Alice se redressa et se dirigea vers le couloir. Elle y trouva Anna, un sac de courses dans une main et un tas de courrier dans l'autre. Juste au-dessus du trou !

— Maman, tout est éteint chez toi. Tu dormais ? Tu ne devrais pas faire la sieste aussi tard, tu n'arriveras pas à fermer l'œil cette nuit.

Alice se rapprocha d'elle, s'accroupit et posa la main sur le trou. Sauf que ce ne fut pas le vide qu'elle rencontra. Ses doigts couraient sur la laine bouclée d'un tapis. Son tapis de couloir noir. Il était là depuis des années. Alice le frappa du plat de la main, si fort qu'un écho s'éleva.

— Maman, qu'est-ce que tu fabriques ?

La main d'Alice l'élançait, elle était trop lasse pour s'humilier en répondant à la question d'Anna, et elle trouvait écœurante l'odeur de cacahuètes émanant du sac de courses.

— Fiche-moi la paix !

— Maman, tout va bien. Viens avec moi dans la cuisine, on va manger.

Anna posa le courrier et voulut prendre la main encore douloureuse d'Alice. Qui la retira brusquement et se mit à hurler :

— Fiche-moi la paix ! Va-t'en de chez moi ! Je te déteste ! Je ne veux pas te voir ici !

Ses paroles atteignirent Anna plus violemment qu'une gifle ne l'aurait fait. Derrière les larmes qui ruisselaient à présent sur son visage, la jeune femme afficha une expression résolue.

— J'ai acheté à manger, je meurs de faim et je ne m'en irai pas. Je vais dîner dans la cuisine, et ensuite, je monterai me coucher.

Alice resta seule dans le couloir, en proie à la rage et à l'envie d'en découdre. Ayant ouvert la porte, elle entreprit d'arracher le tapis. Elle tira de toutes ses forces et tomba à la renverse. Elle se remit debout et parvint à sortir le tapis de la maison, hurlant comme une possédée et donnant des coups de pied dedans. Il dégringola l'escalier du porche, puis atterrit sans vie sur le trottoir.

Alice, réponds aux questions suivantes :

Quel mois de l'année est-on ?
Où habites-tu ?
Où se trouve ton bureau ?
Quelle est la date d'anniversaire d'Anna ?
Combien d'enfants as-tu ?

Si tu éprouves des difficultés à répondre à l'une ou l'autre de ces questions, va à ton ordinateur, ouvre le fichier intitulé « Papillon » et suis aussitôt les instructions qu'il te donne.

Novembre
Cambridge
Harvard
Septembre
Trois

Décembre 2004

Le mémoire de recherche de Dan comptait cent quarante-deux pages, sans les références. Alice n'avait rien lu d'aussi long depuis longtemps. Elle s'assit sur le canapé, le texte sur les genoux, un surligneur rose à la main, un stylo rouge coincé derrière son oreille droite. Le stylo lui servait à noter ses corrections, le surligneur à garder le fil de ce qu'elle avait déjà lu. Elle marquait tout ce qui lui paraissait important, de façon à ne relire que ces termes-là lorsqu'elle avait besoin de revenir en arrière.

Elle déclara forfait à la page 26, maintenant saturée de rose. Son cerveau submergé demandait grâce. Elle imagina que les traits de surligneur se transformaient en barbe à papa collante dans sa tête. Plus elle avançait dans la lecture, plus elle avait besoin de marquer le texte pour le comprendre et le mémoriser. Plus elle le marquait, plus sa tête s'emplissait de filaments de sucre rose, qui bloquaient les circuits dont elle avait besoin pour le comprendre et le mémoriser. Parvenue à la page 26, elle n'assimilait plus rien.

Décembre 2004

Bip, bip.

Elle jeta le mémoire de Dan sur la table basse pour se diriger vers son ordinateur, dans le bureau. Elle trouva un mail de Denise Daddario dans sa boîte de réception.

Chère madame,
J'ai soumis votre idée de groupe de soutien à d'autres patients atteints de démence présénile, à la fois au CHR et au Brigham and Women's Hospital. Trois personnes des environs se sont déclarées très intéressées par ce projet. Elles m'ont autorisée à vous donner leurs coordonnées (cf. pièce jointe).
Je vous conseille également de prendre contact avec l'Association Alzheimer du CHR. Ils connaîtront peut-être d'autres patients intéressés.
Tenez-moi au courant de la suite, et n'hésitez pas à me demander des conseils ou des informations complémentaires. Désolée que notre structure ne puisse vous aider davantage.
Bonne chance !

Denise Daddario

Elle ouvrit la pièce jointe.

Mary Johnson, 57 ans, Dégénérescence fronto-temporale.
Cathy Roberts, 48 ans, Alzheimer précoce
Dan Sullivan, 53 ans, Alzheimer précoce

Et voilà. Ses collègues en maladie. Elle relut et re-relut leurs prénoms. *Mary, Cathy et Dan. Mary, Cathy et Dan.* Elle commençait à éprouver cette excitation mêlée de crainte à peine réprimée qu'elle avait pu ressentir avant d'entrer à l'école, au lycée ou à la fac. Quelle tête avaient-ils ? Travaillaient-ils encore ? Depuis combien de temps étaient-ils au courant de leur diagnostic ? Leurs symptômes étaient-ils identiques, moindres, ou pires ? Lui ressemblaient-ils un peu ? *Et si j'étais beaucoup plus atteinte qu'eux ?*

Chères Mary et Cathy, cher Dan,

Je m'appelle Alice Howland. J'ai 51 ans et l'an dernier, on a détecté chez moi un Alzheimer précoce. J'ai été professeur de psychologie à l'université de Harvard pendant vingt-cinq ans mais à cause de mes symptômes, j'ai dû renoncer à l'essentiel de mes obligations professionnelles en septembre dernier.

Je me trouve à présent cantonnée chez moi et je me sens très isolée face à la maladie. J'ai appelé Denise Daddario, du CHR, pour lui demander s'il existait un groupe de soutien pour les patients atteints de démences précoces. Il y en a un pour les aidants, mais pas pour nous. Toutefois, elle m'a donné vos noms.

J'aimerais vous inviter tous les trois chez moi, ce dimanche 5 décembre à quatorze heures, pour faire connaissance autour d'un thé ou d'un café. Vos aidants sont les bienvenus, ils pourront rester si vous le désirez. Vous trouverez ci-joint mon adresse, ainsi qu'un plan d'accès.

J'ai hâte de vous rencontrer,

Alice

Mary, Cathy et Dan. Mary, Cathy et Dan. *Dan.* *Son mémoire. Il attend mes corrections.* Regagnant le canapé du salon, elle ouvrit le mémoire à la page 26. La bouillie rose envahit à nouveau son cerveau. Elle avait mal à la tête. L'un des trois autres patients avait-il déjà répondu ? Elle abandonna le machin de Dan avant même d'avoir fini de formuler sa question.

Elle cliqua sur sa boîte de réception. Pas de nouveau message.

Bip, bip.

Elle décrocha le combiné du téléphone.

— Allô ?

La tonalité. Elle avait espéré entendre Mary, Cathy ou Dan. *Dan. Le mémoire de recherche de Dan.*

De retour sur le canapé, le surligneur à la main, elle avait beau donner toute l'apparence de la concentration et de l'activité, son regard n'était pas fixé sur les lettres inscrites sur la page. En réalité, elle rêvassait.

Mary, Cathy et Dan pouvaient-ils encore lire vingt-six pages, les comprendre et les mémoriser ? *Et s'il n'y avait que moi qui prenne le tapis du couloir pour un trou ?* Si elle était la seule à décliner ainsi ? Elle était consciente du processus. Elle se sentait glisser dans ce puits de démence. Seule.

— Je suis seule, seule, seule, seule ! gémit-elle, s'enfonçant plus profond à chaque mot dans la vérité de son isolement.

Bip, bip.

La sonnette de la porte d'entrée la tira de sa rêverie. Etaient-ils arrivés ? Etait-ce aujourd'hui qu'elle les avait invités ?

— Une seconde !

Elle se sécha les yeux du revers de la manche, passa les doigts dans ses cheveux emmêlés, inspira profondément, puis ouvrit la porte.

Personne.

Les hallucinations visuelles et auditives faisaient partie du quotidien d'environ la moitié des personnes frappées d'Alzheimer, mais elle n'en avait pas connu jusqu'ici. A moins que... Lorsqu'elle était seule, il n'y avait pas moyen de savoir si ce qu'elle ressentait était réel ou relevait seulement de la maladie. Ses épisodes de désorientation, ses monologues, ses illusions et tous les autres machins attribuables à la démence n'étaient pas surlignés en rose fluo. Ils ne se distinguaient pas du normal, du factuel, de l'exact. Elle n'avait tout simplement pas les moyens de faire la différence. Le tapis était un trou. Ce bruit-là, la sonnette.

Elle vérifia de nouveau sa boîte de réception. Un nouveau message.

Salut maman,
Comment vas-tu ? Es-tu allée au séminaire hier ? Ou faire du jogging ? Mon cours de théâtre était génial, comme toujours. J'ai passé une autre audition aujourd'hui, une pub télé pour une banque.

266

On verra. Comment va papa ? Il est à la maison, cette semaine ? Je sais que le mois de novembre a été dur pour vous deux. Accroche-toi ! Je vous rends visite bientôt.

Bises,
Lydia

Bip, bip.

Elle décrocha le combiné du téléphone.

— Allô ?

La tonalité. Ouvrant le tiroir supérieur de son armoire de classement, elle y laissa tomber le téléphone et l'écouta tinter sur le fond en métal, sous plusieurs centaines de tirés à part. *Minute, c'est peut-être mon portable.*

— Portable, portable, portable, entonna-t-elle à haute voix tout en parcourant la maison, pour tenter de garder à l'esprit l'objet de sa recherche.

Elle vérifia partout, mais pas moyen de mettre la main dessus. Il lui revint alors que c'était sa pochette qu'elle devait chercher. Elle changea de refrain.

— Pochette, pochette, pochette.

Elle la trouva sur le plan de travail de la cuisine. Son portable était dedans, mais éteint. Le bruit provenait peut-être d'une alarme de voiture. Elle reprit place sur le canapé, ouvrit le mémoire de Dan à la page 26.

— Ohé ? fit une voix masculine.

Alice leva la tête, écarquillant les yeux, comme si un fantôme venait de l'appeler.

— Alice ? demanda la voix désincarnée.

— Oui ?

— Alice, tu es prête ?

John fit son apparition sur le seuil du salon avec l'air de l'attendre. Ce qui la soulagea, même si elle manquait d'informations.

— Allons-y. On dîne avec Bob et Sarah, on est déjà en retard.

Le dîner... Elle s'aperçut qu'elle mourait de faim. Elle ne se souvenait pas d'avoir mangé quoi que ce soit au cours de la journée. Voilà sans doute pourquoi elle ne parvenait plus à lire le mémoire de Dan : elle avait besoin de s'alimenter. Mais l'idée d'un dîner et de conversations dans une salle de restaurant bruyante l'épuisait par avance.

— Je ne veux pas sortir. J'ai eu une sale journée.

— Moi aussi. Viens, allons manger, ce sera chouette.

— Vas-y, toi. J'ai envie de rester à la maison.

— Allons, ça te distraira. On n'est pas allés à la fête chez Eric. Ça te fera du bien de sortir, et je sais qu'ils seront contents de te voir.

Oh, que non ! Ils seront soulagés de mon absence. Je suis comme un éléphant dans un magasin de porcelaine, je gêne tout le monde. Avec moi, le dîner se transforme en numéro de cirque, tout le monde jongle entre la pitié et les sourires forcés.

— Je ne veux pas. Excuse-moi auprès d'eux, mais je ne me sens pas en état.

Bip, bip.

Manifestement, John avait entendu le bruit, lui aussi. Elle le suivit dans la cuisine. Il ouvrit la porte du micro-ondes, en retira une tasse.

— C'est complètement froid. Veux-tu que je te le réchauffe ?

Elle avait dû se préparer du thé dans la matinée puis oublier de le boire. Le faire réchauffer ensuite et l'oublier dans le four.

— Non, merci.

— Bon, Bob et Sarah nous attendent sans doute déjà au restau. Tu es sûre de ne pas vouloir venir ?

— Oui.

— Je rentre dans pas longtemps.

Il l'embrassa, puis partit sans elle. Elle resta longtemps où il l'avait abandonnée, debout dans la cuisine, serrant la tasse de thé froid entre ses mains.

Elle se préparait à monter se coucher. John n'était toujours pas rentré du restaurant. Au moment où elle atteignait l'escalier, le halo bleu de l'ordinateur attira son attention. Elle entra dans le bureau pour vérifier ses mails, plus par habitude que par véritable curiosité.

Et voilà.

Chère Alice,

Je m'appelle Mary Johnson et on a diagnostiqué ma DFT voilà cinq ans. Je vis dans la région du North Shore, pas très loin de chez vous. Quelle idée merveilleuse vous avez eue ! Je serais ravie de venir. Mon mari Barry me servira de chauffeur. Je ne suis pas sûre qu'il veuille rester.

Nous sommes tous les deux en préretraite, nous passons le plus clair de notre temps chez nous. Je pense qu'il profitera de l'occasion pour s'aérer un peu. A bientôt,

Mary

Bonjour,

Je m'appelle Dan Sullivan, j'ai 53 ans, et mon diagnostic de démence présénile remonte à trois ans. C'est de famille. Ma mère, deux de mes oncles et une de mes tantes ont eu un Alzheimer eux aussi. Quatre de mes cousins sont atteints à leur tour. J'étais donc préparé et je connais cette maladie depuis mon plus jeune âge. Bizarrement, ça ne m'a pas facilité les choses pour autant – ni au moment du diagnostic ni maintenant. Ma femme connaît le quartier où vous habitez, pas loin du CHR et de Harvard. Ma fille est allée à Harvard. Je prie tous les jours pour qu'elle échappe à cette saloperie.

Dan

Bonjour,

Merci pour votre message et votre invitation. Ma démence présénile a été décelée il y a un an. Je l'ai presque vécu comme un soulagement. Je croyais devenir folle. Je perdais le fil des conversations, j'avais du mal à terminer mes phrases, j'oubliais comment rentrer chez moi, je n'arrivais plus à me servir d'un chéquier, je me trompais dans l'emploi du temps des enfants (j'ai une fille de 15 ans et un fils de 13). Je n'avais que 46 ans quand les symptômes sont apparus, alors évidemment, personne n'a pensé un seul instant qu'il puisse s'agir de la maladie d'Alzheimer.

270

Je trouve les médicaments très utiles. Je prends de la mémantine et du donépézil. Il y a des bons et des mauvais jours. Quand ça va à peu près, mon entourage et même ma famille se persuadent que je suis en pleine forme, ou même que j'en rajoute ! Je ne suis pas à ce point-là en manque d'attention ! Ensuite arrive une mauvaise journée où les mots me fuient, où je n'arrive plus à me concentrer, à gérer plusieurs choses à la fois. Je me sens très seule, moi aussi. J'ai vraiment hâte de vous rencontrer.

Cathy Roberts

P-S : Connaissez-vous le Dementia Advocacy and Support Network International ? Leur site web est un outil merveilleux pour les malades au stade initial de la démence. Il permet de discuter, d'évacuer les angoisses, de trouver un soutien moral et de partager des informations.

Voilà. Ils allaient venir.

Mary, Cathy et Dan ôtèrent leurs manteaux avant de prendre place dans le salon. Leurs conjoints, qui avaient gardé les leurs, accompagnèrent John au Jerri's après leur avoir dit au revoir d'un air réticent.

Mary était une blonde avec des cheveux mi-longs et de grands yeux couleur chocolat derrière ses lunettes. Cathy avait des traits intelligents, agréables, ses yeux souriaient avant même ses lèvres. Alice l'apprécia au premier coup d'œil. Dan, trapu, avait une grosse moustache et un crâne dégarni. A les voir ainsi, on aurait pu croire à des profs de fac en visite, à un club de lecture, ou à de vieux amis.

— Que voulez-vous croire ? demanda Alice.

Ils la contemplèrent puis se dévisagèrent, peu enclins à répondre. Etaient-ils tous trop timides ou trop polis pour oser rompre le silence ?

— Alice, vous vouliez dire « boire » ? demanda Cathy.

— Oui, j'ai dit quoi ?

— « Croire ».

Alice rougit. Pour une première impression, elle aurait préféré éviter les lapsus.

— Eh bien, moi, j'aimerais croire en quelque chose. Je manque un peu de foi dans la vie ces temps-ci. Je veux bien en reprendre une dose, plaisanta Dan.

Ils s'esclaffèrent, ce qui créa une complicité immédiate. Alice servit le café et le thé pendant que Mary expliquait son parcours.

— J'ai été agent immobilier pendant vingt-deux ans. Tout à coup, je me suis mise à rater les rendez-vous, les réunions, les journées portes ouvertes dans les maisons témoins. J'oubliais les clés. Je me perdais en allant faire visiter un bien dans un quartier que je connaissais pourtant comme ma poche, avec le client dans ma voiture. Je roulais pendant trois quarts d'heure alors que le trajet n'aurait pas dû prendre plus de dix minutes. Imaginez ce que ces gens ont dû penser !

» J'ai commencé à faire des crises de colère, à exploser devant mes collègues à l'agence. Moi qui avais toujours été facile à vivre, très appréciée de tous, brusquement, j'avais la réputation d'être une bombe à retardement. Mon image en a souffert. Or, c'était tout pour moi. Mon médecin m'a prescrit des antidépresseurs. Quand le premier n'a pas marché, il m'en a prescrit un deuxième. Puis un troisième.

— Longtemps, expliqua Cathy, j'ai mis mes symptômes sur le compte du surmenage. J'avais trop d'activités. Je bossais à mi-temps comme préparatrice en pharmacie, j'élevais deux enfants, je m'occupais de la maison, je n'arrêtais pas de courir dans tous les sens. Comme je n'avais que quarante-six ans, la possibilité d'un Alzheimer précoce ne m'a même pas effleurée. Sauf qu'un jour, à la pharmacie, je me suis trouvée incapable d'identifier les produits ou de mesurer dix millilitres. C'est là que j'ai compris que je risquais de me tromper dans les dosages, ou même dans les médicaments. Je pouvais tuer quelqu'un par accident. Ce jour-là, j'ai ôté ma blouse blanche et je suis rentrée chez moi avant l'heure de la fermeture. Je ne suis plus jamais retournée travailler. J'étais au trente-sixième dessous. J'ai cru que je devenais folle.

— Et vous, Dan ? Qu'est-ce que vous avez remarqué en premier ? demanda Mary.

— J'avais l'habitude de beaucoup bricoler dans la maison. Et puis un jour, je n'ai plus su comment m'y prendre pour rafistoler des trucs que je réparais depuis toujours. Je rangeais bien mon atelier, chaque chose à sa place. Maintenant, c'est le bazar. Quand je ne retrouvais plus mes outils, j'accusais mes amis de les avoir empruntés et d'avoir tout laissé en désordre. Sauf que chaque fois, c'était moi. J'étais pompier. Je me suis mis à oublier le nom des collègues. A ne plus pouvoir finir mes phrases. Je ne savais plus comment préparer le café. J'avais vu la même chose chez ma mère quand j'étais adolescent. Elle a eu un Alzheimer précoce, elle aussi.

Ils se parlèrent de leurs symptômes, du temps qui s'était écoulé avant qu'ils obtiennent le bon diagnostic, des stratégies qu'ils avaient mises en place pour se débrouiller de leur démence. Passant du rire aux larmes, ils évoquèrent leurs clés, leurs idées et leurs rêves perdus. Alice se sentait libre de parler, et vraiment écoutée. Normale.

— Alice, votre mari travaille encore ? demanda Mary.

— Oui. Tout le dernier semestre, il a été très occupé par ses cours et ses recherches. Il a beaucoup voyagé. Ç'a été dur. Mais nous avons l'intention de prendre tous les deux une disponibilité l'an prochain, alors je n'ai plus que quelques mois à tenir et ensuite, nous pourrons passer toute une année ensemble à la maison.

— Vous y arriverez, vous y êtes presque, dit Cathy. Encore quelques mois à tenir.

Anna avait envoyé Lydia à la cuisine préparer le pudding au chocolat blanc. La grossesse de sa fille se remarquait, à présent. Elle n'avait plus de nausées. Au contraire, elle donnait l'impression de passer son temps à manger – à croire qu'elle s'était fixé pour mission de rattraper les calories perdues les mois précédents.

— J'ai des nouvelles pour vous, dit John. On me propose de devenir président du programme de recherches biologiques et génétiques de l'Institut Sloan-Kettering.

— Le poste est basé où ? demanda Anna entre deux bouchées de canneberges sauce chocolat.

— A New York.

Personne ne dit mot. Dean Martin braillait une chanson à la gloire de la neige sur la chaîne hi-fi.

— Dis, tu ne songes quand même pas à accepter ? demanda Anna.

— Si. J'y suis déjà allé plusieurs fois cet automne, c'est un poste idéal pour moi.

— Mais maman ?

— Elle ne travaille plus et elle ne met presque plus les pieds sur le campus.

— Mais elle doit rester ici.

— Non, pas du tout. Elle sera avec moi.

— Oh, ne raconte pas d'histoires ! Je passe mes soirées ici pour que tu puisses rester tard au labo, je m'installe chez vous quand tu es en déplacement, et Tom vient le week-end quand il peut. On n'est pas là à plein temps, mais...

— Exact, vous n'êtes pas là à plein temps. Vous ne savez pas à quel point son état empire. Tu crois qu'elle s'apercevra encore qu'on habite à Boston, d'ici un an ? Elle ne se repère même plus à trois rues d'ici. On habiterait New York et je lui raconterais qu'on est à Harvard Square qu'elle ne ferait pas la différence.

— Bien sûr que si, papa, intervint Tom. Ne dis pas des choses pareilles.

— De toute façon, on ne déménagera pas avant le mois de septembre. Il aura coulé beaucoup d'eau sous les ponts d'ici là.

— Peu importe, dit Anna. Elle a besoin de rester à Boston. Si vous déménagez, elle déclinera très rapidement.

Tom répondit qu'il était d'accord.

Ils parlaient d'elle comme si elle n'était pas assise à quelques mètres d'eux. Ils parlaient d'elle en sa présence comme si elle était sourde. Ils parlaient d'elle sans l'inclure dans la conversation, comme si elle avait la maladie d'Alzheimer.

— C'est une occasion unique dans une carrière, et c'est moi qu'ils veulent.

— Je tiens à ce qu'elle voie les jumeaux, dit Anna.

— New York n'est pas si loin que ça. Et puis, rien ne dit que vous resterez à Boston, les uns et les autres.

— Moi, je serai peut-être à New York, remarqua Lydia.

Elle se tenait dans l'embrasure de la porte, entre le salon et la cuisine. Alice ne l'avait pas vue avant qu'elle prenne la parole, et sa brusque apparition la fit sursauter.

— J'ai sollicité mon inscription dans quatre facs : New York, Brandeis, Brown et Yale. Si je suis prise à New York et que maman et toi y êtes aussi, je pourrai habiter avec vous et vous donner un coup de main. Et si vous restez ici et qu'on m'accepte à Brandeis ou à Brown, là aussi, je pourrai venir.

Alice avait envie de dire à Lydia qu'il s'agissait d'excellentes universités, lui demander quelles matières l'intéressaient le plus. Elle aurait voulu lui expliquer qu'elle était fière d'elle. Mais ses pensées mettaient trop longtemps à atteindre ses lèvres, à croire qu'elles devaient traverser une couche de plusieurs kilomètres de limon avant de remonter à l'air libre et que la plupart se noyaient en chemin.

— C'est génial, Lydia, dit Tom.

— Alors, on en est là ? demanda Anna. Tu vas continuer à vivre comme si maman n'était pas malade et qu'on n'avait pas notre mot à dire ?

— J'ai déjà sacrifié beaucoup, dit John.

Il avait toujours aimé Alice, qui jusque-là avait tout fait pour lui faciliter la vie. Elle avait placé tous ses espoirs dans cette année sabbatique. Elle ignorait combien de temps elle tiendrait encore, mais elle s'était convaincue qu'elle avait encore un an devant elle. Le dernier qu'ils passeraient ensemble. Elle ne l'aurait échangé contre rien au monde.

Apparemment, John, si. Comment osait-il ? Cette question sans réponse se débattait dans le limon qui avait envahi le cerveau d'Alice. Comment osait-il ? La réponse vint la frapper au plexus : l'un d'eux allait devoir tout sacrifier.

Alice, réponds aux questions suivantes :

> *Quel mois de l'année est-on ?*
> *Où habites-tu ?*
> *Où se trouve ton bureau ?*

L'envol du papillon

Quelle est la date d'anniversaire d'Anna ?
Combien d'enfants as-tu ?

Si tu éprouves des difficultés à répondre à l'une ou l'autre de ces questions, va à ton ordinateur, ouvre le fichier intitulé « Papillon » et suis aussitôt les instructions qu'il te donne.

Décembre
Harvard Square
Harvard
Avril
Trois

Janvier 2005

— Maman, réveille-toi. Elle dort depuis combien de temps ?

— Environ dix-huit heures, maintenant.

— Elle a déjà fait ça ?

— Deux fois.

— Papa, j'ai peur. Et si elle avait pris trop de médicaments ?

— Non, j'ai vérifié ses boîtes et son pilulier.

Alice les entendait, elle comprenait ce qu'ils disaient, mais cela ne l'intéressait qu'à moitié. Elle avait l'impression d'écouter aux portes. Une conversation entre deux inconnus à propos d'une étrangère. Elle n'avait aucune envie de se réveiller, n'avait pas conscience de dormir.

— Ali ? Tu m'entends ?

— Maman, c'est moi, Lydia. Réveille-toi, s'il te plaît.

La femme appelée Lydia voulait appeler un médecin. L'homme appelé papa pensait qu'il valait mieux laisser dormir encore cette Ali. Ils parlaient de commander des plats mexicains : leur odeur réveillerait peut-être la femme appelée Ali. Puis les voix se turent. Tout redevint noir et silencieux.

Elle marchait le long d'un sentier sablonneux menant à une forêt dense. Elle la quittait par une succession de creux et de bosses, pour atteindre un à-pic escarpé, désert. Elle gagnait le bord, regardait devant elle. En contrebas, l'océan était figé, gelé, le rivage, enfoui sous des congères. Un paysage dénué de vie et de couleur, d'une immobilité et d'un silence impossibles. Elle appelait John à tue-tête, mais sa voix ne portait pas. Elle voulait faire demi-tour, mais le sentier et la forêt avaient disparu. Elle baissa les yeux vers ses chevilles pâles, décharnées, vers ses pieds nus. N'ayant pas d'autre choix, elle se prépara à avancer dans le vide.

Assise sur un siège de plage, elle jouait du bout des pieds avec le sable fin et chaud. Elle observait Christina, sa meilleure amie de maternelle, cinq ans à peine, jouer avec un cerf-volant en forme de papillon. Tout – des pâquerettes rose et jaune sur le maillot de bain de Christina, aux ailes azur et violet du cerf-volant, en passant par le dégradé de bleu du ciel, le soleil jaune, le vernis à ongles rouge des orteils d'Alice –, tout était plus coloré et plus vif que ce qu'elle avait jamais vu. Alice était submergée de joie et d'amour, pas tant envers son amie d'enfance que devant les couleurs inouïes de ce maillot et de ce cerf-volant.

Sa sœur Anne et Lydia, seize ans chacune ou presque, étaient allongées côte à côte sur des serviettes rayées bleu blanc rouge. Leur peau caramel luisait au soleil. Ainsi que leurs bikinis rose chewing-gum assortis. Saturés de couleur comme dans un dessin animé, ils la fascinaient.

— Prête ? demanda John.

— J'ai un peu la frousse...

— C'est maintenant ou jamais.

Elle se levait, il lui passait un harnais relié à un parachute ascensionnel rouge orangé, le bouclait et l'ajustait pour qu'elle se sente bien maintenue, en sécurité. Il la retenait par les épaules, luttant contre la force invisible et puissante qui la soulevait.

— Prête ? demandait-il à nouveau.

— Oui.

Il la lâchait, elle s'élevait à une vitesse grisante vers la palette du ciel. Les vents qui la portaient étaient des tourbillons étourdissants de bleu des mers du Sud, de bleu pervenche, de bleu lavande, de rose fuchsia. L'océan sous elle était un kaléidoscope de turquoise, d'aigue-marine et de violet.

Le cerf-volant de Christina s'était libéré, il voletait tout près. C'était le plus bel objet qu'Alice ait jamais vu, elle le désirait plus que tout au monde. Elle voulait en attraper la ficelle, mais soudain, le vent virait, la faisant tournoyer sur elle-même. Elle regardait derrière elle, mais son parachute couleur coucher de soleil masquait le cerf-volant. Pour la première fois, elle s'apercevait qu'elle ne savait pas se diriger. Elle baissait les yeux vers le sol, vers les taches éclatantes de couleurs qu'étaient ses proches. Elle se demandait si les courants aériens magnifiques et fougueux la ramèneraient jamais jusqu'à eux.

Lydia était allongée en chien de fusil sur le lit d'Alice. Un jour diffus, filtré par les rideaux fermés, baignait la pièce.

— Je suis en train de rêver ? demanda Alice.

— Non, tu es réveillée.

— J'ai dormi combien de temps ?

— Deux jours.

— Non ! Je suis désolée.

— Ne t'inquiète pas, maman. Ça fait du bien de t'entendre. Tu as pris trop de médicaments, tu crois ?

— Je ne m'en souviens pas. Possible. Je n'ai pas fait exprès.

— Tu m'inquiètes.

Alice avait une vision fragmentaire de Lydia, formée d'une série de gros plans de son visage. Elle les reconnaissait tous, comme on reconnaît la maison dans laquelle on a grandi, les lignes d'une main, la voix d'un parent : instinctivement, sans effort, sans faire appel à la réflexion. Pourtant, curieusement, elle avait du mal à identifier sa fille dans sa globalité.

— Tu es magnifique, dit-elle. J'ai tellement peur de te regarder un jour en ne sachant plus qui tu es.

— A mon avis, même si ça doit arriver, tu sauras quand même que je t'aime.

— Et si j'ignore que tu es ma fille et que tu m'aimes ?

— Alors, je te le dirai, et tu me croiras.

Alice trouva cette idée séduisante. *Mais est-ce que je l'aimerai toujours ? Où réside mon amour pour elle ? Dans mon cœur, ou dans ma tête ?* La scientifique en elle savait que les émotions résultaient de cheminements limbiques complexes au sein de circuits engagés, en ce moment même, dans une bataille dont pas un combattant ne ressortirait vivant, tandis que la mère avait la conviction que son amour pour sa fille était immunisé contre la destruction qui ravageait son cerveau, parce qu'il résidait dans son cœur.

— Comment vas-tu, maman ?

— Pas très bien. Ç'a été un semestre difficile. Plus de travail, cette maladie qui progresse, et ton père qui n'est pratiquement jamais à la maison. J'ai failli craquer.

— Ça me fait de la peine. J'aimerais te voir plus souvent. Je serai plus près, cet automne. J'ai bien songé à revenir habiter avec vous dès maintenant, mais je viens de décrocher un rôle dans une pièce formidable. Un petit rôle, sauf que...

— Pas de problème. Moi aussi, j'aimerais te voir plus souvent, mais il est hors de question que tu sacrifies ta vie pour moi.

Cela lui évoqua John.

— Ton père veut déménager à New York. L'Institut Sloan-Kettering lui propose un poste.

— Je sais. J'étais là quand il en a parlé.

— Je ne veux pas y aller.

— L'idée que tu puisses en avoir envie ne m'a pas traversée une seconde.

— Je ne peux pas partir. Les jumeaux vont naître en avril.

— J'ai hâte qu'ils arrivent.

— Moi aussi.

Alice se voyait déjà tenant les bébés dans ses bras : leur corps chaud, leurs minuscules doigts recroquevillés, leurs pieds encore vierges, leurs yeux ronds aux paupières gonflées. Allaient-ils lui ressembler ? Ressembler à John ? Et leur odeur... Elle brûlait de respirer leur odeur délicieuse.

La plupart des grands-parents se délectaient à l'idée de voir grandir leurs petits-enfants, d'assister à leurs fêtes d'anniversaire, leurs remises de diplôme, leur mariage. Elle savait qu'elle ne verrait rien de cela. Mais elle les tiendrait dans ses bras, elle s'imprégnerait de leur odeur. Plutôt mourir que de rester enfermée toute seule à New York, sans pouvoir vivre ça.

— Comment va Malcolm ?

— Bien. On vient de faire la Marche pour la mémoire avec la Société Alzheimer de Los Angeles.

— Décris-le-moi.

Le sourire de Lydia devança sa réponse.

— Il est grand, sportif, assez timide.

— Il te traite comment ?

— C'est quelqu'un de très doux. Il me trouve futée et il adore ça. Il est très fier de mon talent, il n'arrête pas de dire du bien de moi, c'en est presque gênant. Il te plairait.

— Et toi, tu es comment avec lui ?

Lydia réfléchit longuement à cette question, à croire qu'elle ne se l'était jamais posée jusque-là.

— Moi-même.

— Bien.

Alice sourit, pressa la main de sa fille. Elle songea à lui demander ce que cela voulait dire, lui demander de se décrire, de lui rappeler qui elle était, mais cette idée s'évapora trop vite pour qu'elle l'énonce.

— On parlait de quoi ? demanda-t-elle.

— De Malcolm, de la Marche pour la mémoire. De New York...

— Ici, je peux aller me promener, je me sens en sécurité. Même quand je me perds un peu, je finis toujours par me repérer à un détail, et assez de gens me connaissent pour m'indiquer la bonne direction. La serveuse du Jerri's vérifie toujours que je repars avec mon portefeuille et mes clés... Et il y a mes amis du groupe de parole. J'ai besoin d'eux. Au stade où j'en suis, je ne pourrai plus apprendre à me débrouiller à New York. Je perdrais le peu d'indépendance qu'il me reste. Ton père passerait son temps au labo. Lui aussi, je le perdrais.

— Maman, tu dois lui dire tout ça.

Lydia avait raison. Mais c'était tellement plus facile de lui en parler, à elle.

— Je suis très fière de toi.

— Merci, maman.

— Au cas où je l'oublierais, sache que je t'aime.

— Moi aussi, je t'aime.

— Je ne veux pas déménager à New York, dit Alice.

— On n'en est pas encore là. On n'est pas forcés de prendre la décision maintenant, affirma John.

— Si, j'y tiens. C'est maintenant que je décide. Je veux être très claire là-dessus tant que je suis encore en état de le dire. Je refuse de déménager à New York.

— Même si Lydia y fait ses études ?

— Et si on ne la prend pas là-bas ? Tu aurais dû en discuter avec moi avant de l'annoncer aux enfants.

— Je l'ai fait.

— Non, pas du tout.

— Si, plusieurs fois.

— Donc, j'ai eu un trou de mémoire ? Comme c'est pratique !

Elle reprit sa respiration, inspirant par le nez, soufflant par la bouche – un instant de calme pour échapper à la discussion puérile dans laquelle ils s'étaient laissé entraîner.

— John, je savais que tu te rendais parfois à l'Institut, mais je n'avais pas compris qu'ils essayaient de te débaucher dès cette année. Si je l'avais su, j'aurais réagi.

— Je t'ai prévenue.

— Sont-ils disposés à te laisser prendre ton année sabbatique en septembre pour commencer un an plus tard ?

— Non, ils ont besoin de moi tout de suite. J'ai déjà eu assez de mal à négocier qu'ils attendent la fin du semestre...

— Ils peuvent engager quelqu'un pour un an. Ça te permettrait de passer ton congé sabbatique avec moi.

— Non, impossible.

— Leur as-tu seulement demandé ?

— Ecoute, la concurrence est rude dans ce domaine, et tout bouge très vite. On est au bord de découvertes énormes, on aboutira bientôt à un remède contre le cancer ! Les compagnies pharmaceutiques sont sur les dents. Et les cours et les corvées administratives que je me tape à la fac me ralentissent. Si je refuse ce poste, je risque de gâcher une occasion unique de faire une découverte essentielle, qui rendra service à énormément de gens.

— Tu auras d'autres occasions. Tu es un esprit brillant, tu n'as pas d'Alzheimer.

Il la regarda sans rien dire.

— Moi, contrairement à toi, c'est ma dernière chance, John. L'année qui vient représente mon ultime possibilité de vivre ma vie en sachant ce qu'elle signifie. Je ne crois pas que je resterai moi-même encore très longtemps. Je tiens à passer ce temps-là avec toi, et je n'arrive pas à croire que tu souhaites le contraire.

— Je ne souhaite pas le contraire. On serait ensemble.

— Du baratin, tu le sais bien. Notre vie est ici. Tom, Anna, les bébés, Mary, Cathy et Dan, et peut-être Lydia. Ne raconte pas d'histoires : si tu acceptes ce poste, tu passeras ton temps au labo et moi, je me retrouverai toute seule là-bas. Tu n'as pas pris cette décision pour qu'on soit ensemble, et elle me prive de tout ce qui me reste. Je n'irai pas.

— Je ne passerai pas tout mon temps à travailler, promis. Et pense que Lydia va peut-être s'installer à New York. Tu pourrais aussi passer une semaine par mois chez Anna et Charlie... On se débrouillera pour que tu ne sois pas seule.

— Et si Lydia n'est pas prise à New York, mais ici, à Brandeis ?

— Voilà pourquoi je propose d'attendre d'en savoir davantage avant de nous décider.

— Je tiens à ce que tu prennes cette année sabbatique.

— Alice, le choix ne se pose pas en ces termes. Si je ne vais pas à New York, je devrai rester à Harvard. Je ne peux pas me permettre de m'absenter un an de la fac.

Elle tremblait. John se brouillait devant ses yeux, noyés de larmes de rage.

— Je suis à bout de forces ! Je t'en prie, je n'arrive plus à tenir sans toi ! Tu peux très bien te mettre en disponibilité pendant un an. Si tu le voulais, tu le pourrais. J'en ai besoin.

— Et qu'arrivera-t-il si je refuse l'offre de l'Institut, si je reste un an loin de la fac et si tu ne me reconnais plus ?

— Et si je te reconnaissais encore, mais plus au bout d'un an ? Comment peux-tu seulement songer à passer le temps qu'il nous reste enfermé dans cette saleté de labo ! Je ne t'aurais jamais fait une chose pareille !

— Je ne te l'aurais jamais demandé.

— Tu n'aurais pas eu besoin de le faire.

— Je ne pense pas en avoir la force, Alice. Désolé, mais je ne me sens pas capable de rester à la maison à me tourner les pouces toute une année en regardant cette maladie te dépouiller de tout. Je ne supporte pas de te voir comme ça, incapable de t'habiller, de te servir de la télé... Au moins, dans un labo, je ne te vois pas coller des Post-it sur le moindre placard et la moindre porte. Je ne peux pas rester à la maison et assister à ton déclin, ça me tue.

— Non, John, c'est moi que ça tue. Mon état empire, que tu sois ici à me voir ou planqué derrière tes éprouvettes. Tu es en train de me perdre. Je me perds moi-même. Mais si tu ne prends pas cette année avec moi, c'est toi que nous aurons perdu en premier. J'ai la maladie d'Alzheimer ! Tu as quoi comme excuse, merde !

Elle avait sorti des placards les boîtes, les bidons, les bouteilles, les verres, les assiettes, les saladiers, les casseroles et les poêles. Elle avait tout empilé sur la table de la cuisine, et quand elle n'avait plus eu de place, elle avait posé les objets par terre.

Elle avait ôté chaque manteau du placard de l'entrée, déboutonné et retourné toutes les poches. Trouvant seulement de l'argent, des souches de tickets, des mouchoirs en papier. Laissant tomber au sol le vêtement innocent à l'issue de chacune de ces fouilles au corps.

Elle avait retourné les coussins des canapés, des fauteuils. Vidé le tiroir de son secrétaire, son meuble de classement, sa sacoche de portable et sa pochette. Elle en avait passé le contenu en revue, touchant chaque objet pour graver son nom dans sa tête. Rien.

Elle n'avait pas besoin de se rappeler où elle avait regardé, les tas d'objets exhumés témoignaient de ses perquisitions précédentes. Apparemment, elle avait déjà couvert tout le rez-de-chaussée. Elle était en sueur, fiévreuse, mais hors de question de renoncer. Elle se précipita à l'étage.

Elle retourna le panier à linge, les tables de nuit, les tiroirs de la commode, les placards de la chambre, sa boîte à bijoux, l'armoire à pharmacie. *La salle de bains du rez-de-chaussée !* En sueur, fiévreuse, elle dévala l'escalier.

Elle trouva John dans le couloir, avec des manteaux jusqu'aux chevilles.

— Bon sang, qu'est-ce qui s'est passé ?

— Je cherche quelque chose.

— Quoi ?

Elle n'arrivait pas à mettre un nom sur l'objet, mais elle se fiait à sa conviction que, quelque part dans sa tête, elle s'en souvenait – elle savait.

— Je te le dirai quand je l'aurai trouvé.

— La maison est dans un état ! On dirait qu'il y a eu un cambriolage.

Ça, ça ne lui était pas venu à l'idée. Ça pouvait expliquer pourquoi elle ne trouvait pas.

— Oh, zut, peut-être qu'on l'a volé !

— Il n'y a pas eu de cambriolage. C'est toi qui as dévasté la maison.

Dans le salon, elle repéra près du canapé un porte-revues qui avait échappé à sa vigilance. Plantant là John et la théorie du cambriolage, elle souleva la lourde panière, déversa les magazines par terre, les feuilleta du pouce, puis s'en éloigna, John sur les talons.

— Arrête, Alice, tu ne sais même pas ce que tu cherches.

— Si, si.

— Quoi, alors ?

— Je n'arrive pas à le dire.

— Ça ressemble à quoi, ça sert à quoi ?

— Je te répète que je ne sais pas. Quand je mettrai la main dessus, je le saurai. Si je ne le trouve pas, je vais mourir.

Elle réfléchit à ce qu'elle venait de dire.

— Où sont mes médicaments ?

Ils entrèrent dans la cuisine, shootant dans les boîtes de céréales, les conserves de soupe, de thon. John trouva ses nombreux flacons de médicaments et de vitamines par terre, puis son pilulier hebdomadaire sur la table de la cuisine, dans un saladier.

— Les voilà, commenta-t-il.

Le besoin impérieux, vital, d'Alice ne s'était pas dissipé.

— Non, ce n'est pas ça.

— Arrête ce délire. La maison ressemble à une décharge.

La poubelle.

Ouvrant le seau, elle en tira un sac plastique, dont elle répandit le contenu sur le carrelage.

— Alice !

Elle écarta des doigts les épluchures d'avocat, la graisse de poulet gluante, les mouchoirs et les serviettes en papier roulés en boule, plusieurs cartons, emballages vides et autres machins destinés au recyclage. C'est alors qu'elle repéra le DVD. *Alice Howland*. Saisissant le boîtier humide, elle l'étudia. *Ah, je n'avais pas l'intention de le jeter.*

— Voilà, ce doit être ça, dit John. Content que tu l'aies retrouvé.

— Non, c'est encore autre chose.

— Bon, écoute, il y a des détritus partout par terre. Je t'en prie, sors de la cuisine, va t'asseoir et détends-toi. Ça te reviendra peut-être si tu te poses cinq minutes.

— D'accord.

Peut-être qu'en s'asseyant, elle se souviendrait de ce qu'elle cherchait, de l'endroit où elle l'avait mis. A moins qu'elle n'oublie même qu'elle cherchait quelque chose.

La neige qui s'était mise à tomber la veille, formant une couche d'une soixantaine de centimètres sur toute la Nouvelle-Angleterre, venait de cesser. Alice ne l'aurait peut-être pas remarqué sans le crissement des essuie-glaces oscillant de droite à gauche sur le pare-brise sec. John les arrêta. Malgré la chaussée dégagée, leur voiture était seule dans les rues. Alice avait toujours aimé le calme et l'immobilité qui succédaient au blizzard, mais ce jour-là, ils l'énervaient.

John engagea la voiture dans l'enceinte du cimetière de Mount Auburn. On avait déblayé un emplacement destiné à garer les voitures mais le cimetière proprement dit, ses allées, ses tombes, restaient couverts de neige.

— C'est ce que je craignais, dit John. On reviendra un autre jour.

— Non, attends. Laisse-moi juste regarder une minute.

Les arbres vénérables aux troncs noirs, aux branches variqueuses ourlées de blanc, régnaient sur ce pays des merveilles hivernal. Seul le sommet de quelques pierres tombales parmi les plus hautes et les plus tarabiscotées – sans doute celles des disparus jadis les plus riches et les plus en vue – émergeait de la couverture blanche. Tout le reste était pris dessous. Cadavres décomposés dans des cercueils enfouis sous la terre et la roche, terre et roche noyées sous la neige : tout était en noir et blanc, pétrifié, mort.

— John ?

— Quoi ?

Elle avait prononcé son nom trop fort, brisant subitement le silence. Il avait sursauté.

— Rien. On peut repartir. Je n'ai pas envie d'être ici.

— On essaiera d'y retourner plus tard dans la semaine, si tu veux, proposa John.

— Retourner où ? demanda Alice.

— Au cimetière.

— Ah.

Elle était assise à la table de la cuisine. John remplit deux verres de vin, lui en tendit un. Elle le fit tourner par pure habitude. Elle qui oubliait régulièrement le prénom de sa fille actrice, elle se rappelait comment on déguste un vin, et le plaisir qu'elle avait à accomplir ce geste. Quelle maladie dingue. Elle se régala du mouvement grisant du vin dans le verre, de sa couleur sanguine, de ses effluves intenses de raisin, de chêne et de terre, et de la chaleur qu'elle éprouva lorsqu'il atteignit son estomac.

John, debout devant le réfrigérateur ouvert, en sortit une tranche de fromage, un citron, un truc liquide et épicé, ainsi que deux légumes rouges.

— Ça te dit, des enchiladas au poulet ? demanda-t-il.

— Parfait.

Ouvrant le congélateur, il farfouilla à l'intérieur.

— On a du poulet ? demanda-t-il.

Elle ne répondit pas.

— Oh, non !

Il se retourna pour lui montrer ce qu'il tenait en main. Rien à voir avec des filets de volaille.

— C'est ton Blackberry, il était au congélo.

Il appuya sur les touches, le secoua, le frotta.

— On dirait qu'il a pris l'eau. On verra quand il aura dégelé, mais j'ai l'impression qu'il est mort.

Elle fondit en larmes, des sanglots brûlants.

— Ne t'en fais pas. On t'en rachètera un, au besoin.

Ridicule, pourquoi ça me fait cet effet-là ? Ce n'est qu'un organiseur ! Peut-être pleurait-elle en réalité sur la mort de sa mère, de sa sœur et de son père. Peut-être cet événement avait-il fait ressurgir une émotion qui n'avait pu s'exprimer au cimetière. C'était l'explication la plus sensée. Sauf que non, il y avait autre chose. La destruction de son organiseur devait symboliser celle de sa carrière universitaire : un deuil qui restait à faire. Logique… Et pourtant, la peine immense qu'elle ressentait était due à la perte de l'objet même.

Février 2005

Emotionnellement lasse, intellectuellement vidée, Alice s'affala face au Dr Davis dans le fauteuil voisin de celui de John. Elle venait de passer un temps fou, une vraie torture, à subir des tas de tests neuropsychologiques dans le cagibi où travaillait la femme – cette femme qui faisait subir les tests dans un cagibi. Les mots, les informations, les questions qu'on lui avait posées et ses réponses lui avaient fait l'effet de bulles de savon, de celles que les enfants soufflent au bout de petites baguettes en plastique par une journée venteuse : elles s'éloignent très vite dans des directions étourdissantes, il faut énormément d'efforts pour les suivre. Et si, un certain temps, on parvient à en conserver certaines dans son champ de vision, elles finissent invariablement par éclater, par disparaître, explosant sans cause apparente pour regagner le néant et l'oubli, comme si elles n'avaient jamais existé.

C'était à présent au tour du Dr Davis de souffler dans la baguette.

— Bien, Alice, pouvez-vous m'épeler le mot « monde » à l'envers ?

Six mois plus tôt, elle aurait trouvé cette demande ridicule, voire insultante, mais aujourd'hui, la tâche exigeait d'elle de sérieux efforts. Cela ne l'inquiéta et ne l'humilia qu'à peine, considérablement moins que six mois plus tôt. Elle avait pris des distances avec l'idée qu'elle se faisait d'elle-même. Sa conscience d'Alice – de ce qu'elle savait, de ce qu'elle comprenait, de ce qu'elle aimait ou détestait, de ce qu'elle ressentait et percevait – ressemblait elle aussi à une bulle de savon, encore plus distante, difficile à identifier, et protégée par une très fine membrane qui seule l'empêchait d'éclater.

Alice commença par s'épeler « monde » à l'endroit, en étendant les cinq doigts de la main gauche, un pour chaque lettre. Puis :

— E.

Elle replia le petit doigt. Elle s'épela de nouveau le mot à l'endroit, en s'arrêtant à l'annulaire, qu'elle abaissa alors.

— D.

Elle répéta le même processus pour chaque lettre puis elle sourit, le poing gauche levé en signe de victoire, avant de regarder John. Il lui adressa un sourire triste en tripotant son alliance.

— Bravo, dit le Dr Davis.

Le médecin affichait un large sourire, il paraissait impressionné. Agréable.

— Maintenant, je voudrais que vous me montriez la fenêtre après vous être touché la joue droite de la main gauche.

Elle leva la main vers son visage et interrompit son geste pour demander :

— Désolée, pouvez-vous me répéter vos instructions ?

Le Dr Davis s'exécuta de bonne grâce, comme un père qui laisserait son enfant regarder la première carte du paquet en jouant à la bataille, ou empiéter sur la ligne de départ de la course avant de crier : « Go ! »

— Montrez la fenêtre après vous être touché la joue droite de la main gauche.

Elle acheva son geste avant qu'il ait terminé sa phrase, puis tendit brusquement le bras vers la fenêtre avant de pousser un long soupir.

— Bien, Alice, dit le Dr Davis, à nouveau souriant.

John, impassible, ne montrait aucun signe de fierté ni de plaisir.

— Maintenant, je voudrais que vous me répétiez le nom et l'adresse que je vous ai demandé de mémoriser tout à l'heure.

Le nom et l'adresse. Elle en avait une notion confuse, comme lorsqu'on se réveille d'un cauchemar en sachant qu'on a rêvé, et même de quoi – mais on a beau se creuser la tête, les détails vous échappent. Disparus à jamais.

— C'est John quelque chose. Vous savez, vous me posez cette question à chaque fois et je n'ai jamais réussi à me rappeler où vit ce monsieur.

— D'accord, essayons de deviner. Etait-ce John Black, John White, John Jones ou John Smith ?

Elle n'en avait pas la moindre idée, mais pourquoi ne pas jouer le jeu ?

— Smith.

— Habite-t-il East Street, West Street, North Street ou South Street ?

— South Street.

— La ville, s'agit-il d'Arlington, de Cambridge, de Brighton ou de Brookline ?

— Brookline.

— Bien, Alice, dernière question : où se trouve mon billet de vingt dollars ?

— Dans votre portefeuille ?

— Non, tout à l'heure, j'ai caché un billet de vingt dollars quelque part dans cette pièce. Vous rappelez-vous où ?

— Vous avez fait ça devant moi ?

— Oui. Auriez-vous une idée, même vague, de l'endroit où il se trouve ? Pour peu que vous mettiez la main dessus, vous aurez le droit de le garder.

— Ma foi, si j'avais su, j'aurais sûrement trouvé le moyen de m'en souvenir.

— Je n'en doute pas. Avez-vous la moindre idée d'où il est ?

Elle remarqua qu'un très court instant, le regard du médecin déviait vers la droite, par-delà son épaule, avant de se poser de nouveau sur elle. Elle pivota sur son siège. Dans son dos, un tableau blanc accroché au mur affichait trois mots écrits en rouge. *Glutamate. PLT. Apoptose.* Le marqueur rouge reposait plus bas sur une réglette, à côté d'un billet de vingt dollars plié. Ravie, elle s'approcha du tableau pour saisir sa récompense. Le Dr Davis émit un petit rire.

— Si tous mes patients étaient aussi futés que vous, je fermerais boutique.

— Alice, tu ne peux pas le garder, tu as vu qu'il le regardait, dit John.

— Je l'ai gagné, protesta Alice.

— Est-ce normal qu'elle soit dans cet état au bout d'un an seulement, malgré le traitement ?

— Eh bien, plusieurs facteurs ont dû jouer, dans son cas. Sa maladie s'est sans doute déclarée bien avant d'être diagnostiquée l'an dernier. Vous deux, votre famille et ses collègues avez sans doute mésestimé une partie de ses symptômes en les attribuant au stress, au manque de sommeil, à l'alcool et ainsi de suite. Ils devaient déjà se manifester depuis un an ou deux, voire plus.

» Et puis, c'est quelqu'un d'incroyablement intelligent. Là où l'individu lambda aura, disons, pour simplifier, dix synapses menant à une information, Alice doit en avoir au moins cinquante. Quand l'individu lambda perd ces dix synapses, l'information lui devient inaccessible, elle est oubliée. Mais dans le cas d'Alice, il lui en reste encore quarante. Cela explique qu'au début, ces pertes aient pu passer inaperçues.

— Mais au stade où nous en sommes, elle a perdu beaucoup plus que cela, dit John.

— Oui, hélas. Ainsi que nous pouvions malheureusement nous y attendre, sa mémoire immédiate la classe maintenant parmi les trois pour cent de patients les moins capables de réussir les tests. Ses processus langagiers se sont considérablement altérés et elle perd la conscience d'elle-même.

» Cela dit, elle est aussi incroyablement ingénieuse. Aujourd'hui, elle a eu recours à plusieurs stratégies inventives pour répondre correctement aux questions quand la solution lui échappait.

— Pourtant, elle s'est montrée incapable de répondre à beaucoup de questions, remarqua John.

— Exact.

— Son déclin est si rapide... Serait-il possible d'augmenter sa dose de mémantine ou de donépézil ?

— Non, on lui prescrit déjà le traitement maximal dans les deux cas. Il s'agit malheureusement d'une maladie dégénérative progressive pour laquelle il n'existe aucun remède. Malgré les molécules dont nous disposons aujourd'hui, les choses ne feront qu'empirer.

— Et soit elle est sous placebo, soit cet Amylex ne vaut rien, ça crève les yeux, dit John.

Le Dr Davis resta muet, comme s'il hésitait à confirmer ou infirmer cette affirmation.

— Je sais que vous êtes découragé. Mais j'ai souvent vu des périodes de palier inattendues où l'état du malade semble se stabiliser. Elles peuvent durer un moment.

Alice ferma les yeux pour se représenter debout, bien plantée sur ses jambes, au milieu d'un palier. Un superbe et vaste palier. Cette vision l'incitait à espérer. John le voyait-il aussi ? Avait-il encore de l'espoir pour elle, ou avait-il renoncé ? Ou pire, espérait-il qu'elle décline rapidement, pour pouvoir l'emmener à New York, la tête vide, dès l'automne ? Choisirait-il de rester avec elle sur le palier, ou l'enverrait-il bouler en bas des marches ?

Croisant les bras, elle déplia les jambes et posa les pieds bien à plat sur le sol.

— Alice, pratiquez-vous toujours la course à pied ? demanda le Dr Davis.

— Non, entre l'emploi du temps de John et mon manque de coordination, j'ai arrêté. Je ne distingue plus très bien le trottoir, ni les bosses, et j'évalue mal les distances. J'ai fait plusieurs chutes spectaculaires. Même chez moi, je trébuche chaque fois que j'entre dans une pièce, à cause du machin surélevé qu'il y a par terre. J'ai des bleus partout.

— John, je vous conseille soit d'ôter tous les « machins » des portes, soit de les peindre d'une couleur vive pour qu'Alice parvienne à les voir. Autrement, ils se confondent avec le sol.

— D'accord.

— Alice, parlez-moi de votre groupe de soutien, dit le Dr Davis.

— Nous sommes quatre. Nous nous retrouvons une fois par semaine, nous passons quelques heures chez l'un ou chez l'autre, et nous nous écrivons tous les jours. C'est merveilleux. Nous discutons de tout.

Le Dr Davis et la femme du cagibi lui avaient posé des tonnes de questions aujourd'hui, pour mesurer avec précision le taux de destruction de son cerveau. Mais nul mieux que Mary, Cathy et Dan ne comprenait ce qui se passait dans sa tête.

— Je tiens à vous remercier de votre initiative. Vous comblez une lacune criante dans notre système de soutien aux malades. Si je vois arriver de nouveaux patients atteints de démence présénile, puis-je leur donner vos coordonnées ?

— Oui, avec plaisir. Il faut aussi leur parler du DASNI, le Dementia Advocacy and Support Network International. C'est un forum en ligne pour les gens atteints de démence. J'y ai rencontré une quinzaine de personnes vivant aux Etats-Unis, au Canada, en Grande-Bretagne et en Australie. Je ne les ai jamais croisées en vrai, mais j'ai l'impression de les connaître plus intimement que beaucoup de gens que j'ai fréquentés toute ma vie. Ils me connaissent aussi. Nous ne perdons pas de temps, nous n'en avons pas beaucoup devant nous. Alors nous parlons de ce qui compte vraiment.

John gigota sur son siège et se mit à agiter la jambe.

— Merci, Alice. J'ajouterai ce site web à notre documentation standard. Et vous, John ? Avez-vous vu notre assistante sociale, assisté aux réunions du groupe de soutien pour les aidants ?

— Non. Il m'arrive de boire un café avec les conjoints des membres de celui d'Alice, mais sinon, rien.

— Ce serait bien que vous vous fassiez aider, vous aussi. Vous n'êtes pas atteint de la maladie, mais vous la vivez au quotidien à travers Alice, et les aidants familiaux n'ont pas la partie facile, j'ai l'occasion de le constater tous les jours. Vous pouvez aller voir Denise Daddario, l'assistante sociale, ainsi que le groupe de soutien du CHR... L'Association Alzheimer du Massachusetts compte elle aussi de nombreux relais locaux. Surtout, si vous en éprouvez le besoin, n'hésitez pas.

— Très bien.

— D'ailleurs, Alice, à propos de l'Association Alzheimer... Je viens de recevoir le programme de leur conférence annuelle sur la prise en charge de la démence, et j'ai vu que c'est vous qui alliez prononcer le discours inaugural ?

Cette conférence réunissait tous les ans les professionnels impliqués dans les soins aux personnes atteintes de démence ainsi que les accompagnants de toute sorte. Les neurologues, médecins généralistes, neuropsychologues, spécialistes en gériatrie ou en soins infirmiers et les travailleurs sociaux concernés se rassemblaient pour confronter leurs approches en matière de diagnostic, de traitement ou de prise en charge du patient. Une structure un peu semblable au groupe de soutien d'Alice ou au DASNI, mais en plus vaste, et pour les sains d'esprit. Cette année-là, la réunion devait avoir lieu à Boston.

— Oui, dit Alice. D'ailleurs, je voulais vous demander si vous y serez.

— Bien sûr, et je ferai en sorte d'être assis au premier rang, répondit le Dr Davis. Vous savez, on ne m'a jamais demandé d'intervenir en conférence plénière. Vous êtes une femme courageuse et remarquable.

Ce compliment sincère tombait à pic pour regonfler l'ego d'Alice, sérieusement mis à mal par la batterie de tests subis dans la journée. John fit tourner son alliance. Il regarda Alice les larmes aux yeux, avec un sourire crispé qui la troubla.

Mars 2005

Debout sur l'estrade, son discours imprimé à la main, Alice contempla l'assistance installée dans la vaste salle de réception de l'hôtel. Autrefois, elle était capable de déterminer le nombre de personnes présentes d'un seul coup d'œil, avec une précision quasi surnaturelle. L'organisatrice de la conférence (comment s'appelait-elle, déjà ?) lui avait dit qu'il y avait plus de sept cents inscrits. Alice était souvent intervenue devant des auditoires aussi nombreux, voire plus. Elle avait eu l'occasion de s'exprimer devant des représentants des universités américaines les plus prestigieuses, des prix Nobel, ainsi que devant les plus grandes sommités du moment en matière de psychologie et de langage.

John, assis au premier rang, ne cessait de regarder derrière lui en roulant et en déroulant son programme entre ses mains. Alice remarqua qu'il portait son tee-shirt gris fétiche, comme lorsqu'il attendait les résultats d'une expérience délicate. Elle sourit devant cette preuve de superstition.

Assis à côté de lui, Anna, Charlie et Tom discutaient. Quelques fauteuils plus loin, elle aperçut Mary, Cathy et Dan, accompagnés de leurs conjoints respectifs. Le Dr Davis, au milieu du premier rang, avait déjà sorti son stylo et son carnet de notes. Derrière eux s'étendait un océan de spécialistes des soins aux patients atteints de démence. Sans doute pas le public le plus vaste et le plus prestigieux qu'Alice ait connu, mais le discours qu'elle s'apprêtait à prononcer était sans conteste le plus important de sa vie.

Elle caressa machinalement les douces ailes de son collier papillon qui reposait sur sa gorge, but une gorgée d'eau, toucha de nouveau les ailes du collier, pour se porter chance. *C'est une occasion très spéciale, maman.*

— Bonjour. Je m'appelle Alice Howland. Je ne suis ni neurologue ni médecin. Je possède un doctorat de psychologie, j'ai été titulaire d'une chaire à Harvard pendant vingt-cinq ans. J'enseignais la psychologie cognitive, je menais des recherches en linguistique et je donnais des conférences partout dans le monde.

» Mais je ne suis pas ici pour vous apporter ma parole de docteur en psychologie ou en linguistique. J'interviens aujourd'hui en tant qu'experte de la maladie d'Alzheimer. Je ne traite aucun patient, je ne mène aucun essai clinique, je n'étudie pas de mutations génétiques, je ne conseille pas non plus les malades ni leur famille. Si je suis devenue experte de cette maladie, c'est qu'il y a un peu plus d'un an, on en a diagnostiqué une forme précoce chez moi.

» C'est un honneur de m'exprimer aujourd'hui devant vous, pour vous fournir mon éclairage sur le quotidien d'un malade. D'ici peu, je ne serai plus en mesure d'en parler. Après quoi, bien trop rapidement à mon goût, je n'aurai même plus conscience d'être malade. Ce que j'ai à vous dire tombe donc à point nommé.

» Nous qui nous trouvons aux premiers stades de la démence, nous possédons encore la parole, des opinions intéressantes, et nous connaissons des périodes de lucidité assez longues. Mais, dans le même temps, nous ne sommes plus aptes à nous débrouiller seuls, ni à assumer les exigences et les responsabilités de notre existence d'avant. Nous avons l'impression d'être là sans y être, comme si on nous avait projetés dans un pays régi par des lois absurdes, et où nous nous sentons très seuls.

» Je n'enseigne plus à Harvard. Je ne lis plus de livres ni d'articles, je n'en écris plus non plus. Ma réalité est entièrement différente de ce qu'elle était il y a encore peu. Les circuits neuronaux qui me servent à comprendre ce que vous dites, ce que je pense et ce qui se passe autour de moi sont englués dans l'amyloïde. Je lutte pour trouver les mots que je veux prononcer et je m'entends souvent en articuler d'autres. J'ai une mauvaise perception des distances, ce qui signifie que je laisse tomber des objets, que je trébuche souvent, que je me perds à deux rues de chez moi. Et ma mémoire à court terme ne tient que par un fil. Un fil usé.

» Je perds la notion du passé immédiat. Si vous me demandez ce que j'ai fait hier, ce que j'ai vu, entendu, ressenti, je serai bien en peine de vous donner des détails. Il se peut que je devine les réponses à certaines questions que vous me poserez – je suis très douée pour cela –, sans les connaître pour autant. Je ne garde aucun souvenir de la veille, ni de l'avant-veille.

» Et je n'ai aucun contrôle sur ce que je conserve en mémoire et sur ce qui s'efface. Cette maladie est intraitable – il n'y a pas moyen de négocier avec elle. Je ne peux pas échanger le nom des présidents des Etats-Unis contre le prénom d'un de mes enfants. Ni les capitales de chaque Etat contre mes souvenirs de mon mari.

» J'ai souvent peur du lendemain. Et si je me réveillais sans savoir qui est l'homme qui dort à mes côtés ? Et si j'ignorais où je suis, si je ne me reconnaissais pas dans le miroir ? Quand cesserai-je d'être moi ? Est-elle également vulnérable, la partie de mon cerveau qui me donne l'impression d'avoir une identité propre ? Ou mon moi transcende-t-il les neurones, les protéines et les molécules d'ADN défectueux ? Mon cœur et mon âme sont-ils immunisés contre les ravages de l'Alzheimer ? Je pense que oui.

» Un tel diagnostic équivaut à une marque au fer rouge : voilà qui je suis désormais, une personne atteinte de démence. C'est ainsi que je me suis définie un temps, et que d'autres continuent à me voir. Mais je ne suis pas seulement ce que je dis, ce que je fais ou les souvenirs que je garde. Je suis fondamentalement plus que tout cela.

» Je suis une épouse, une mère, une amie et, bientôt, une grand-mère. Je ressens encore des émotions, je vous comprends encore, je mérite l'amour et la joie que me procurent ces relations. Je ne participe plus activement à la vie en société. Mon cerveau ne fonctionne plus comme avant, mais j'ai des épaules sur lesquelles d'autres peuvent pleurer, des oreilles pour les écouter sans juger et des bras pour serrer d'autres patients. A travers le groupe de soutien aux malades que nous avons créé, à travers le Dementia Advocacy and Support Network International, et grâce à ma présence devant vous aujourd'hui, j'aide les personnes dans mon cas à mieux vivre avec leur démence. Je ne suis pas à l'agonie. Je suis atteinte d'Alzheimer. J'entends vivre le mieux possible.

» J'aimerais que les médecins ne partent plus du principe que les quadragénaires ou les quinquagénaires qui présentent des troubles de la mémoire et de la cognition sont soit déprimés, soit stressés, soit, pour les femmes, en ménopause. Plus tôt survient le diagnostic, plus tôt nous pouvons démarrer le traitement, dans l'espoir de ralentir la progression de la maladie jusqu'à l'arrivée de meilleurs médicaments. Pour moi, pour mes amis atteints, pour ma fille porteuse de mon gène mutant, j'espère toujours la découverte d'un traitement définitif. Je ne pourrai sans doute jamais récupérer ce que j'ai déjà perdu, mais je peux faire durer ce qu'il me reste, et ce n'est pas rien.

» Je vous en prie, ne faites pas votre deuil de nous en découvrant notre marque au fer rouge. Regardez-nous droit dans les yeux, ne parlez pas de nous à la troisième personne. Quand nous nous trompons, évitez de paniquer ou de vous vexer. Nous nous répéterons, nous nous égarerons, nous rangerons des objets n'importe où. Nous oublierons votre prénom et ce que vous avez dit deux minutes plus tôt. Nous nous efforcerons aussi de compenser notre déclin cognitif et de le surmonter du mieux possible.

» Je vous exhorte à nous rendre plus forts, au lieu de limiter nos mouvements. Lorsqu'un homme a la colonne vertébrale brisée, qu'il perd un membre ou qu'il souffre d'un handicap physique à la suite d'une attaque, ses proches et le corps médical travaillent d'arrache-pied à sa rééducation, pour l'aider à faire face, à se débrouiller malgré les circonstances. Faites-en autant pour les malades d'Alzheimer. Aidez-les à créer des outils pour surmonter leurs problèmes de mémoire, d'expression et de cognition. Encouragez-les à participer à des groupes de soutien. Dans cette traversée du pays de l'absurde, nous pouvons nous soutenir les uns les autres, que nous soyons patients ou aidants.

» Puisque mon passé disparaît et que mes lendemains sont flous, quelle raison ai-je encore de vivre ? Je vis pour chaque journée. Je vis dans l'instant. Viendra un temps où j'oublierai que j'ai prononcé ce discours devant vous. Mais ce n'est pas parce que je l'oublierai que je n'en aurai pas savouré la moindre seconde aujourd'hui. Cette journée s'envolera de mon esprit, mais ça ne signifie pas qu'elle n'aura pas compté.

» On ne m'invite plus à m'exprimer devant des universitaires, ni dans des congrès de psychologie partout dans le monde. Malgré tout, j'ai prononcé aujourd'hui devant vous ce qui restera, je l'espère, le discours le plus décisif de ma vie. Et j'ai la maladie d'Alzheimer.

» Merci.

Pour la première fois depuis qu'elle avait pris la parole, elle leva le nez de ses papiers. Jusque-là, elle n'avait pas osé détacher les yeux des mots imprimés sur la page devant elle, de peur de perdre le fil. A sa grande surprise, toute la salle se levait pour l'applaudir. Elle n'en attendait pas autant. Elle était venue avec deux espoirs simples : ne pas perdre la capacité de lire au milieu de son discours, et arriver au bout sans se ridiculiser.

En considérant les visages familiers assis au premier rang, elle sut sans l'ombre d'un doute qu'elle avait accompli plus encore. Cathy, Dan et le Dr Davis étaient radieux. Mary se tamponnait les yeux avec une poignée de mouchoirs roses. Anna applaudissait en souriant, sans essuyer les larmes qui ruisselaient sur ses joues. Tom, manifestement prêt à courir vers l'estrade pour féliciter sa mère et la serrer dans ses bras, faisait la claque en l'acclamant. Elle avait hâte de l'étreindre elle aussi.

Un amour indubitable émanait du regard de John qui, debout, applaudissait lui aussi avec un sourire heureux.

Avril 2005

Pour qui ne souffrait pas d'Alzheimer, la dépense d'énergie exigée pour rédiger ce discours, le prononcer sans se tromper puis échanger mille poignées de main et propos sensés avec les congressistes enthousiastes aurait été énorme. Dans le cas d'une malade atteinte de démence précoce, elle dépassait l'entendement. Quelque temps encore, Alice parvint à surfer sur la vague d'adrénaline, sur le souvenir des applaudissements, sur sa confiance renouvelée en elle-même. Elle était Alice Howland, héroïne courageuse, remarquable.

Pourtant, cette euphorie ne pouvait durer, et le souvenir s'estompa. Lorsqu'elle se brossa les dents avec de la crème hydratante, elle perdit un peu de son assurance et de sa superbe. Puis lorsqu'elle tenta toute une matinée de téléphoner à John avec la télécommande de la télévision. Elle toucha le fond quand, malgré son odeur corporelle indiquant qu'elle ne s'était pas douchée depuis plusieurs jours, elle ne parvint pas à trouver le courage ni les connaissances nécessaires pour entrer dans la baignoire. Elle était devenue Alice Howland, victime d'Alzheimer.

Sans réserves d'énergie auxquelles s'alimenter, privée de l'euphorie et des souvenirs de sa victoire, elle n'était plus que douleur et accablement, porteuse d'un fardeau épuisant. Elle se mit à faire la grasse matinée, traînant au lit plusieurs heures après son réveil. A s'affaler sur le canapé en pleurant sans raison précise. Elle avait beau dormir et verser toutes les larmes de son corps, rien ne comblait son sentiment de vide.

John la tira d'un sommeil sans rêves afin de l'habiller. Elle le laissa faire. Il ne lui dit pas de se brosser les cheveux, ni les dents. Peu importait. Il la pressa de monter dans la voiture. Elle appuya le front contre la vitre froide. Le monde extérieur paraissait gris-bleu. Elle ignorait où ils allaient. Indifférente, elle ne posa aucune question.

John se gara. Ils sortirent de la voiture pour entrer dans un immeuble qui communiquait avec le parking souterrain. L'éclairage au néon faisait mal aux yeux. Les couloirs larges, les ascenseurs, les panneaux sur les murs... Radiologie, Chirurgie, Obstétrique, Neurologie... *Neurologie.*

Ils entrèrent dans une pièce. Au lieu de la salle d'attente qu'elle s'attendait à voir, Alice découvrit une femme couchée dans un lit. Elle avait les paupières gonflées et une intraveineuse au poignet.

— Qu'est-ce qu'elle a ? chuchota Alice.

— Rien, elle est juste fatiguée, dit John.

— Quelle sale tête !

— Chut, elle pourrait t'entendre.

La pièce ne ressemblait pas à une chambre d'hôpital. Il y avait un deuxième lit, plus petit et défait, à côté de celui de la femme, une grosse télévision dans un coin, un très joli vase plein de fleurs roses et jaunes sur une table. Du plancher par terre. Peut-être pas un hôpital ? Un hôtel, alors ? Mais dans ce cas, pourquoi la femme avait-elle un tube dans le bras ?

Un jeune homme séduisant entra, portant des gobelets de café sur un plateau. *C'est peut-être son médecin.* Il avait une casquette des Red Sox, un jean et un tee-shirt de Yale. *C'est peut-être le service d'étage.*

— Félicitations, murmura John.

— Merci. Vous avez raté Tom de peu. Il repassera cet après-midi. Tenez, j'ai pris du café pour tout le monde, et un thé pour Alice. Je vais chercher les bébés.

Ce jeune homme la connaissait par son prénom.

Le jeune homme revenait en poussant un chariot équipé de deux bacs en plastique transparent. Chacun contenait un minuscule bébé emmailloté dans une couverture blanche, la tête recouverte d'un bonnet blanc. On ne distinguait que leur visage.

— Je vais la réveiller, dit le jeune homme. Elle n'aimerait pas qu'on fasse les présentations pendant son sommeil. Ma chérie, on a de la visite.

La femme ouvrit les yeux à regret, mais lorsqu'elle vit John et Alice, son regard las s'éclaira. Elle sourit, et son visage reprit sa place dans l'esprit d'Alice. *Oh, bon sang, c'est Anna !*

— Félicitations, poussin, dit John. Ils sont magnifiques.

Il se pencha pour lui embrasser le front.

— Merci, papa.

— Comment tu te sens ? Bien ?

— Merci, ça va, exténuée, c'est tout. Tiens, les voilà. Je te présente Allison, et ce petit bout, là, c'est Charles.

Le jeune homme tendait l'un des bébés à John. Puis il souleva le deuxième, celui qui portait un ruban rose à son bonnet, pour le tendre à Alice.

— Vous voulez la tenir dans vos bras ?

Alice fit « oui » de la tête.

Elle prit le minuscule nourrisson endormi, calant sa tête dans le creux de son bras, ses fesses dans sa main, son corps contre sa poitrine. Elle posa une oreille sur son cœur. Il prenait de courtes inspirations à travers ses minuscules narines rondes. Alice embrassa d'instinct ses joues roses, marbrées de rouge.

— Anna, tu as eu tes bébés, dit-elle.

— Oui, maman, c'est ta petite-fille, Allison, que tu tiens dans les bras.

— Elle est parfaite. Je l'adore.

Ma petite-fille. Elle regarda le bébé au ruban bleu, celui que portait John. *Mon petit-fils.*

— Et ils n'auront pas d'Alzheimer, pas comme moi ? demanda-t-elle.

— Non, c'est sûr, maman.

Alice respira à pleins poumons l'odeur délicieuse de sa magnifique petite-fille, envahie par un soulagement et une quiétude qu'elle n'avait plus ressentis depuis longtemps.

— Maman, j'ai été admise dans deux facs, New York et Brandeis.

— Oh, c'est formidable. Je me rappelle la première fois où je suis allée à la fac, dit Alice. Tu vas étudier quoi ?

— Le théâtre.

— C'est merveilleux. Moi, c'était à Harvard. J'adorais ça. Et toi, à laquelle vas-tu, déjà ?

— Je ne sais pas. J'ai été acceptée à New York et à Brandeis.

— Tu préfères quoi ?

— Je n'en suis pas sûre. J'ai discuté avec papa, il tient vraiment à ce que je choisisse New York.

— Et toi, tu en penses quoi ?

— Je ne sais pas. New York est plus réputée, mais Brandeis me conviendrait mieux. Comme ça, je serais près d'Anna, de Charlie et des bébés, de Tom... et puis de papa et toi, si tu restes.

— Si je reste où ? demanda Alice.

— Ici, à Boston.

— Où irais-je, sinon ?

— A New York.

— Je ne compte pas partir à New York.

Assises côte à côte sur un canapé, elles pliaient des vêtements de bébé en séparant les bleus des roses. La télévision projetait des images vers elles, sans le son.

— Le truc, c'est que si je choisis Brandeis et que vous déménagez, j'aurai l'impression de ne pas être au bon endroit, comme si j'avais pris la mauvaise décision.

Alice interrompit son pliage pour regarder la femme. Elle était jeune, maigre, mignonne. Mais fatiguée, préoccupée, aussi.

— Quel âge as-tu ? demanda Alice.

— Vingt-quatre ans.

— Vingt-quatre ans. Tu as toute ta vie devant toi. Tout est possible. Tu es mariée ?

La jolie jeune femme arrêta de plier le linge pour s'asseoir face à Alice et planta ses yeux noisette dans les siens. Un regard scrutateur, sincère.

— Non.

— Des enfants ?

— Non.

— Alors, tu dois agir selon tes envies.

— Mais si papa accepte ce poste à New York ?

— Tu ne peux pas prendre ce genre de décision en te fondant sur ce que les autres sont susceptibles de faire ou non. C'est à toi de voir, il s'agit de tes études. Tu es une adulte, ton père n'a pas à te dicter tes choix. Décide en fonction de ce qui te convient à toi.

— D'accord. Merci.

La jolie femme aux beaux yeux noisette laissa échapper un rire amusé, un soupir, puis se remit à plier le linge.

— On en a fait du chemin, toi et moi, maman.

Alice ne comprit pas ce qu'elle voulait dire.

— Tu sais, tu me rappelles mes étudiants. J'étais très douée pour les conseiller.

— Oui. Tu l'es encore.

— Quel est le nom de la fac où tu veux aller ?

— Brandeis.

— Elle se trouve où ?

— A Waltham, à quelques minutes d'ici.

— Et tu vas étudier quoi ?

— Le théâtre.

— C'est merveilleux. Tu vas jouer ?

— Oui.

— Du Shakespeare ?

— Oui.

— J'adore Shakespeare, surtout ses tragédies.

— Moi aussi.

La jolie jeune femme se rapprocha pour serrer Alice dans ses bras. Elle sentait bon le propre. Son étreinte fut aussi forte que l'avait été son regard. Alice se sentait heureuse, et proche d'elle.

— Maman, je t'en prie, ne déménage pas à New York.

— A New York ? Ne sois pas ridicule. J'habite ici. Pourquoi voudrais-tu que j'aille là-bas ?

— Je ne sais pas comment tu fais, dit l'actrice. J'ai passé presque toute la nuit debout avec elle et je n'arrive plus à aligner deux idées. A trois heures du matin, je lui préparais une omelette, des toasts et du thé.

— J'étais levée. Si tu avais du lait, tu pourrais donner le sein à un des jumeaux, dit la mère des bébés.

Assise à côté de l'actrice sur le canapé, elle allaitait celui en bleu. Alice tenait celui en rose dans ses bras.

Une tasse de café dans une main, un journal dans l'autre, John entra, douché et habillé. Les femmes étaient encore en pyjama.

— Lydia, merci de t'être levée cette nuit. J'avais vraiment besoin de dormir.

— Papa, comment peux-tu seulement songer à déménager à New York ? Tu n'y arriveras pas sans nous, dit la mère.

— Je vais engager une aide à domicile. D'ailleurs, je cherche déjà.

— Je ne veux pas que des étrangers s'occupent d'elle, dit l'actrice. Ils ne lui feront pas de câlins, ils ne l'aimeront pas comme nous.

— Et un étranger ne saura rien de son vécu ni de ses souvenirs, ajouta la mère. Si on arrive parfois à combler ses lacunes, à déchiffrer ses gestes, c'est parce qu'on la connaît.

— Ça ne veut pas dire que nous ne nous occuperons plus d'elle. Je suis juste réaliste, pragmatique. Rien ne nous oblige à supporter seuls ce fardeau. De ton côté, tu vas retourner travailler d'ici deux mois. Quand tu rentreras le soir, tu retrouveras deux bébés que tu n'auras pas vus de la journée.

» Et toi, Lydia, tu viens de commencer les cours. Tu n'arrêtes pas de répéter que ton emploi du temps est très chargé. Tom fait sa chirurgie. Vous serez tous plus occupés que vous ne l'avez jamais été et votre mère aurait été la dernière à vouloir que vous gâchiez votre vie pour elle. Elle aurait tenu à ne jamais être un poids mort pour vous.

318

— Ne parle pas d'elle au passé, dit la mère. Et ne la traite pas de poids mort, c'est de maman qu'il s'agit.

Ils parlaient trop vite, en utilisant trop de pronoms. Et le bébé en rose s'était mis à pleurer, distrayant Alice. Qui ne comprenait pas de qui ni de quoi il était question. Mais, à leur expression, à leur ton, elle savait que la querelle était sérieuse. Et que les femmes en pyjama étaient toutes les deux du même côté.

— Il vaudrait mieux que je prolonge mon congé maternité. Je trouve que tout va un peu trop vite. Charlie est d'accord pour que je reste plus longtemps à la maison, et puis ça me permettrait aussi de garder maman.

— Papa, c'est la dernière chance qu'on a de passer du temps avec elle, dit l'actrice. Tu ne peux pas partir à New York, tu ne peux pas nous priver d'elle.

— Si tu n'avais pas choisi Brandeis, tu pourrais rester tout le temps que tu veux avec elle. Tu as pris ta décision en connaissance de cause, j'en fais autant.

— Pourquoi est-ce que maman n'a pas son mot à dire ? demanda la mère.

— Elle ne veut pas vivre à New York, affirma l'actrice.

— Tu ne sais pas ce qu'elle veut, dit John.

— Elle l'a dit. Vas-y, demande-lui. Ce n'est pas parce qu'elle a un Alzheimer qu'elle ne sait pas ce qu'elle veut. A trois heures du matin, elle avait envie d'une omelette et de toasts, pas de céréales ni de bacon. Et elle refusait absolument de retourner se coucher. Toi, sous prétexte qu'elle a un Alzheimer, tu refuses de tenir compte de ses choix.

Ah, ils parlent de moi.

— J'en tiens compte. Je fais de mon mieux pour que chacun de nous deux y trouve son compte. Si on lui avait passé toutes ses lubies, nous n'aurions même pas cette conversation.

— Bon sang, qu'est-ce que ça veut dire ? demanda la mère.

— Rien.

— On dirait que tu ne comprends pas qu'elle est là. Tu trouves que ça n'a plus aucun sens, le temps qu'il lui reste à vivre avec nous ? Tu raisonnes comme un enfant gâté.

La mère pleurait, à présent, mais elle paraissait en colère. A son visage, à sa voix, on aurait dit Anne, la sœur d'Alice. Mais ce n'était pas possible. Anne n'avait pas d'enfants.

— Comment sais-tu qu'elle trouve du sens à tout ça ? Ecoute, il n'y a pas que moi là-dedans. L'Alice d'avant n'aurait pas voulu que je renonce à ce poste. Elle n'aurait pas voulu tomber aussi bas qu'aujourd'hui.

— Ça veut dire quoi ? demanda la femme en pleurs qui ressemblait à Anne.

— Rien. Ecoutez, je comprends vos arguments, et j'en tiens compte, mais j'essaie de fonder ma décision sur la logique, pas sur l'émotion.

— Pourquoi ? demanda la femme qui ne pleurait pas. Quel mal y a-t-il à écouter ses émotions ? Pourquoi serait-ce forcément négatif ?

— Je n'ai pas encore tranché, et vous ne me forcerez pas la main. Vous ne savez pas tout.

— Alors vas-y, raconte-nous, papa, jeta la femme en larmes, d'une voix agressive. Dis-nous ce qu'on ne sait pas.

Cette menace le fit taire un instant.

— Je n'ai pas le temps, j'ai une réunion.

Il se leva, laissant là la dispute, les femmes et les bébés. Il sortit en claquant la porte, réveillant en sursaut celui en bleu, qui venait de s'endormir dans les bras de sa mère et qui se mit à crier. Comme par contagion, la deuxième femme se mit à pleurer. Elle se sentait délaissée, peut-être ? A présent, tout le monde pleurait : le bébé en rose, le bébé en bleu, la mère et la femme assise à côté d'elle. Tout le monde sauf Alice. Qui n'était ni triste, ni furieuse, ni abattue, ni effrayée, mais morte de faim.

— On mange quoi ce soir ?

Mai 2005

Ils atteignaient le comptoir, après avoir longtemps patienté dans la file d'attente.

— Alice, tu veux quoi ? demanda John.

— N'importe. La même chose que toi.

— Vanille.

— Parfait. Vanille.

— Tu n'aimes pas ça, tu préfères le chocolat.

— Alors, d'accord, chocolat.

Elle trouvait ça simple, mais cet échange eut l'air de le troubler.

— Je vais prendre deux doubles cônes, un à la vanille et un chocolate fudge brownie.

Ils s'assirent au bord d'un cours d'eau, sur un banc couvert de graffitis, pour manger leurs glaces loin des boutiques et de la foule. Plusieurs oies sauvages picoraient dans l'herbe à quelques pas. Elles baissaient la tête, tout à leur affaire, pas du tout émues par la présence de John et d'Alice. Alice éclata de rire en se demandant si elles pensaient la même chose d'eux.

— Alice, sais-tu quel mois on est ?

Il avait plu un peu plus tôt mais le ciel était dégagé, maintenant. Le soleil réchauffait les os. Quel plaisir, cette tiédeur. Le sol autour d'eux était jonché de pétales de pommiers sauvages pareils à des confettis.

— C'est le printemps.

— Quel mois du printemps ?

Alice réfléchit soigneusement en léchant sa glace chocolat quelque chose. Elle n'aurait su dire quand elle avait consulté un calendrier pour la dernière fois. Cela faisait longtemps qu'elle n'avait plus besoin de se trouver à un endroit donné à une heure précise. John s'assurait qu'elle allait où il fallait, quand il fallait. Elle n'avait plus besoin d'appareil pour noter ses rendez-vous et ne portait plus de montre au poignet.

Alors, voyons. Les mois de l'année.

— Je ne sais pas. Dis-moi ?

— Mai.

— Ah.

— Tu te souviens de la date d'anniversaire d'Anna ?

— C'est en mai ?

— Non.

— Pourtant, je crois bien qu'Anne est née au printemps.

— Non, pas Anne. Anna.

Un camion jaune qui roulait bruyamment sur le pont tout proche fit sursauter Alice. L'une des oies déploya ses ailes en protestant pour défendre son groupe. Une courageuse, ou une tête brûlée qui cherchait la bagarre ? Alice rit devant son mauvais caractère.

Léchant son cornet, elle étudia le bâtiment en briques rouges situé sur l'autre rive. Il avait plein de fenêtres, et un dôme doré avec une horloge à l'ancienne. Il lui paraissait à la fois important et familier.

— C'est quoi, ce bâtiment, là-bas ? demanda-t-elle.

— L'école de commerce. Elle fait partie de Harvard.

— Ah. Est-ce que j'y enseignais ?

— Non, dans un autre bâtiment, sur cette rive-ci.

— Ah.

— Alice, où est ton bureau ?

— Mon bureau ? A Harvard.

— D'accord, mais où ?

— Dans un bâtiment situé sur cette rive.

— Lequel ?

— Il y a un grand hall d'entrée, je crois. Tu sais, je n'y vais plus.

— Je sais.

— Donc ça n'a plus vraiment d'importance, non ? Pourquoi on ne se concentrerait pas sur ce qui compte ?

— J'essaie.

Il la prit par la main. La sienne était plus chaude que celle d'Alice. Deux oies entrèrent dans l'eau calme. Personne ne nageait. Il faisait sans doute trop froid.

— Alice, tu as envie de rester ?

Il avait haussé les sourcils, l'air grave, et les rides au coin de ses yeux s'étaient creusées. Une question importante pour lui. Elle sourit, contente d'elle-même : enfin, elle savait quoi répondre.

— Oui, ça me plaît d'être assise ici avec toi. Et je n'ai pas encore fini.

Elle leva sa glace pour la lui montrer. Elle commençait à fondre et à goutter sur les côtés du cornet, à atteindre sa main.

— Pourquoi, il faut partir tout de suite ? demanda-t-elle.

— Non. Prends ton temps.

Juin 2005

Assise devant son ordinateur, Alice attendait que l'écran s'éclaire. Cathy venait d'appeler, inquiète, en expliquant qu'elle n'avait pas répondu à ses mails depuis un moment, qu'elle n'avait pas fréquenté la chat room ces dernières semaines et qu'elle avait une nouvelle fois raté leur réunion, la veille. C'est seulement en l'entendant parler du groupe de soutien qu'Alice avait compris qui était cette personne qu'elle avait au téléphone. Cathy avait expliqué que deux nouvelles recrues les avaient rejoints, envoyées par des soignants qui avaient assisté au discours d'Alice. Alice lui répondit que c'était une nouvelle formidable. Elle s'excusa de l'avoir inquiétée et la pria de dire à tout le monde qu'elle allait bien.

Pourtant, elle en était loin. Elle réussissait encore à lire, elle comprenait des bribes de texte, mais le clavier de l'ordinateur lui semblait à présent un fouillis de lettres indéchiffrable. Elle avait perdu la capacité de composer des mots à partir des caractères. La faculté qui distinguait l'homme de l'animal, son aptitude au langage, la fuyait peu à peu, si bien qu'elle se sentait de moins en moins humaine. Elle en avait fait son deuil, en larmes, quelque temps plus tôt.

Elle consulta sa messagerie. Soixante-treize nouveaux mails. Accablée, incapable d'y répondre, elle n'en ouvrit aucun. Elle contempla l'écran devant lequel elle avait passé la majeure partie de sa vie professionnelle. Trois dossiers alignés à la verticale occupaient son bureau virtuel : Disque dur, Alice, Papillon. Elle cliqua sur Alice.

A l'intérieur, d'autres dossiers aux titres divers : Résumés, Administratif, Cours, Conférences, Chiffres, Demandes de bourses, Maison, John, Enfants, Séminaires, Articles, Présentations, Etudiants. Toute sa vie organisée sous forme de petites icônes bien nettes. Elle ne put se résoudre à les ouvrir, de peur de ne pas se rappeler, de ne pas comprendre ce qui avait été son existence. Elle préféra cliquer sur Papillon.

Chère Alice,
Tu t'es écrit cette lettre à l'époque où tu étais saine d'esprit. Si tu la lis et que tu ne parviens pas à répondre à l'une ou l'autre des questions suivantes, c'est que tu as perdu la tête.

Quel mois de l'année est-on ?
Où habites-tu ?
Où se trouve ton bureau ?
Quelle est la date d'anniversaire d'Anna ?
Combien d'enfants as-tu ?

Tu as la maladie d'Alzheimer. Il te manque trop de toi-même, trop de ce que tu aimes, tu ne mènes plus l'existence que tu voulais mener. Il n'y a pas d'issue positive à cette maladie, mais tu en as choisi une : la plus digne, la plus juste et la plus respectueuse pour toi et ta famille. Tu ne peux plus te fier à ton propre jugement – mais au mien, si. Je suis l'Alice d'autrefois, d'avant que l'Alzheimer n'emporte trop de toi-même.

Tu as eu une vie extraordinaire, qui en valait la peine. Ton mari John et toi avez trois enfants magnifiques, en bonne santé et qui réussissent. Tu as fait une carrière remarquable à Harvard, riche en défis, en créativité, en passions, en talent.

Cette ultime partie de ton existence marquée par la maladie et la fin que tu as choisie ont un côté tragique, mais ta vie ne l'a pas été. Je t'aime, et je suis fière de toi, de la façon dont tu as vécu, et de tout ce que tu as fait tant que tu le pouvais.

Maintenant, monte dans ta chambre. Approche-toi de la table située à côté du lit, celle sur laquelle est posée une lampe bleue. Ouvre le tiroir. Au fond, tu trouveras un flacon plein de comprimés. L'étiquette blanche indique POUR ALICE en caractères noirs. Avale-les avec un grand verre d'eau. Veille à bien les prendre tous. Ensuite, couche-toi et laisse venir le sommeil.

Fais-le tout de suite, avant d'oublier. Et n'en parle à personne. Fais-moi confiance, je t'en prie.

Avec tout mon amour,

Alice Howland

Elle relut le message. Elle ne se rappelait pas l'avoir écrit. Elle ignorait la réponse à toutes les questions sauf une, la dernière, mais sans doute était-ce parce que la réponse figurait dans la lettre. En revanche, elle n'était pas sûre de se rappeler les prénoms de ses enfants. Anna et Charlie, peut-être. Quant au dernier, elle n'en avait aucune idée.

Elle parcourut de nouveau le message, plus lentement, cette fois, si c'était encore possible. Lire sur un écran d'ordinateur lui posait des problèmes. Plus encore que sur le papier, où elle pouvait recourir à un stylo et à un surligneur – et puis, on avait toujours la possibilité d'emporter les feuilles pour les lire au lit. Elle aurait voulu imprimer le texte, mais elle ignorait comment s'y prendre. Quel dommage que l'Alice d'autrefois n'ait pas pensé à ajouter des instructions sur la façon d'imprimer...

Elle relut le tout. C'était fascinant, aussi irréel que de feuilleter son journal intime d'adolescente : des mots secrets, sincères, écrits par une jeune fille dont on se souvenait à peine. Elle aurait aimé en lire davantage. Ces quelques lignes l'avaient attristée, soulagée, rendue fière. Elles lui donnaient de la force. Elle respira profondément puis monta à l'étage.

Parvenue en haut de l'escalier, elle oublia ce qu'elle venait faire. Quelque chose d'important et d'urgent, mais elle n'en savait pas davantage. Elle redescendit et retourna à l'endroit d'où elle était partie. Elle trouva l'ordinateur allumé, une lettre affichée sur l'écran. Elle la lut puis remonta.

Elle ouvrit le tiroir de la table à côté du lit. Elle en sortit des paquets de mouchoirs en papier, des stylos, un flacon de lotion, deux pastilles pour la toux, du fil dentaire et des pièces de monnaie. Elle étala le tout sur le lit puis toucha chaque objet tour à tour. Paquet de mouchoirs, stylo, stylo, stylo, flacon, pastille, pastille, fil dentaire, pièces.

— Alice ?

— Oui ?

Elle fit volte-face. John se tenait dans l'encadrement de la porte.

— Que fais-tu ici ? demanda-t-il.

Elle considéra les objets sur le lit.

— Je cherche quelque chose.

— Je dois filer au bureau récupérer un papier que j'ai oublié. Je prends la voiture, je ne mettrai que quelques minutes.

— D'accord.

— Tiens, c'est l'heure, avale ça avant que j'oublie.

Il lui tendait un verre d'eau et une poignée de comprimés qu'elle ingurgita.

— Merci, dit-elle.

— De rien. Je reviens tout de suite.

Il lui prit le verre vide des mains puis quitta la pièce. Triste et fière, forte et soulagée, elle s'allongea sur le lit à côté du contenu du tiroir, puis ferma les yeux pour attendre.

— Alice, s'il te plaît, mets ta toge, ton épitoge et ta toque, on doit y aller.

— Où ça ? demanda-t-elle.

— A la cérémonie du Commencement, à Harvard.

Elle considéra à nouveau les vêtements qu'il lui tendait. Elle ne comprenait toujours pas.

— Du Commencement ? Ça veut dire quoi ?

— C'est le jour de la remise des diplômes. Commencement signifie début.

Le commencement. La remise des diplômes à Harvard. Un début. Elle retourna ces mots dans sa tête. Le diplôme marquait un début, celui de l'âge adulte, de la vie professionnelle, de l'existence après Harvard. Commencement. Ce mot lui plaisait, elle avait envie de s'en souvenir.

Ils suivirent un trottoir animé dans leurs costumes rose foncé et leurs chapeaux noirs doux au toucher. Les premières minutes, elle se sentit ridicule et se demanda quelle idée était passée par la tête de John. Puis, soudain, il y en eut partout. Des dizaines de gens avec des déguisements similaires, dans plein de nuances différentes. Bientôt, ils formèrent tous un vrai cortège de carnaval aux couleurs de l'arc-en-ciel.

Au son lent et cérémonieux des cornemuses, ils s'avancèrent sur une vaste pelouse ombragée, entourée de bâtiments anciens. Alice fut parcourue de frissons. *Ce n'est pas la première fois que je viens ici.* En suivant toujours le cortège, ils parvinrent à une rangée de chaises sur lesquelles ils prirent place.

— C'est la remise des diplômes, dit-elle.

— Oui, confirma John.

— Le Commencement.

— Oui.

Au bout d'un moment, des gens se mirent à parler dans le micro. Par le passé, beaucoup de personnes célèbres et puissantes, surtout des personnalités politiques, avaient assisté à cette cérémonie.

— Le roi d'Espagne est venu faire un discours ici, une année, dit Alice.

— Oui, dit John.

Il eut un petit rire amusé.

— Qui est ce monsieur ? demanda-t-elle en montrant l'homme sur l'estrade.

— Un acteur, dit John.

Ce fut son tour à elle de rire.

— Ils n'ont pas dû trouver de roi cette année.

— Tu sais, ta fille est comédienne. Il se pourrait qu'elle se retrouve là-haut un jour.

Alice écouta l'acteur. Il parlait bien, avec une voix puissante. Il n'arrêtait pas de dire « picaresque ».

— C'est quoi, picaresque ? demanda Alice.

— C'est une longue aventure qui apprend des leçons au héros.

L'acteur évoqua sa propre histoire. Il raconta qu'il était là pour transmettre aux nouveaux diplômés – eux qui s'apprêtaient à vivre des aventures picaresques – les leçons qu'il avait apprises durant sa vie. Il leur en confia cinq : soyez créatifs, utiles, pragmatiques, généreux, et sachez terminer sur un bouquet final.

J'ai été tout ça, je crois. Sauf que je n'ai pas encore terminé. Pas sur un bouquet final.

— C'est un bon conseil, dit-elle.

— Oui, dit John.

Ils restèrent assis à écouter et à applaudir, à écouter et à applaudir, trop longtemps à son goût. Puis tout le monde se leva et se dispersa. John, Alice et d'autres personnes entrèrent dans un bâtiment proche. Alice trouva impressionnants le hall majestueux, son plafond en bois sombre d'une hauteur vertigineuse, son mur de vitraux illuminés et ses lustres immenses, anciens et apparemment lourds.

— Qu'est-ce que c'est ? demanda-t-elle.

— Memorial Hall. Ça fait partie de Harvard.

A sa grande déception, ils ne s'attardèrent pas dans ce lieu magnifique. Ils passèrent aussitôt dans une salle de théâtre, plus petite, pas très majestueuse, où ils s'assirent.

— Et maintenant, il se passe quoi ? demanda-t-elle.

— Les étudiants en sciences et en lettres vont recevoir leur diplôme de doctorat. Nous sommes venus voir Dan. Tu étais sa tutrice.

Elle regarda autour d'elle toutes les personnes en costume rose foncé. Elle ignorait laquelle était Dan. En réalité, elle n'en reconnaissait aucune, mais elle percevait l'émotion et l'énergie qui émanait d'elles. Tous les visages exprimaient l'espoir, la fierté et le soulagement. Ces gens étaient prêts pour de nouveaux défis, impatients de les voir arriver, de découvrir, de créer, d'enseigner, d'être le héros de leur propre histoire.

Ce qu'Alice voyait en eux, elle le reconnaissait en elle-même. Elle avait connu tout cela, cet endroit, cette fièvre, cet empressement. Son aventure à elle aussi avait commencé ici, et si elle en avait oublié les détails, elle savait implicitement que l'expérience avait été riche, qu'elle en avait valu la peine.

— Il est là, sur l'estrade, dit John.

— Qui ça ?

— Dan, ton étudiant.

— C'est lequel ?

— Le blond.

— Daniel Maloney, annonça une voix.

Dan s'avança, échangea une poignée de main contre une enveloppe rouge qu'il leva bien haut au-dessus de sa tête avec un sourire victorieux. Alice applaudit à sa joie, aux efforts qu'il avait certainement fournis pour arriver là, à l'aventure qui s'ouvrait devant lui. Elle l'applaudit, cet étudiant dont elle ne gardait aucun souvenir.

Alice et John se trouvaient sous une grande tente blanche, parmi des étudiants en costume rose foncé et des gens heureux pour eux qui les attendaient. Un jeune homme blond aborda Alice avec un grand sourire. Il la prit dans ses bras sans hésiter et l'embrassa sur la joue.

— Je suis Dan Maloney, votre étudiant.

— Félicitations, Dan, dit Alice. Je suis heureuse pour vous.

— Merci beaucoup. Je suis très content que vous ayez pu assister à ma remise de diplôme. J'ai eu beaucoup de chance de vous avoir comme professeur. Je tiens à ce que vous sachiez que c'est grâce à vous que j'ai choisi d'étudier la linguistique. Votre volonté passionnée de découvrir les rouages du langage, votre approche rigoureuse et généreuse de la recherche, votre amour de l'enseignement, tout cela m'a inspiré. Merci pour vos conseils, pour vos avis, merci d'avoir placé la barre beaucoup plus haut que ce que je croyais pouvoir atteindre, et de m'avoir laissé le champ libre pour creuser mes propres idées. Vous êtes la meilleure enseignante que j'aie jamais eue. Si j'accomplis dans mon existence ne serait-ce qu'un dixième de ce que vous avez fait, j'aurai réussi ma vie.

— Merci. Merci d'avoir dit ça. Vous savez, je ne me souviens plus très bien de cette époque. Je suis heureuse de savoir que vous vous rappellerez toutes ces choses à mon sujet.

Il lui tendit une enveloppe blanche.

— Tenez, je l'ai écrit pour vous. Ça reprend tout ce que je viens de vous dire, pour que vous puissiez le lire autant de fois que vous le voudrez. Vous saurez ce que vous m'avez apporté même si vous l'oubliez.

— Merci.

Ils tenaient chacun leur enveloppe, elle la blanche et lui la rouge, avec fierté, avec respect.

Une version plus âgée de Dan les rejoignit, accompagné de deux femmes, l'une beaucoup plus jeune que l'autre. Le vieux Dan portait de longs verres remplis d'un liquide pétillant sur un plateau. La jeune femme tendit un verre à chacun.

— A Dan, dit le vieux Dan en levant le sien.

— A Dan, répéta tout le monde en faisant tinter les verres.

— Aux débuts prometteurs, dit Alice, et aux bouquets finaux.

Ils s'éloignèrent des tentes, des bâtiments anciens en brique et des gens costumés pour gagner un endroit moins bruyant et moins peuplé. Quelqu'un en robe noire poussa un cri et accourut vers John. John s'arrêta et lâcha la main d'Alice pour serrer celle de la personne qui avait crié. Emportée par son élan, Alice continua de marcher.

L'espace d'une seconde interminable, elle se figea devant le regard d'une femme. Elle était certaine de ne pas la connaître, mais il y avait de l'intensité dans ce contact visuel. La femme était blonde, elle tenait un téléphone contre son oreille, des lunettes recouvraient ses grands yeux bleus effarés. Elle était au volant d'une voiture.

A cet instant, le vêtement d'Alice se resserra autour de sa gorge, quelque chose la tira en arrière. Elle atterrit durement sur le dos, se cognant la tête par terre. Son costume et son chapeau ne la protégèrent que très peu du trottoir.

— Excuse-moi, Ali, tout va bien ? demanda un homme en robe rose foncé, agenouillé à côté d'elle.

— Non, dit-elle en s'asseyant.

Elle se frotta l'arrière du crâne, s'attendant à voir du sang, mais non.

— Désolé, tu as foncé droit vers la rue. Cette voiture a failli te renverser.

— Elle va bien ?

C'était la femme de la voiture, les yeux toujours écarquillés et effarés.

— Je crois, dit l'homme.

— Oh, bon sang, j'aurais pu la tuer. Si vous ne l'aviez pas tirée en arrière, j'aurais pu la tuer.

— Tout va bien, vous ne l'avez pas touchée, je crois qu'elle n'a rien.

L'homme aida Alice à se lever. Il lui tâta la tête, l'examina.

— Tu n'as pas l'air blessée. Tu auras sûrement mal partout demain. Tu peux marcher ?

— Oui, dit-elle.

— Voulez-vous que je vous dépose quelque part ? proposa la femme.

— Non, non, ne vous inquiétez pas, dit l'homme. Tout va bien.

Il prit Alice par la taille et par le bras et elle se laissa raccompagner par cet aimable inconnu qui lui avait sauvé la vie.

Eté 2005

Assise dans un grand siège blanc confortable, Alice tâchait de lire l'heure à l'horloge accrochée au mur. Il y avait des aiguilles et des nombres. C'était beaucoup plus difficile à déchiffrer que de simples chiffres. *Cinq heures, peut-être ?*

— Quelle heure est-il ? demanda-t-elle à l'homme assis dans le deuxième siège blanc.

Il regarda à son poignet.

— Presque trois heures et demie.

— Il est temps que je rentre.

— Tu es chez toi. C'est ta maison du Cap.

Elle regarda autour d'elle : les meubles blancs, les photos de phares et de plages sur les murs, les immenses fenêtres, les petits arbres tordus devant.

— Non, ce n'est pas chez moi. Je n'habite pas ici. Je veux rentrer tout de suite.

— Nous repartons à Cambridge dans deux semaines. Nous sommes en vacances. Tu aimes cet endroit.

L'homme assis continua à lire et à boire. Le livre était épais, sa boisson était du même jaune tirant sur le marron que ses yeux – avec des glaçons dedans. Il les savourait tous les deux, captivé à la fois par le livre et par la boisson.

Les meubles blancs, les photos de phares et de plages sur les murs, les immenses fenêtres et les petits arbres tordus n'évoquaient rien à Alice. Les bruits non plus. On entendait des oiseaux, de ceux qui vivent près de l'océan, les glaçons qui tournaient et qui tintaient dans le verre quand l'homme buvait, le bruit de sa respiration et le tic-tac de l'horloge.

— Je suis restée assez longtemps. Je voudrais rentrer chez moi, maintenant.

— Tu es chez toi. C'est ta maison d'été. C'est là que nous venons nous relaxer, nous détendre.

Cet endroit ne ressemblait pas à chez elle, il y manquait les bruits auxquels elle était habituée, elle ne se sentait pas détendue. L'homme qui lisait et qui buvait dans le grand siège blanc disait n'importe quoi. Il était peut-être ivre.

L'homme respira, lut, but, l'horloge tictaqua. Alice, assise dans le grand siège blanc, écouta passer le temps avec l'espoir que quelqu'un la ramène chez elle.

Elle était assise sur un siège blanc en bois, sur une terrasse, à boire du thé en écoutant les cris aigus des grenouilles invisibles et des insectes du soir.

— Oh, Alice, j'ai retrouvé ton collier, dit l'homme à qui appartenait la maison.

Il balança devant ses yeux un papillon en pierres précieuses au bout d'une chaîne en argent.

— Ce n'est pas mon collier, il est à ma mère. Et il est très spécial, alors tu dois le ranger, il ne faut pas jouer avec.

— J'ai parlé avec ta maman et elle a dit que tu pouvais le garder. Elle te le donne.

Elle étudia la bouche, le regard et l'attitude de l'homme, cherchant à déchiffrer ses intentions. Mais avant qu'elle ait pu se faire une opinion, la beauté étincelante du bijou bleu la séduisit, l'emportant sur son souci.

— Elle t'a dit ça ?

— Eh oui.

Il se pencha vers elle pour attacher la chaîne autour de son cou. Elle caressa les pierres bleues des ailes du papillon, son corps en argent, ses antennes incrustées de diamants. Un frisson de béatitude la parcourut. *Anne va être folle de jalousie.*

Elle était assise par terre devant le miroir de la chambre où elle dormait. Elle étudiait son reflet. La fille du miroir avait des cercles noirs autour des yeux. Sa peau était molle, tachée de partout, avec des rides au coin des paupières et en travers du front. Ses sourcils épais, broussailleux, avaient besoin qu'on les épile. Ses cheveux frisés étaient noirs avec du gris dedans. La fille du miroir paraissait moche et vieille.

Elle se caressa les joues et le front, sentant son visage sous ses doigts, et ses doigts sur son visage. *Ça ne peut pas être moi. Qu'est-ce qui m'est arrivé ?* La fille du miroir la dégoûtait.

340

Elle trouva la salle de bains, alluma la lumière, découvrit le même visage au-dessus du lavabo. C'était bien ses yeux noisette, son grand nez, sa bouche en cœur, mais le reste ne collait pas. C'était grotesque. Elle fit courir ses doigts sur le verre lisse et frais. *Qu'est-ce qu'ils ont, ces miroirs ?*

La pièce sentait mauvais, aussi. Par terre, derrière elle, il y avait deux escabeaux blancs brillants, un pinceau et un seau posés sur des feuilles de journaux. Alice s'accroupit, inspira par son long nez. Elle ôta le couvercle du seau, plongea le pinceau dedans, et regarda goutter la peinture blanche crémeuse.

Elle s'attaqua d'abord aux deux miroirs défectueux, celui de la salle de bains et l'autre, dans la chambre où elle dormait. Quand elle eut terminé, elle en avait trouvé quatre autres, qu'elle avait tous peints en blanc.

Elle était assise dans un grand siège blanc, l'homme à qui appartenait la maison était installé dans l'autre. L'homme lisait un livre en buvant une boisson. Le livre était épais, la boisson était jaune-marron avec des glaçons.

Sur la table basse, elle prit un livre encore plus épais que celui que lisait l'homme et se mit à le feuilleter. Ses yeux s'arrêtèrent sur des diagrammes de mots et de lettres reliés entre eux par des flèches, des traits, des petites sucettes. Elle tomba sur plusieurs mots en parcourant les pages : désinhibition, phosphorylation, gènes, acétylcholine, amorçage, transitoire, diables, morphèmes, phonologique.

— Je crois que j'ai déjà lu ça, dit-elle.

L'homme leva le nez vers le livre qu'elle tenait, puis vers elle.

— Tu as fait plus que le lire. Tu l'as écrit. Nous avons rédigé ce livre ensemble, toi et moi.

Hésitant à le croire sur parole, elle referma le volume pour lire la couverture bleue brillante. *Des particules à la pensée*, par John et Alice Howland. Elle leva les yeux vers l'homme assis. *Il s'appelle John.* Elle revint aux pages du début. Sommaire : Humeur et émotion, Motivation, Désir et attention, Mémoire, Langage. *Langage.*

Elle ouvrit une page vers la fin. *Des possibilités infinies d'expression, acquises et pourtant instinctives – de sémanticité, de syntaxe, de grammaire, de verbes irréguliers –, fluides, automatiques, universelles.* Les mots qu'elle lisait semblaient contourner les herbes folles et la vase qui encombraient son esprit pour atteindre une terre intacte, virginale, ferme.

— John, dit-elle.

— Oui.

Il posa son livre, s'assit tout droit au bord de son grand siège blanc.

— J'ai écrit ce livre avec toi, dit-elle.

— Oui.

— Je me souviens. Je me souviens de toi. Je me souviens que j'étais très intelligente.

— Oh, oui. La personne la plus intelligente que j'aie jamais rencontrée.

Ce livre épais à la couverture brillante représentait énormément de ce qu'elle était avant. *Je comprenais comment l'esprit s'occupe du langage, et je pouvais communiquer ce que je comprenais. J'étais quelqu'un qui savait beaucoup de choses. Maintenant, personne ne me demande plus mon avis, ni mes conseils. Ça me manque. J'étais curieuse, indépendante, sûre de moi. Ça me manque de ne plus être sûre de rien. On n'est pas tranquille quand on n'est sûr de rien. Ça me manque de ne plus faire les choses facilement. De ne plus prendre part à ce qui se passe. Qu'on n'ait plus besoin de moi. Ma vie et ma famille me manquent. Je les aimais.*

Elle aurait voulu expliquer tous les souvenirs qui lui restaient, tout ce qu'elle pensait, mais elle ne réussissait pas à faire franchir les herbes folles et la vase à toutes ces histoires et toutes ces idées, composés de nombreux mots, de nombreuses expressions, de nombreuses phrases – à les transformer en sons. Elle comprima tout cela, concentrant ses efforts sur le plus essentiel. Le reste devrait se contenter de sa terre intacte, ferme.

— Je me manque.

— Tu me manques à moi aussi, Ali. Enormément.

— Je n'avais jamais prévu de tomber aussi bas.

— Je sais.

Septembre 2005

John, assis au bout d'une longue table, prit une grande gorgée de café noir. Il était très fort, très amer, mais il s'en moquait. Il ne le buvait pas pour son goût. Il l'aurait avalé plus vite s'il avait pu, mais il était brûlant. Il lui en faudrait deux ou trois autres avant d'avoir l'esprit assez clair.

La plupart des clients qui entraient commandaient leur dose de caféine dans un gobelet en carton qu'ils se hâtaient d'emporter. John n'ayant pas de réunion prévue avant une heure, il n'éprouvait pas de nécessité pressante de se rendre au bureau. Il ne demandait pas mieux que de prendre son temps, de grignoter son scone à la cannelle en buvant son café et en lisant le *New York Times*.

Il ouvrit le quotidien à la page Santé, ainsi qu'il le faisait pour n'importe quel journal depuis plus d'un an – l'espoir qui avait inspiré son geste à l'origine s'était changé en automatisme depuis longtemps. Tandis que son café refroidissait, il fondit en larmes en découvrant le premier article de la page :

ÉCHEC DES ESSAIS CLINIQUES SUR L'AMYLEX

Selon les résultats de l'étude de phase III menée par Synapson, l'état des patients atteints d'Alzheimer à un stade faible ou modéré qui ont été traités à l'Amylex n'a montré aucun signe de stabilisation notable, comparé à celui du groupe placebo, au cours des quinze mois qu'ont duré les essais.

L'Amylex est un inhibiteur sélectif de la production de bêta-amyloïde. A la différence des spécialités déjà sur le marché, susceptibles au mieux de retarder l'issue fatale de la maladie, l'objectif de cette molécule expérimentale recombinant le peptide Ab 42 soluble était de stopper sa progression.

Le produit, bien toléré, avait passé haut la main les phases I et II et suscité de grands espoirs tant dans la communauté médicale qu'à Wall Street. Néanmoins, au bout d'un peu plus d'un an de traitement, le fonctionnement cognitif des patients recevant même la dose la plus élevée n'a montré aucun signe d'amélioration ni de stabilisation, selon les normes de l'échelle d'évaluation de la maladie d'Alzheimer et du Questionnaire sur les activités de la vie quotidienne.

Epilogue

Alice, assise sur un banc avec une femme, observait les enfants. Pas vraiment des enfants, d'ailleurs. En tout cas, pas comme les petits qui vivaient à la maison avec leur mère. C'était quoi, alors ? Des moyens enfants ?

Elle étudia le visage de ceux qui passaient. Sérieux, occupés. En route pour quelque part. Il y avait d'autres bancs tout près, mais aucun des moyens enfants ne s'arrêtait pour s'asseoir. Chacun marchait, pressé d'aller là où il devait.

Elle ne devait aller nulle part. Quelle chance. Elle et la femme assise près d'elle écoutaient la fille aux cheveux très longs chanter et jouer sa musique. La fille avait une très jolie voix, un grand sourire content, et une grosse jupe avec des fleurs partout qu'Alice admirait.

Alice fredonnait en rythme avec la musique. Elle aimait le son de sa voix, mêlée à celle de la fille qui chantait.

— Bon, Alice, Lydia ne va pas tarder à rentrer.
Vous voulez payer Sonya avant qu'on parte ?

La femme se leva, souriante, de l'argent à la main.
Alice se sentit incitée à l'accompagner. Elle se leva à
son tour et la femme lui tendit des pièces. Alice les
laissa tomber dans le chapeau noir, sur le sol de
brique, aux pieds de la fille qui chantait. La fille
continua de jouer sa musique mais s'arrêta de chanter
pour leur parler.

— Merci, Alice, merci, Carole, à bientôt !

La musique devint moins forte tandis qu'Alice et la
femme s'éloignaient au milieu des moyens enfants.
Alice n'avait pas vraiment envie de partir, mais la
femme s'en allait et Alice savait qu'il fallait rester avec
elle. Elle était joyeuse, gentille, et elle savait toujours
quoi faire, ce qui plaisait bien à Alice, car elle, souvent, elle ne savait pas.

Après avoir marché un moment, Alice repéra la
voiture rouge clown et l'autre, couleur vernis à ongles,
garées dans l'allée.

— Elles sont là, dit la femme, qui les avait vues elle
aussi.

Alice se précipita dans la maison, tout excitée. La
mère était dans le couloir.

— Ma réunion s'est terminée plus tôt que prévu,
alors je suis rentrée. Merci de m'avoir remplacée.

— Aucun problème, dit la femme. J'ai ôté les draps
de son lit mais je n'ai pas eu une minute pour le
refaire. Tout est encore dans le séchoir.

— D'accord, merci, je m'en charge.

— Alice a passé une bonne journée.

— Pas de fugue ?

— Non. Elle a confiance, maintenant, elle me suit comme mon ombre. On est inséparables. N'est-ce pas, Alice ?

La femme souriait, en hochant la tête d'un air enthousiaste. Alice l'imita. Elle n'avait pas la moindre idée de ce qu'elle approuvait, mais ça ne devait pas poser de problème puisque la femme était de cet avis.

La femme ramassa des livres et des sacs près de la porte.

— Votre père revient demain ?

Un bébé qu'on ne voyait pas se mit à pleurer, la mère disparut dans une autre pièce.

— Non, mais on s'est organisées.

La mère revint avec dans les bras un bébé habillé en bleu. Elle l'embrassa plusieurs fois dans le cou. Le bébé continua à pleurer, mais sans conviction. Les bisous de la mère faisaient leur effet. La mère enfonça une chose à sucer dans la bouche du bébé.

— Tout va bien, mon poussin. Merci, Carole, merci beaucoup. Vous êtes une bénédiction. Très bon week-end, à lundi.

— A lundi. Salut, Lydia ! cria la dame.

— Salut, Carole, merci ! répondit une voix, quelque part dans la maison.

Les grands yeux ronds du bébé croisèrent le regard d'Alice. Il souriait derrière sa chose à sucer. Alice l'imita, et le bébé réagit en riant. La chose à sucer tomba par terre. La mère s'accroupit pour la ramasser.

— Tu peux me le tenir, maman ?

La mère passa le bébé à Alice. Il se cala confortablement dans ses bras et sur sa hanche. Il se mit à lui tâter le visage d'une main humide. Il aimait ça, Alice aussi. Il attrapa sa lèvre du bas. Elle fit semblant de le mordre en poussant des petits bruits de bête. Il éclata de rire et passa à son nez. Elle renifla, renifla, renifla, puis fit semblant d'éternuer. Il remonta jusqu'à ses yeux. Elle les plissa pour qu'il n'enfonce pas les doigts dedans, battit des paupières pour le chatouiller avec ses cils. Il leva la main jusqu'aux cheveux d'Alice, referma les doigts et se mit à tirer. Elle desserra doucement son petit poing, remplaça les cheveux par un doigt. Il trouva son collier.

— Tu vois le joli papillon ?

— Ne le laisse pas le mettre dans sa bouche ! lança la mère, qui était dans une autre pièce, mais qui les voyait.

Alice n'avait aucune intention de laisser le bébé mordre son collier. Elle se sentit accusée injustement. Elle rejoignit la mère dans la pièce voisine, pleine de sièges colorés qui bipaient, bourdonnaient, parlaient quand les bébés tapaient dessus. Alice avait oublié qu'il y avait tous ces sièges bruyants dans cette pièce. Elle voulut partir avant que la mère lui suggère d'asseoir le bébé dessus. Mais l'actrice était là, elle aussi, et Alice voulait rester avec elles deux.

— Papa rentre ce week-end ? demanda l'actrice.

— Non, il ne peut pas, il a dit qu'il viendrait la semaine prochaine. Je peux te laisser les enfants un petit moment ? Il faut que j'aille au supermarché. Allison devrait dormir encore une heure.

— Bien sûr.

— Je ferai vite. Besoin de rien ? demanda la mère en quittant la pièce.

— Reprends de la glace ! cria l'actrice. N'importe quoi, mais au chocolat !

Alice trouva un jouet mou sans boutons bruyants. Elle s'assit pour laisser le bébé l'explorer sur ses genoux. Elle respira l'odeur de sa petite tête presque chauve pendant que l'actrice lisait. L'actrice leva les yeux vers elle.

— Dis, maman, tu veux bien écouter le monologue que je travaille en cours ? Dis-moi si ça te parle. Pas l'histoire, c'est trop long. Je ne te demande pas de te rappeler les mots, juste d'écouter avec ton cœur. Quand j'aurai fini, tu me raconteras ce que tu auras ressenti, d'accord ?

Alice hocha la tête. L'actrice se mit à lire. Alice ouvrit grand les yeux et les oreilles, portant son attention au-delà des mots. Elle lut dans son regard que l'actrice se désespérait, qu'elle implorait, cherchait la vérité. Puis elle finit par l'atteindre et s'y posa en douceur, pleine de reconnaissance. Au début, sa voix tremblait de peur. Lentement, sans crier, elle devint plus assurée, puis joyeuse, presque comme une chanson à certains moments. Les sourcils, les épaules et les mains de l'actrice se détendaient, s'ouvraient, elle demandait qu'on l'accepte, elle offrait son pardon. Sa voix et son corps avaient trouvé une énergie qui comblait Alice, qui l'émouvait jusqu'aux larmes. Elle serra le beau bébé assis sur ses genoux, embrassa sa petite tête qui sentait si bon.

L'actrice se tut et revint dans son corps. Elle regarda Alice avec l'air d'attendre quelque chose.

— Qu'est-ce que tu as ressenti ?

— De l'amour. Ça parle d'amour.

Avec un petit cri, l'actrice se rua vers Alice, l'embrassa sur la joue et sourit. Le moindre pli de son visage exprimait le ravissement.

— J'ai bien compris ? demanda Alice.

— Oui, maman. Parfaitement.

Postface

L'« Amylex » décrit dans ce roman est un médicament fictif. Il s'inspire toutefois de plusieurs produits en phase d'essais cliniques qui visent à diminuer les taux de bêta-amyloïde 42 de manière sélective. A la différence des traitements déjà existants, qui ne parviennent qu'à retarder le stade ultime de la maladie d'Alzheimer, on espère qu'ils pourront stopper sa progression.

Toutes les autres molécules mentionnées dans le texte existent. La description de leur effet et de leur efficacité dans le traitement de la démence correspond à la réalité à la date où j'écris ces lignes.

Pour plus d'information sur la maladie d'Alzheimer et les essais cliniques en cours aux Etats-Unis, voir :

http://www.alz.org/alzheimers_disease_clinical_studies.asp

Remerciements

Toute ma reconnaissance aux nombreuses personnes que j'ai pu rencontrer par le biais du Dementia Advocacy and Support Network International ainsi que par l'intermédiaire de Dementia USA, et surtout : Peter Ashley, Alan Benson, Christine Bryden, Bill Carey, Lynne Culipher, Morris Friedell, Shirley Garnett, Candy Harrison, Chuck Jackson, Lynn Jackson, Sylvia Johnston, Jenny Knauss, Jaye Lander, Jeanne Lee, Mary Lockhart, Mary McKinlay, Tracey Mobley, Don Moyer, Carole Mulliken, Jean Opalka, Charley Schneider, James Smith, Jay Smith, Ben Stevens, Richard Taylor, Diane Thornton et John Willis. Votre intelligence, votre courage, votre humour, votre bienveillance et votre désir de faire partager vos fragilités, vos craintes, comme vos espoirs ou vos informations, m'ont énormément appris. Le portrait d'Alice a gagné en humanité grâce à vos récits.

J'aimerais remercier tout particulièrement James et Jay, qui m'ont apporté énormément, bien au-delà de l'Alzheimer et même de ce livre. C'est une vraie bénédiction de vous connaître.

J'aimerais aussi exprimer ma gratitude aux spécialistes qui m'ont fait bénéficier de leur temps, de leur savoir et même de leurs rêves avec grande générosité, m'aidant à établir la chronologie de la maladie d'Alice à partir de son diagnostic :

Les docteurs Rudy Tanzi et Dennis Selkoe, pour la compréhension de la biologie moléculaire de cette maladie.

Le Dr Alireza Atri, qui m'a permis de le suivre comme son ombre pendant deux jours au Centre de la mémoire du Massachusetts General Hospital, me donnant au passage un bel exemple de compétence et de compassion.

Les docteurs Doug Cole et Martin Samuels, pour l'éclairage supplémentaire qu'ils m'ont fourni sur le diagnostic et le traitement de la maladie d'Alzheimer.

Sara Smith, qui m'a permis d'assister à des tests neuropsychologiques.

Barbara Hawley Maxam, qui m'a expliqué le rôle de l'assistante sociale et du groupe de soutien aux aidants du Massachusetts General Hospital.

Erin Linnenbringer, qui a endossé le rôle fictif de conseillère en génétique d'Alice.

Les docteurs Joe Maloney et Jessica Wieselquist, qui ont joué celui de son médecin traitant.

Merci aux docteurs Steven Pinker, qui m'a permis de mieux comprendre son quotidien de professeur de psychologie à Harvard, Ned Sahin et Elizabeth Chua, pour le vécu des étudiants.

Aux professeurs Steve Hyman, John Kelsey et Todd Kahan, qui ont répondu à mes questions sur Harvard et sur le quotidien d'un professeur titulaire.

A Doug Coupe, qui m'a confié de nombreux détails sur le métier d'acteur à Los Angeles.

A Martha Brown, Anne Carey, Laurel Daly, Kim Howland, Mary MacGregor et Chris O'Connor, qui ont lu chacun de ces chapitres, pour leurs commentaires, leurs encouragements et leur enthousiasme.

A Diane Bartoli, Lyralen Kaye, Rose O'Donnell et Richard Pepp pour leur travail éditorial.

A Jocelyn Kelley, de Kelley & Hall, formidable chargée de relations publiques.

Un énorme remerciement à Beverly Beckham, qui a publié la meilleure critique dont un auteur auto-édité puisse rêver. C'est aussi vous qui m'avez signalé l'existence de Julia Fox Garrison.

Julia, je ne pourrai jamais assez vous remercier. Votre générosité a changé ma vie.

Merci à Vicky Bijur, qui a insisté pour que je modifie la fin du roman. Tu es géniale.

A Louise Burke, John Hardy, Kathy Sagan, et Anthony Ziccardi, qui ont cru en cette histoire.

J'aimerais également rendre grâce à la très nombreuse et très bruyante famille Genova, qui a conseillé sans vergogne à tout son entourage d'acheter le livre de sa fille/nièce/cousine/sœur. Vous êtes la meilleure équipe de guérilla marketing au monde !

Idem pour la famille Seufert, qui, quoique moins nombreuse, a pratiqué le bouche-à-oreille de façon sans doute aussi bruyante.

Enfin, j'aimerais remercier Christopher Seufert pour son soutien technique et informatique, et pour la maquette de couverture de la première édition. Tu m'as aidée, entre autres, à rendre l'abstraction tangible – mais, surtout, c'est à toi que je dois les papillons.

Cet ouvrage a été imprimé en France par

à Saint-Amand-Montrond (Cher)
pour le compte des Éditions Presses de la Cité
en mai 2010

N° d'impression : 101372/1
Dépôt légal : mai 2010